天　空　写　满　故　事

# 涉江的青铜

别鸣 著

花城出版社

中国·广州

图书在版编目（CIP）数据

涉江的青铜 / 别鸣著. -- 广州 ：花城出版社，
2025. 7. -- ISBN 978-7-5749-0436-1

Ⅰ．I247.7

中国国家版本馆CIP数据核字第2025EK8262号

## 涉江的青铜
SHEJIANG DE QINGTONG

别鸣 / 著

| | |
|---|---|
| 出 版 人 | 张 懿 |
| 责任编辑 | 许泽红　许阳莎　王雅喆 |
| 责任校对 | 卢凯婷 |
| 技术编辑 | 凌春梅 |
| 装帧设计 | 艾 藤 |
| 出版发行 | 花城出版社 |
| 经　　销 | 全国新华书店 |
| 印　　刷 | 佛山市浩文彩色印刷有限公司 |
| 开　　本 | 787毫米×1092毫米　32开 |
| 印　　张 | 10　1插页 |
| 字　　数 | 170,000字 |
| 版　　次 | 2025年7月第1版　2025年7月第1次印刷 |
| 定　　价 | 59.00元 |

版权所有·侵权必究。如发现印装质量问题，请与出版社联系。

联系电话：020-37604658　37602954

时间是一条令我沉迷的河流,
但我就是河流。

——博尔赫斯

# 目录

双桨　　　　　　001

豹隐　　　　　　023

锈泵　　　　　　045

过滩　　　　　　066

送流水　　　　　090

赴兰溪　　　　　113

镜中姐妹　　　　132

一念无明　　　　157

濯足濯缨　　　　181

去消落带　　　　214

涉江的青铜　　　278

跋：在世间终会相认　299

# 双　桨

五月大端阳，晚上蒋津扯住我不放，江边摊吃麻辣烫。他叫来半件啤酒，一米九八的个儿，蹲坐红塑料小板凳，胖头鱼一样，腮帮子起伏，闷头一气喝了前三瓶。后三瓶他开始话赶话，反正不听我意见，尽扯他在收费音频听来格言金句，怪整船人乱了节奏，不是他能力问题。过了十点，江面漆黑，有游轮经过，霓虹闪烁，隐约传来歌声，我后背透凉，越过蒋津庞大身躯，想象别处的生活。

蒋津伸长手脚说，人生有三种能力决定未来，一是让自己变巨牛的能力，二是让周围人都帮自己的能力，三是混不好也想得开的能力，练成其中一种，人生就有奔头。我说，那你就会第三种？就不能练第一种第二种？蒋津埋头嘬肉签子，佝偻背，汗直滴。我盘算，蒋津怎么说都算见过世面，省城待六年，进京集过训，可是话说回来，就是撑不住场面,这多年也没见什么长进。正有些郁闷,阿婆把电话打到蒋津手机,我坐小方桌对面,都能听见她训人,蒋津急赤白脸,一抹汗水,哼哈几句,手机直塞我。

阿婆语速快,一说一串,铁栅门我反锁了,你姑娘娃,都深更半夜,陪他这个人才,搞甚名堂,快些回来,桌上咸蛋红枣粽子,吃哒洗了睡,明早还要起来卖面。我连答好好。阿婆节约话费,断线突然。我把手机还蒋津,催着买单,他伸长方便筷,在锅里反复捞,瓶里酒喝干净,从绿塑料筒猛抽卫生纸,擦额头擦嘴,喊熊老二打个折。小妹握单,左右不肯,必须照价,蒋津酒劲上头,非喊老板说话,说熊老二肯给初中同学面子。旁边油毛毡棚子,闪出熊老二,提剁肉菜刀,指指点点,骂蒋津白长这身板,江边芦苇秆子,杵到天上,空心屁用,兰矿新村队下午丢人,害他押错龙船,亏了一千多。蒋津伸长臂,摁我肩膀,小山一样斜靠过来,我只好抵住,掏钱买单,赶紧走人。

峡口江涛嘶吼,汛期水涨,两岸山峰对峙,黑色剪刀一样,剪出倒三角形靛蓝夜空。大船航行渐远,船尾灯光闪烁,蓝三角尖上,摇荡出串串碎金。浊浪拍岸,夜深风急,码头坎下,江滩腾起几道黄龙,沙尘打着旋上天。败阵的龙船裹挟其中,飞腾不得,被人倒扣两条长板凳上晾，龙头反拧垂地，龙须在风中乱摆，嘴脸疲沓而沮丧。蒋津在我耳边又唠叨，熊老二打小在兰溪河哪见过江船？不要怨天尤人，现在我们的样子，是曾经的我们用时间亲手塑造。我推他说，站直了，装什么装。蒋津耸肩甩手，往石梯上跨，蹒跚长腿，右腿膝盖僵直明显。我跟他身后，爬上两百多级石梯，穿过省级公路，兰矿新村依山而建。大江截流，江水倒灌兰溪河，兰矿矿区淹没，整体转产落空，有门路的谋出路，剩余一百多户集中搬迁，半山腰先住五年，山体滑坡，又往高处搬，依着山脊，夹在本地集镇间，局促两栋五层楼，小路曲里拐弯，两边横七竖八搭简易板房。此时一片漆黑，唯有麻将馆亮堂堂，门旁悬挂一蓬艾蒿叶，内里烟雾缭绕，叔伯们围桌坐战，见我们经过，远远打招呼，屈窨窨，这晚还和蒋队到江边看水，爬上爬下不嫌累，早点结婚噻。我说，您荷包里钱莫掖到，早晚每人包个大红包送来，着甚急？叔伯们搓麻将大笑，又上下打量我和蒋津，七嘴八舌议论身高差。

我记得大概十五岁前，我和蒋津俩身高还差距不大。初中二年级，班主任严三立安排我俩成同桌，早自习蒋津胳膊肘过线，我把圆规藏课本里锥他，他一蹦而起掀翻课桌，我跳起用雨伞敲他头，并没有踮脚去够的印象。到初三，蒋津像冲天炮一样，剧烈发育长高，阿婆说他放屁都往上蹦，眨眼冲过一米九。学校篮球队缠着他入队，兼教体育的历史课谭老师骑人字梯，篮球筐下给他演示什么叫扣篮，一度让他成校园明星。全县校园篮球赛，兰矿中学队成众矢之的，蒋津一上场运球，就被其他校队针对，抢球时被暗里扇耳光、上阴肘，他面色惨白，迈不开步，屡遭全场嘲笑，不得不换下场。遇省皮划艇队招队员，谭老师认为他身板在这，不练体育可惜，极力推荐说蒋津他爸是峡江舵把子，有水上运动家族史。

蒋津得幸离开兰矿，去省城练了六年划桨。先前阿婆一提这事就恼火，说蒋津是瞎猫子撞到死老鼠。后来兰矿中学那届高考，只有我过分数线，学校敲锣打鼓送喜报，阿婆差点烧高香，结果我被省内三本录取，念三年文秘，找不到合适工作，还是回来跟她下面条。现今蒋津退回兰矿新村，还伤右腿膝盖，阿婆不再说瞎猫子，就说他是个人才。反正十五岁以后，我和蒋津就说话费劲，非得仰头，基本在他第四根到第六根肋骨之间活动。

麻将馆里，有人说荤段子，大意是这身高差距床上恐怕不大协调，叔伯们哄堂大笑。我有些恼火，推蒋津一把喊，动手抓赌，抓赌！叔伯们手捏牌，纷纷摇头说，就他这点本事？我见蒋津满脸堆笑，从路边沙砾抓一大把，朝麻将馆里猛撒，叔伯们大叫躲闪，我拽起蒋津就跑。拐过巷角,经过骚人民宿,蒋津抓我右手,蠢蠢欲动说,要不再来试,不是阿婆话多,早该婚了。我很不耐烦说,莫乱想,十一点你接班,不想要饭碗了?心想都怪他自己上次浪费机会。蒋津以前皮划艇队四个队友,带家人从省城自驾游,沿途玩了大坝西陵峡,非要来诗祖故里,看望退役发达的蒋津,自然要他办招待,免费好吃好喝好住。我这才知道,蒋津两年前离队时,曾对队友吹嘘,要跳出舒适区,改变世界改变自己,挣五百万给他们看。队友们是来兑现,蒋津怕被嘲笑,专门请了假,联系骚人民宿,好话说尽,让民宿老板外出,他花积蓄包三天,对队友说这是他连锁产业之一。我被他扯住,客串服务员,结果闹得我七窍生烟。蒋津那些队友家属得便宜也不卖乖,挑三拣四,要求太多,天天让我唱六口茶、跳摆手舞[1],不管我怎么解释这是诗祖老家,不是土家山寨。队友们也是整日拿骚人店名开荤玩笑,我跳脚辩解,这是《离骚》的骚,不是骚货的骚,他们大笑一番,不再睬我。等到第三天下午,好不容易送走他这些队友,我躺客房大床,累得不想动。蒋津中午狠陪了些酒,趔趄溜进来趴我旁边,哽咽哭起来,我搂着他头睡着。天色暗下来,后半夜迷迷糊糊,

---

[1] 六口茶、摆手舞:流传于湘西、鄂西、渝东南等地的民间传统歌舞。

被他摁住，折腾半天，结果没成。和前年我偷偷跑去省城看他一样，酒店房间里，也是翻来覆去，反正不成。

再往斜上走一段，见到一楼川妹面馆招牌，蒋津先从旁边墙缝推出踏板车，再过来托起我脚，顶我翻过铁栅栏，我想轻手轻脚，松手落地时，还是踢响面盆。蒋津守栅栏外，贱兮兮的，舍不得走，我从铁栏间伸手推他，低声说，快走，我阿婆瞌睡浅，醒着在。蒋津捉我袖口，伸鼻子说，这花椒味，香。我说，快走，迟到扣两百。他掏出手机，摁出收费音频课，塞进耳机，浅蓝制服夜光下透白，叉长腿猛踩踏板车，抄草丛小路，车尾竖起长杆警灯，无声连闪，冲下斜坡。

川妹面馆招牌上的川妹，既不是我阿婆，也不是我，其实是我妈王翠，面馆从她手里开张。在我阿婆嘴里，我妈王翠也是一个人才。人才，是阿婆讥讽人最重的话，大概就是不醒事、不正常的意思。

我掏出钥匙踮脚走，轻开阳台后门。当初搬迁时一楼最俏，屋后朝阳空地，能种菜养鸡，兰矿这一百多户，谁家都抢着要。我阿婆举着我爸相片，在搬迁办公室赖着哭了三天。等一楼房子钥匙一到手，我妈马上在空地种辣椒种花椒，出钱请工打通向街阳台，面馆再开张做生意。

在阿婆眼里,我妈的长处,除了生我之外,就是下红油小面绝活。面要干爽泛黄碱水面,铁桶锅沸水里翻滚,长竹筷子捞起,竹漏勺过海碗,白面裹麻辣红油,一勺肥肠或牛肉,加上黄豆葱花,馋得面锅旁边的人口水直流。其中关键,是用油辣子、花椒面秘制红油,外人掌握不到,开始只有我妈会,后来被阿婆偷瞧好久,瞟学大概。

以前兰矿人都食堂过早,馒头花卷豇豆包子加稀饭,只有我家特殊,吃我妈的红油小面,对门邻居小孩蒋津没人管,天天溜到我家,和我面对面坐小板凳,端小搪瓷碗,埋头稀里呼噜嗍面。兰矿搬迁前两三年,效益眼见不行,食堂三天两头停火,我妈把厨房窗户擂掉,从灶台支出木桌子、长板凳,早上卖红油小面。起初就收食堂饭票,三张票一碗面,到晚上拿饭票找司务长,换等价米面油。这样卖了一年多,兰矿转产又停产,食堂永久关门,我妈开始收现金,光头小面从五角钱卖起,阿婆如今涨到两块五,加牛肉肥肠就算豪华面,十三块一碗,往来生意人经常点。

屋里阿婆留盏小瓦台灯,给我回来照明。靠墙案板,她已备好明早要用大瓷缸红油,旁边分层木架三个大竹匾,铺开褐花椒壳、红辣椒皮、生姜大蒜。圆茶几上,放两个咸蛋、一串三粽子,我假装没看见,快步往里房走。

莫想跑，吃了才能睡。我阿婆催促声从大木床传来。我说，不想吃，半夜吃了容易隔食，明天胃疼。阿婆说，蒸都蒸好了，你好歹吃两口，大端阳应个景，我这有酵母片，睡前嚼一颗。我说，我这个月又胖三斤，还想不想我嫁出去，天天塞我吃这吃那，又不是过去，没得人饿肚子。阿婆不吭声，我以为她翻身又睡，毕竟明年就七十，我好歹劝说关了面馆，阿婆左右不肯，说老家伙闲下来，走得更快，有事做终究有念想，等我结婚生娃，她有重孙抱，再关不迟。

我进里间洗漱，正埋头洗脸，背后脚步声，阿婆披衣揉眼，我闻到酒气，立刻数落她，又偷偷喝酒。阿婆说，过端阳，喝杯雄黄酒，驱邪保平安。我只管拧毛巾倒水，低头不搭理。阿婆说，蒋津那个人才，你就算了啊，要钱没得钱，要甚没得甚。我打断她说，少操这些心，好不好，我都二十四，这是我自己的事。阿婆本有些酒意，满脸赤红说，翅膀硬了是吧，想学你那个人才妈是吧，你等我死了，你尽管去。阿婆动了肝火，我赶紧不吭声，阿婆站了一会儿，说，卡和存折给你，明天把你妈打卡上的钱，转到存折上给我，存到你好结婚。

打我懂事起，我阿婆和我妈就是天然对手。我也知道我妈在兰矿是个异类。首先，她一口和周围人都不一样的方言，我大概三岁以前跟她学说话，出去和其他兰矿小孩玩耍，被大家嘲笑欺负，每次我哭着回来，阿婆就指着我妈说她是人才，然后逼我很快憋成一口弯管子兰矿普通话。等再后来，我长到十多岁，才慢慢发现，小时候我妈教我，比如说吃肉是吃嘎嘎，夏天抓蜻蜓叫捉丁丁猫儿，傍晚指蝙蝠说看檐老鼠，都是上游川江方言。其次，我妈爱干净，每天睡前要洗澡。夏天等天黑定，她一手端放毛巾香皂的白瓷盆，一手牵我手，到兰溪河畔寻僻静处，洗得香喷喷再回家睡觉；冬天她用煤炉子烧两大壶开水，紧闭卧室门，抱我泡木盆澡，有一次我们缺氧晕倒盆里，阿婆更加恼火，本来煤从矿里捡来不花钱，也被阿婆说成浪费败家。其三最招人嫌，我妈爱读书，不仅从老家捡回黑皮书放手头，而且兰矿办公楼有一间阅览室，像我妈这种矿里工人家属，三天两头进入，绝无仅有。我妈看书容易入戏，跟着书里内容，叹息哭泣诵读，机关坐班的人开始稀奇，后来嘲讽多，这让阿婆难堪，总说女人不安分，家门算不幸。直到三年前，我妈跑去南方，一去再没回头。她将黑皮书留我，被阿婆塞煤炉子引火烧掉。我妈给我订火车票，我去湛江看过她两次，对她现状，我不接受，再不去。我妈给我一张卡，每月打钱过来，阿婆怕我卡绑手机乱花销，总要求我取出，转存到她为我办的零存整取存折。

我阿婆说人老了瞌睡少，每天早上她四点起床，将煤炉子开封，换蜂窝煤，烧头锅水，煮碗筷消毒。等我五点出来，先吃头碗面，再抹台摆碗，待头拨早客陆续到来。去年秋天，我从湛江回来，从阿婆手里夺过长竹筷子，负责炉前下面、起锅分碗，让阿婆只管放红油、撒佐料、舀浇头。一般忙到上午九点半，过早的人就逐渐稀少，十点一过我和阿婆就吃午饭，等到十点半不见客，封火收家业锁铁栅门，回房睡回笼觉。

江上开始发大水，好些人早上不过江，今天生意一般，阿婆记账说，你睡一会儿再去银行。我嘴里答应，找到她喝剩的半瓶雄黄酒，倒进下水道。片刻间，大木床传来阿婆鼾声。最近两年阿婆手抖脚抖，我扔了家里所有存酒，央求附近超市小卖部，不卖酒给她，她还挖空心思找酒喝。我躺床上刷手机，蒋津又给我推荐两门音频课：和7位大咖一起，在人生赛道上不断成长；听完这10课，发现财富增长的5个新机会。我先前认真听过三门，都是语重心长往心窝子钻，但热血沸腾后我也无法印证，后来我发现蒋津天天催促我点听，都是为他挣积分，方便他购课打七折，更觉得意思不大。我又点开我妈朋友圈，她时不时发九宫格湛江风景照,金沙湾海滨浴场、霞山绿荫路什么的,他们一家也带我去过,到处潮哄哄闷热,我总觉得回到了小时候发高烧,难受又无助。上个月大概我妈和她现在老公、小孩,一起去了趟丽江,朋友圈里发古镇、雪山、虎跳峡风光照片。我起床到洗脸池,使劲拧毛巾,擦去泪涕,反正睡不着,换衣裳去银行。

出了兰矿新村,下两百多级石梯,沿着省级公路,我往旁边镇上银行走。每年端阳前后,峡江开始涨水,一寸一寸舔,等梅雨再到,就一尺一尺拱,急浪卷旋涡,上游冲来杂物,江面堆积成丘。我想起蒋津他爸和我爸,当年顶风破浪捞浮财,两岸观者如云,锣鼓喧天。码头坎下,暖阳高照,沙坝中间有几个大人小孩放风筝,从镇上摊子买的塑料纸白雪公主、孙悟空和机器猫,拖彩色长条尾巴,飘飞江流上空,远看静止不动。龙船仍垂头丧气,倒卧两条长板凳上,船底朝向江空暴晒,遍布盐渍般白痕,像块超长腌肉,一群人正围着议论。我望见水手张,现在都叫他张总,这个黄发男人高举右臂,提一尾大鱼风筝,发号施令。我脚步不停,沙坝上光亮刺眼,大鱼风筝在阳光下泛银鳞。我歇脚细看,鱼尾在动弹,斑斑血迹,混入江沙。他手里提的不是风筝,是一尾近两米长的江鲟。

蒋津他爸和我爸都在的时候,他爸是船长,我爸是大副,每天驾兰矿一号,上午将车队运来的煤堆装舱,转运到下游三十多公里外连沱码头,卸装到大型货轮,运往大江南北,吃过中饭他们又驾兰矿一号,载上满舱物资沙料,傍晚运回峡江口卸岸,再由货车拉回兰矿。那时峡江多大鱼,与船家各安天命。江面,能见巨大鱼脊露出,尾鳍泛水花,阿婆说江豚拜风江鲟护桨,江豚出没提醒大风大浪,最好停班,江鲟出现就是风和浪稳,正好行航。

沙坝上,众人朝我这边张望,水手张招手喊,过来,你。我左右看,并无旁人,他更大声,望么事望,就是你,过来,过来。我往码头坎下走,印象里水手张还停留在船上,成天操持拖把做甲板卫生,自从兰矿一号倾覆,蒋津他爸和我爸追悼会办了之后,五六年一晃过去,只听闻水手张发迹,反正与我家再无往来。我行近龙船,他紧锁眉头,举大鱼说,你这丫头,跩个二五八万,叫你半天不动。众人都笑,看稀奇一样。他说,联系不到蒋津,估计躲起来了,都找不到他,你看到他,就带话他,躲得过初一,躲不过十五,明天内回公司,办解聘手续,滚远点莫惹人嫌。我说,他码头值夜班,从来老老实实,没惹过是非。水手张将鱼递给旁人举,合起手掌搓揉,说,把蒋津这个瘸子,从江城招回来,当我码头保安队长,他怎么报答我？我不明所以，不好接话。他说，我搞个龙舟队，参加每年端阳比赛，招他回来就是为这，让他带队训练指挥，我做了大指望，他倒好，把队伍搞成稀烂班子。旁边帮忙举鱼的矮胖子补充说，一时要我们改桨板，一时要我们跪划，整日里经验成套成套，上场一点作用都不起，被别人队甩出好远。水手张说，我算搞明白了，他比赛训练在湖水里，我们峡江有风浪有漩流，还赶上发洪水，他个够迂腐。矮胖子又插嘴补充，还是舵把子的儿子，要赶上他爹半点灵活，就好了。水手张飞脚踹过去，夺过大鱼高举，说，你个够话多。我说，输就输了，好大点事，至于开除蒋津，大人有大量。他扫众人一眼，攀我肩膀到江水前，说，听说还跟到你阿婆下面条，大学生，可惜了。我推开他说，莫扯虚头巴脑，说正事。他说，好，不扯懒淡，截流后你也晓得，客船货船都不再靠我们码头，不吸引游客上岸，大家喝西北风。他指岸上搬空废弃的老诗祖祠，说，打旅游牌，把诗祖榨干用尽，龙船比赛就是榨干用尽的办法。

我想起，以前诗祖祠在半山腰，兰矿子弟上学那会儿，每年要打红旗，成群结队来春游，如今江水涨到祠门口，门窗黑洞洞干瞪眼，里外野草丛生，瘫在岸边，远看像栋烂尾房，就差墙上拆字画圈。诗祖铜像搬走快十年，兰矿一号也翻在祠门口那片江心，想起来都像上辈子的事。水手张说，我们新村码头和旁边镇上码头，哪个能赢昨天这场赛，就在莅临贵宾心里，投上重要一票，游轮靠岸接待的独家经营权，就要靠这一票一票，争取过来，我讲这些，你该懂。我说，你又不是外星人，这有什么不懂。他说，的确是我们兰矿唯一正取大学生，可以，可以。我说，问题是现在已经划输了，你还能怎么搞？他说，你这个问题有意思，下一步怎么搞，正要研究一哈，要不你晚上七点半，来公司临江大楼继续谈，公司正差策划推广部副经理，我觉得你有希望。身后众人喧哗，打断他的话，矮胖子指江心喊，有东西，是大鱼？是浮财！一团黑影随浪起伏，众人都挤江边看。水手张说，大鱼在我手里，大惊小怪，就一根木料。矮胖子说，搞不好是江底金丝楠，当年蒋舵把子从大水里捞浮财，抱起过一根，被浙江老板一万块钱收走了。水手张举大鱼用力扔他，说，你再话多，么事舵把子，不就是个飘飘？众人扯嗓门哄笑应和，矮胖子不再张口，涨红脸举右臂，手指紧扣从鱼唇穿过的铁丝，将鱼头尽力擎向空中，鱼目圆睁充血，鱼尾在江沙里拖来拖去，裹成了沙铲铲。沙坝边缘，江浪翻卷，涛声如雷，我估计没睡好，头昏脑涨，恍惚得厉害。我往岸上走，江风猛刮，水手张黄发飞起，大声说，诗祖老爷才是我们舵把子,他老人家说得好,要上下求索,求的甚,求财得财,索的甚,索利得利。

我一路发冷,挨到镇上银行,拿号坐等。铁椅冰凉硌后背,我站起不断转圈,想大概昨晚吃麻辣烫受了江风,有些感冒发烧。叫号一直不动,柜台前有人争吵,一白发老妇拍透明隔板,问养老金还没到账,保安过来劝说拉拽,老妇掏出手帕抽泣,我看见老妇扭曲面孔,鼻右翼有颗红痣,突然记起她。四年前一个夏天晚上,码头放完露天电影散场,阿婆和她在人群中猝然大吵,声嘶力竭,引来里三层外三层围观。之后不久我妈王翠就决然南下,再没回来。

我当时和我妈挽着走,聊电影情节,阿婆突然当街暴怒,我们不知缘由,阿婆已揪那老妇右臂短袖,喝问,你说谁是飘飘?信不信,撕烂你贱嘴。她反手抓阿婆领口说,老娘就说了,你敢把老娘么搞?长年厮一起,死都抱团,还不是?阿婆和她扭作一团,我和我妈急护阿婆,掰她手指,推来搡去,失去平衡,四人栽下沙坝,滚成泥猴。回家路上,阿婆和我妈不吭声,我亢奋过度,边走边打盹。蒙眬望见川妹面馆招牌,我听阿婆说,过去浮财晓得抢不少,现今欺负孤儿寡母,贱人遭雷劈。我妈说,唉，秤不离砣，砣不离秤的。阿婆连声呸呸，说，峡江行船，不许提秤砣，那是舵不离桨，桨不离舵，船家义气第一，老辈子说：双桨抄起，过峡闯滩。过一会儿，我听见我妈说，凡事包容，凡事相信，凡事盼望，凡事忍耐。阿婆说，你不要立场不坚定。我实在太困，只记得我妈灰头土脸，几道水痕划过面容，仿佛被割了几刀。今天再遇这鼻翼红痣的老妇，她捂脸痛哭，被保安搀到我身旁座位。我死盯她，想趁保安转身，抽她两嘴巴。她拿下手帕，满脸涕泪，划过苍老脸庞，眼神哀怨，嘴里咕叨，找旁人借钱。我恍惚想起我妈，心里疑窦丛生，怀疑自己看错，这老妇可能并不是四年前那人，我愈发感到凄凉可怜。

我起身出银行，江风正起，凉透心肺，浑身抖。沿公路走，穿过集镇，我往兰溪河深处。兰溪河早不是过去潺潺溪流，涨成一湾深潭，墨绿深邃，停滞不前。与大江交汇处，墨绿与浅黄，水面分界明显，维持兰溪河最后的尊严。我在发烧，头昏脑涨，想找怀抱。我妈出走前那一晚，挤上我小床，最后一回抱紧我。我妈问，你知道我从哪里来？我不懂事，打趣说，从你该来的地方来。我妈又问，你知道我要到哪里去？我说，到你该去的地方去。

天上乌云密布，远处传来雷声。公路坎下，老诗祖祠裹在蓬草间，荒凉无声。祠前咫尺之遥，江水喘息奔腾。蒋津他爸和我爸驾兰矿一号，江心劈波斩浪，拦截大龙。端阳过后，洪流从上游直涌而下，川渝支流纷纷涨水加入，洒脱闯过白帝城，自此憋屈怄气，受尽瞿塘峡巫峡束缚，好不容易脱缰而出，到老诗祖祠门口，眼看下一个峡口又近在眼前，江洪咆哮暴怒，将冲刷而下的生灵物什堆积，不断盘旋江心。年年此刻，舵把子扬名立万时，蒋津他爸赤身出没风波，旋涡里拽捞钱箱、家具、猪牛、盆锅，转身游回浅水，抛在滩头，任由两岸矿工村民抢拾，一朝得浮财，半年饱饭菜。两岸锣鼓喧天，给舵把子助威，声嘶力竭指浮物方位，热闹压过洪峰。

雨点噼啪在落，我愈加寒冷，头疼如裂。我妈说，窘窘，妈给你说正经，不嬉皮笑脸。我说，你是白帝城来的，每年清明不是带我去江边，给家公家家烧纸。

我妈说，我是从重庆奉节白帝镇八阵村来的，住在草堂河边边上，你家家祖上参加过保路运动，家家过去念教会学校，一辈子当老师，嫁了家公生下我和你舅舅，你家公搞运输挣钱，河边起栋水泥吊脚五层楼，正对长江和白帝城，我考取景区售票员，家里日子好着呢。

我说，我听你说过无数回，耳朵都起茧了。

我妈不管不顾，继续说，谁都没想到，只住够半年，九一年六月，半个月雨不住点，都担心山上滚石头，万一滑坡冲了楼，江水看着直涨，毕竟我们在草堂河，离入江口有距离，七月初六整日瓢泼，到晚上电闪雷鸣，江水倒灌草堂河，江里河里洪水对撞，把楼房脚基冲断，五层楼斜着垮，山上泥浆直灌，全被冲进洪水。

我说，听阿婆讲过好多回，你抱根木料，一直漂到峡口，遇到我爸捞浮财，把你救起来。

我妈说，当时救我起来的，是蒋舵把子，你爸每次捞浮财，负责搬东西。

我哭着说，妈，我爸和蒋津他爸翻船，走都走好久了，您翻旧账？

我妈说，船家不落家，你爸和蒋舵把子绑船上，一年四季难得回来，等他俩一起沉船走了，就被人反水，我大街上遭人欺负，出门被戳脊梁，以后该你扛的，你得自己扛。我只管大哭。我妈说，被救上岸，在你阿婆家住了快半个月，就想要回去，江里洪水没退，你阿婆又嘴巴缠人，隔三岔五打岔，让学这忙那，过了半年再想回去，已被老家那边认定失踪死亡，售票员工作没有了，几个远房亲戚也不待见，只捡到家家留下的黑皮书，被阿婆软缠硬磨嫁了你爸。阿婆都看在眼里，都早在安排，想拴牢你爸，机关算尽一场空，也莫想拴住了我。从前我是眼瞎的，如今能看见了。

雨水淋透我头发，衣服湿漉漉紧贴身体，我仿佛在江浪中奔跑。风大浪大，洪水滔天，蒋津他爸站在船头，铁桩一样屹立不动，我爸在驾驶舱紧握舵盘，兰矿一号像小纸片般起伏。那条大龙六层楼高，龙首张牙舞爪，巨型餐饮城，重庆趸船改装，洪水中脱缆，踩住浪颠，冲州撞府，直杀而下。上面有令，再过下一个峡口，挟洪流巨浪，撞击大坝，必酿大事故，不惜代价在此拦截。两岸依旧观者如堵，雨具相连，鸦雀无声。蒋津他爸将扁壶里的酒，一口气喝一半，取下背带扔进驾驶舱，我爸将余酒一饮而尽。蒋津他爸喊，干死个够。我爸转动舵盘，开足马力，兰矿一号船头笔直，往大龙拦腰猛撞。甲板交错，火花四溅，喀声震峡，听者胆寒。大龙倾斜，兰矿一号船头开裂，调头再撞，嵌入大龙船体，马力不歇，往江底抵。大龙咬紧兰矿一号，洪水里打旋，一圈接一圈，往深处卷。旋涡嘶吼，钢铁沉没，垃圾杂物大量涌起。阿婆撕心裂肺喊，我妈死死搂住我，我看不清，听不见。

兰溪河碧绿宽阔，雨水打出无数细眼，我跌跌撞撞往坎下望，旧渡船靠岸边，船上无人。水波荡漾，一道颀长黑影游弋水下。我喊几声，蒋津像江鲟一样，破水而出。沿林中小路，我下到河畔，爬上旧船，蒋津指着我笑，说像雨水淋透的红面猴。他划动双桨，船行树荫避雨处，从参赛背包里，翻出汗巾将我擦干，用毛毯裹住。我额头滚烫，心里焦灼，听他手机放船头，打最大音量，反复播音频：如果你真的愿意去努力，你人生最坏的结果，也不过是大器晚成……你总抱怨你没有一个辉煌的父亲，总有一天你的儿子也会像你一样埋怨你的无能……我咽口水，压住聒噪喊，水手张让我带话，你明天内办解聘手续，让你走人。蒋津捡起船桨，低头不语。

那是划艇专用桨，看他右膝绑厚厚绷带，我说，抱着这桨，你还想作甚？你被淘汰，回不去了。

他说，我是我们队最有天赋的，那四个队友都不如我，全都拿奖牌，为什么我不可以？

我说，你右膝练废了，废了，懂不懂。

他说，我感觉快好了，真的快好了，我在兰溪河里游得可快，逐步加快划桨速度，不疼。

我说，你是舵把子儿子，划船游泳都不敢去峡江，只在这兰溪河里泡，你这算甚。

他关了手机声音，说，我不是蒋舵把子儿子，你难道不晓得？我是你阿婆从别人家抱来，塞给他的，你不晓得？我从小到大，天天在你家混吃混喝，舵把子一年到头不回来，你不晓得？

我说，听谁胡说八道？

他说，我回来后，拽你阿婆问清楚了，我亲生爹妈过去住对岸，据说就在过江三百里。

我说，阿婆，你信她？

他说，峡江舵把子，数诗祖老爷，我信他老人家，要上下求索，求的甚，求名得名，索的甚，索利得利。

我说，你爹是飘飘，你也是飘飘，你就是舵把子儿子，装么事装，信么事信。

蒋津满脸血色，长身猛扑，将我压在旧船中央，他低声嘶吼，我朝他脸上吐口水。他拉开毛毯，分开我双腿，直冲我体内。我连声大叫，船身剧烈起伏，他腰腹抵住我头，双肋在我眼前猛晃，我双手死死抓紧船帮，害怕船体翻覆。雨水大概是停了，我透过树冠，隐约看见光。剧烈摇荡间，我恍惚回到前年去省城看他，他带我在东湖划船，我把船桨伸入湖水，分明触及大鱼身体，滑溜而湿润，弥漫着水腥，远处隐约传来景区广播里的歌声：水中鱼儿望着我们，悄悄地听我们愉快歌唱，小船儿轻轻飘荡在水中，迎面吹来了凉爽的风。混沌中，停止了，我被手机铃声惊醒，蒋津不知去了哪里。我头疼欲裂，腰腹酸痛，勉强支起上身，摸到手机，是阿婆来电。阿婆说，你没和那个人才在一起耍？打蒋津他电话故意不接呢。我说，哦。阿婆说，你钱转到存折么？我说，没。阿婆说，那还不赶紧回来早点睡了，明天早些去银行排队。我说，哦。阿婆挂了电话。我翻找衣服，摸索口袋，卡和存折已不见。我缓缓起身，穿好衣服，想起蒋津走前说，欠我的，让我等着，总会还我，他先去找水手张销了旧账。我想他如何和水手张销账，会不会强硬起来，将水手张踹倒在地。

雨已住，近黄昏，我爬上公路，撑腰往前走。洪峰已过峡口，向大坝而去，浊黄江水灌入兰溪河，墨绿与浅黄界线，瞬间不见。我见手机微信我妈头像摇晃，我妈朋友圈里说：地虽改变，山虽摇动到海心，其中的水虽匉訇翻腾，山虽因海涨而颤抖，我们也不害怕。我往码头公司临江大楼逼近，行到那栋船形十层楼前，水手张带一群人，正站楼下，向江边望。一艘游轮避洪靠岸，游客发出阵阵欢呼，拿手机相机，朝沙坝拍摄。

那条败阵的龙船，被人用火点燃。熊熊火光中，仿佛活物一般，龙须颤抖，龙首舞动，龙船在升腾。我看见沙坝一角，一个匆匆逃走的细长身影，蒋津正扔掉火把，佝偻身躯，往最后一班轮渡赶。洪水在涨，轮渡就要停班。过江三百里，除了山，还是山。

# 豹　隐

冬月十五，时近子夜。兰溪河畔，冷月孤悬，溪水潺流，发出硬币撞击般声响，鲁鸿新抖了抖手脚，从帆布包里掏雷管。如利剪划开黑布，河风直灌脖颈，两耳冻疮生疼，他手指缠绕导线，绞紧三圈，准备往水里扔。旧翻毛皮鞋已磨得纸薄，卵石着实硌脚，他右半身忽感发麻，身上腈纶毛衣并未撩起，眼角却有蓝色静电啪啪闪烁。鲁鸿新定住身形，缓慢转头，五十多米开外，一只豹裹在靛蓝夜色里，趴住身形，刚饮过水，瞪目如炬，正扭头瞅他。鲁鸿新急剧转身，远处山脚兰矿宿舍区，昏黄灯光斑斑点点，如伐林工鲁爹爹长烟袋里火星闪烁，他双脚定住，迈不开步。豹躯后坐，前爪低耸，斑驳黄背支棱，顶出两扇骨翼。

那豹看着瘦巴巴，得有个把月没沾腥，和我家跃跃模样差不多。鲁鸿新后来逢人就叨咕,彼时鲁跃尚在襁褓。母亲王虹在宿舍生他时难产,父亲鲁鸿新唤来左邻右舍,深更半夜用担架抬着狂奔五公里,最终躺在兰矿卫生院再没醒来。鲁跃主要靠鲁鸿新每周深夜下河一次,炸翻鲴鱼捞起数斤,煨汤灌养。邻居乔姨也隔三岔五将奶水匀一些,挤入奶瓶送过来。等到夏天,他再长大一些,身体依旧孱弱,鲁鸿新又每每清晨去附近水田里抓田鸡,剥皮去脏清蒸,滴两滴酱油,这白生生四肢横张的食物,鲁跃被呵斥吃下,干呕了无数回。鲁鸿新捂住他嘴硬不让吐,鲁跃呛得泪眼婆娑,总能看见邻居娃乔云莲躲在门外,赤膊白皙上身,羊角小辫乱颤,盯着桌上看。

乔云莲说,那时最羡慕鲁跃过早,不是食堂里的馒头稀饭,而是专属清蒸田鸡,有肉嘎嘎吃。

周一上午八点半,扯旗岭路车多人多,鲁跃站在大赢家房产中介门口,听乔云莲尽扯过去事。

鲁跃又是整晚没睡,眼盯屏幕,选图修图,五百九十三张素材筛出五十八张终选版,眼球感觉变铅球,就快撑爆眼眶,本意到小区对面牛肉面馆,填了肚子好补觉。面馆旁边,大赢家房产中介门面敞开门,一身材不错的西服套装女,正面对一群睡眼惺忪的西服男训话,接着又集体跳了第九套广播操。鲁跃边吃面,边盯着这女经理,越看越面熟。鲁跃吃完面,端杯豆浆,他们也正好跳完,鲁跃冲她喊一声,乔云莲。乔云莲好像天天见般熟络,笑成花枝乱颤。在兰矿新村,她家和鲁跃家一直是门对门的邻居,鲁跃算是喝乔姨奶水长大。大赢家玻璃橱窗上,整整齐齐贴着各类售房租房信息,日晒风吹泛黄,乔云莲像从过去走出来,却感觉不到什么容貌变化。

我爸的话,你也信?鲁跃皱眉摇头。

乔云莲说,我信,当然信,我两岁多不懂事,只要我一哭闹,你爸就伸手掐我后背肩胛,将那只被炸飞半截的肉疙瘩拇指举我面前,说豹子来了,吓得我立马收声。直到我到上学前,都以为豹子这两个字,说的就是你爸那根断拇指。

鲁跃有些恍惚,想她那两瓣白肩胛,如今裹在蓝西服里,与乔云莲有十多年未见,她过分热情的笑容,让他不适。

鲁跃手摁手机,搜索出"豹"词条,屏幕正对乔云莲说,看清楚了,80年代后野生豹数量已极少,浮城林区最后捕到金钱豹是1983年,你妈过去遇到豹,我是真信,1986年1月我出生,我爸吹那年冬天下河炸鱼,会遇到豹子?这不是捏鼻子哄嘴,信他个鬼?

乔云莲伸手轻拍鲁跃左臂说，老辈的话还是要信的，你不要这样说你爸。鲁跃不想弯弯绕绕，直接问乔云莲，新村房屋信息，是不是你张扬出去？你在南方发财还不够，做生意又做到家门口？她不接鲁跃话，继续讲他爸鲁鸿新，说他爸总讲过去的事，说当时他要手再稳些，炸药雷管扔远些，炸翻了那只半夜饮水的靛蓝色豹子，他就能和乔云莲她妈一样，胸戴大红花，他和她妈又肯定不一样，一定能抓住机会，翻身发家，不至于现在。

鲁跃被她再三打岔，心里有点恼火，将手里喝完的豆浆纸杯子捏瘪，摔进门旁垃圾桶。大赢家那群西服男站旁边抽烟，目光一直往这边扫，看见鲁跃动作略大，立即围上来，一个个表情严肃，护花使者的做派。鲁跃赶紧掏口袋钥匙，将钥匙尖头夹在指间，攥紧拳头，随时奉陪的意思。乔云莲清了清嗓子，连连鼓掌，对那群西服男喊，上天眷顾早起的人、听懂话的人、行动迅速的人，赶紧各上各岗。那群西服男迅速扔掉手里烟头，调转方向，金鱼抢食般，挤进玻璃橱窗。

乔云莲堆笑脸说，培训不够，让你见笑。

大凡地表建筑物，就算外形奇葩，占地逼仄，从空中一百二十米航拍，也会别开生面，自带光环。比如被命名为镇江之门的那幢巨碑形建筑，突兀矗在大江左岸，给两岸造成压迫感，从高空俯瞰更能窥见它的硕大宏伟。很少人还能回忆，二十年前此处还是浮城最大的煤运码头，日日夜夜拉煤大货不断进出，江面上驮着连绵乌黑小丘的大小货船，劈开黄鳞般起伏的江波，缓缓消失在江峡转弯处。

还有城西山脚那片紧凑型别墅，占地不足百亩，楼房如蜂巢般密密麻麻，还加塞一处横七竖八游乐场，驾车路过恍如科幻电影里挤成箔片的末世废墟。鲁跃操纵无人机高空航拍时，可以俯瞰西部山脉走向，大山如叶脉蔓延，往华中屋脊而去。

鲁跃记得自己八岁时，父亲鲁鸿新肩背海鸥120双反相机，带着他和乔姨、乔云莲一起，耗时六小时登上西山顶，兴致勃勃不断变换角度拍照。印象深刻的是，相机牛皮外套像极战争片里的望远镜匣子，鲁跃央求一路，在山顶才得以将空皮套斜挎，正想象指挥千军万马纵横山河，而此时乔姨站在一棵歪脖子不老松前，遥指大山深处，讲起她十八岁时与豹子遭遇的经历。第一次听见乔姨讲述工作以外的事，鲁跃被惊得目瞪口呆，乔云莲则站在一旁，噘着小嘴，无动于衷。

如今鲁跃常常会翻出父亲拍摄的一些浮城旧照片，

与自己的航拍照片摆在一起，向客户推销过这样的新旧对比组合，可惜无人问津。客户会微笑摇头，顺带好心教育他，时代在进步，社会在发展，如果你还在原地观望风景，恭喜你离被淘汰不远。

鲁跃摄影网店开张半年，置顶推荐语是：天空鸟瞰，城市日新，阳光普照，水光潋滟，这般星罗棋布，如此岁月静好。各类航拍新照，加上网红美女笑迎，放大成巨幅建筑海报，矗立在高速路口、高铁站和机场门前，成为摄影师鲁跃的代表作。半年前，鲁跃航拍那套镇江之门照片，还缺乏谈判经验，同事从中牵线，落到他手里，稿费五千元，但自此有了推销自己的资本。现在鲁跃身价看涨，出拍一趟费用，八千五起步。

遇见乔云莲的前一天，周四下午三时许，鲁跃眼盯电脑屏幕，将照片压缩打包，放进云盘。客户依约即将来电，先传看小样片，等钱到账网银，他就报出云盘口令，原片交易即告完成。

鲁跃心底盘算接私活以来的器材投入与拍摄收入，目前这笔买卖结款后，已是纯粹盈利。他已有计划，将无人机升级换代，让航拍操作更加丝一般顺滑。音乐铃响，他接听手机，对方是似熟非熟男声，开口就问，考虑怎么样？

鲁跃答，考虑？……你是张总派来购图的？对方说，哦，张总没空，是啊，购图可以暂时不谈，你那套兰矿新村的房子，现在价格合适，有没有售出意愿？鲁跃说，滚，滚。对方说，买卖在，情谊先，先生你那房子不卖，有钱不赚，浪费不是？鲁跃说，你画个纸屋烧给你爹妈去。然后赶紧挂电话，等待客户来电看片，绝不可占线错过，耽搁不起。

此后，鲁跃连续接到五十九个电话呼入，像咬住他裤脚死死不放的狗群，号码不断变化，花式搭讪后不断劝说，目前那套房价位高企，正是出售良机。鲁跃开始谩骂，不断摁断来电，进而重启手机，最终电尽关机。等他充电再开机，依然是天南地北来电号码，呼入不断，振动不止。

六十分钟整，蜂拥来电戛然而止。鲁跃耳边仍有嗡嗡颤音，手机滚烫如手雷即将爆炸。

错过约定时间，再回呼客户手机，一直成忙音。鲁跃打给跑突发的老同事，对方一听呵呵笑，说你嘴欠开罪了中介，被他们开了呼死你。鲁跃说，呼死你不是整治他们乱贴小广告吗？老同事更笑，说只要你想得到，网上啥办不到，他们也升级，反向呼死你。

鲁跃左思右想，还是憋火。兰矿新村那套两室一厅，目前是父亲鲁鸿新独居，建筑面积七十三平米，离鲁跃目前居住的浮城市区，过江还有三十二公里。当初鲁鸿新搬家时，房产证写着独子鲁跃的名字。

熬到晚上六点半，还是给鲁鸿新打了电话：爸，在干啥？吃了吗？最近没人问房子的事吧？

你今天又没上班？近两期画报没见你出活，什么照片都没发，喝西北风？你能不能上班踏实点，有份工作不容易。鲁鸿新似乎一直在电话那头等着他，一开口就不住嘴，根本不搭理他的问题。

鲁跃又问，最近没人问房子的事吧？你吃过了？在忙啥？

鲁鸿新说，你管好你自己，不要操心我，我办了月票，每天到森林公园遛圈……这会儿在刷手机学习，不跟上时代，就被时代淘汰，你知不知道上月秘鲁酒店倒塌，这个月土耳其又房屋垮塌，外国房子都像豆腐渣稀烂，和平年代不容易，只有生活在我们这样的和平年代，房子才是安全的。

鲁跃有些大脑缺氧，打小就这样，只要听见父亲纵论天下大势，他就感到被一个巨大塑料袋套住脖子，脑袋里满是糨糊，无数次他站着听睡着了，又被鲁鸿新拧住耳朵唤醒。父亲总是这样，拍照之余，以前是整日读报纸看电视追环球新闻,现在是刷短视频看网红谈世界局势,逢人就语重心长发表预言,仿佛身后随时挂着一幅巨大的宇宙地图,让他身披大衣指指点点,时不时深吸一口烟,举起红铅笔圈画一番。

鲁跃从初中懂事开始,就发现父亲的不一般。按照乔姨的总结:鲁鸿新这个同志,个人动手能力强,擅长成天关在黑屋子里冲洗胶卷,或者撩开黑屋子半幅窗帘,焊接半导体制作收音机;脑子尤其紧跟时代,成天听完广播新闻,就挎着海鸥120相机拍照,将报纸上的新词新说法,联系实际做出各类不切实际的预判,让兰矿众同事一惊一乍。

比如,他到处预言兰矿迟早要倒闭,因为他读到环保政策收紧,结果被矿区保卫科逮进去,吃了两天闷亏,幸亏乔姨提前结束包头出差赶回,把他解救出来。等五年后,兰矿真到关闭的时候,周围人早就各想办法、各奔前程,父亲反而成了等死等到最后的人。

再比如,十年前他就预言房价会涨,可以赶紧买一套。当时房改不久,大拆大建没开始,浮城城区楼盘尚在滞销。旁人却说,他一定是想背着乔姨帮乔云莲,争取和睦她们母女关系。被旁人再三抢白,父亲真将存了大半辈子的六万元,从银行取出来,用报纸裹住,橡皮筋一扎,让鲁跃直接送到乔云莲所在的售楼部。不巧，乔云莲已跟老板邵总南下，鲁跃抱着现金整夜睡不着。父亲受不得撺掇，在城里新楼盘转悠，被好些售楼小姐套近乎，一气连交了三套房子预付定金，抱着房号转手的心愿。结果转年房价还没怎么动，他家只交了预定金，没签正式合同，三套房首付款凑不齐。按照楼盘规矩，预定金不能退，父亲心急火燎，又束手无策。最后是乔姨选了新楼盘最高楼顶端，骑上女儿墙，声嘶力竭叫屈，惊动了公安和政府。考虑到乔姨盛名在外，扣除滞纳金，拿回了五万二。两年后浮城楼盘均价涨到一万二，他家拿回的存款，大概能买五个平方。

鲁跃听见父亲在手机里说，你乔姨就是太把自己当事，跟着女儿在南方养老不好？当初为待遇的事情闹心，住院还不告诉女儿，一辈子要强……上个月二十五号，乔云莲提了苹果香蕉来看过我们老邻居，大家都夸她反应快、发财早，她只要过得好，乔姨在上面也心满意足……当初你要是听我的话，找她买到了房子，现在稳稳升值，可惜你个苕。她大你三岁，也三十五了吧，老姑娘了。

鲁跃补觉到上午十一点，被噩梦惊醒，起床洗把脸，继续试图联系客户张总，拨打十来次不通，再拨就不理智了。早上和乔云莲没问出所以然,她急着带领下属开工,倒是和过去一样大方,再三叮嘱中午她请饭小聚,把酒言欢。

鲁跃租住的还建楼单间,一半摆着单人床五屉柜,一半被隔成工作间,自己长时间关在里面修图,或者惯着冲洗胶卷的老嗜好。室内塞得满登登,光线暗淡,他渐渐记起补觉时梦境,先是又见到了那只靛蓝豹子,咧嘴走来走去,似笑似哭,喉间喑呜,接着就幻化成人。鲁跃想看清面容,凑到近处,那张脸不断变化,时而是乔玉芬,时而是乔云莲,时而是鲁鸿新,幻影无形,唯一不变的是双眼饱含泪水。

乔云莲请鲁跃吃烤串,就在早上牛肉面馆隔壁。烤串主要是晚上生意,店里透光空荡,一进门看见乔云莲像棵葱,换了西服套装,穿身黄裙,透着股冲劲。鲁跃说,好些年不见,你这腰缠万贯,大中午请我吃串?乔云莲答,这不是方便你我,上班近,回家近,老板也是街坊。鲁跃有些打不起劲,开门见山问,你想谋兰矿新村房子?不要吃着碗里,瞧着锅里,想发财走远点,不坑老乡邻……乔云莲哼笑一声,打断他的话说,你嘴里什么都金贵,你光屁股蛋,我都见过多少回,坑你?德行。

鲁跃心里恼火,一时开不了口。打小就这样,乔云莲这方面随她妈，说话嘎嘣脆，办事麻利。过去在兰矿时，矿电视台翻来覆去播几部老剧，其中有饰演武则天的演员，剑眉凤目，手段犀利，早晚飞腾，兰矿人都说像足乔姨。鲁跃他们家传个性，按照乔姨的说法，是一看二慢三观察，被人牵着鼻子才通过。也不怪父亲鲁鸿新，这大半辈子就在乔姨麾下，听她指挥。

乔姨最红火的那几年，经常被邀到各兄弟矿区讲演，回忆峥嵘岁月稠。乔云莲就被扔在鲁家，和鲁跃争撕清蒸田鸡肉，睡一床挤被窝。一直到初一暑假，两人躲蚊帐里捂着棉被，研究120相机拆装胶卷，被出差归来的乔姨撞个正着，认定两人早熟同床，怀抱的大西瓜失手摔碎，床前溅了一地红瓤黑籽。乔云莲被乔姨捆在楼前柳树，用扫帚疙瘩抽打，左邻右舍都来劝解，从此关了乔云莲禁闭，除了上学放学，再没让她出过家门。

乔云莲提起小铝茶壶，边冲洗两人碗筷边问，你爸身体看着挺好，岁数确实大了，你也不常回去看看？鲁跃说，你怎么知道我没看，上半年还拽我做了笔买卖。乔云莲又哼笑，说，又闹眼子吧，亏了多少？鲁跃又被堵了嘴。

去年冬天，浮城口罩一度脱销，鲁鸿新无法出门买菜遛弯，闷家里灵机一动，电话让鲁跃出钱入股，说要开家口罩厂。他通过微信宗亲群,联系老家毛嘴镇老亲戚,老亲戚心里有数,嘴上得力,说抢购到几台旧口罩机,通知赶紧付款开张。鲁跃禁不住父亲再三催促,给他转账十万,父亲委托对方高薪招工,兴致勃勃准备开工,那边又反馈搞不到无纺布,让鲁跃赶紧想办法,鲁跃住处连布都没半匹,搜遍网络也买不到。大企业加紧生产,口罩供应迅速恢复,等鲁鸿新戴口罩赶回老家,老亲戚已新购了好几套大宅,鲁鸿新只看到破旧土屋里几台废旧机械,锈迹斑斑,妥妥的负资产。

串上了桌,乔云莲又要一件纯生,倒满连走三杯,干完一瓶。她问,你怎么还像以前,半天闷不出个屁,你这样能活?鲁跃说,我平时不这样,见到你就不想开口。乔云莲说,这话说的,我讨你嫌?也是,想起来你以前志向远大,拿着你爸家传宝贝,要用镜头说话,不用嘴吹,真要问问,你那荷赛、华赛到底拿到奖没有?

鲁跃垂眼摸头,下了一杯说,还赛啥,现在谁没手机拍照,摄影穷三代,幸亏你当初没跟着学,我上班那画报都改地铁赠阅了,已经通知我们七个摄影,年末肯定要执行末五位淘汰。乔云莲说,怕啥,把你新村那老破旧一卖,有了启动资金,开家影楼工作室,拍个婚纱艺术照,手艺总能挣钱。

鲁跃想了想，直话直说，你在南方好好当阔姐，跑回来捡苍蝇肉，何必呢，兰矿新村那房子，你收了干啥，是有拆迁内部消息？那偏僻地方，不可能啊，别打主意了。

乔云莲说，你睁眼瞎吧，你说我真还是阔姐，我会在房产中介当个街店经理？我们俩知根知底，不怕寒碜谁，实话告诉你，我一直跟的那个邵大龙，资金链断了，人跑了没影了，走之前把剩余资产转移给他前妻老小，我什么都没捞着，大房子也被他给抵押没收，我又回来了，和咱妈咱爸当年一样，兰矿大喇叭常放的那歌，怎么唱来着：辛辛苦苦已度过半生，今夜重又走进风雨，我不能随波浮沉……

鲁跃盯着纯生瓶子看，满瓶墨绿色，空瓶透着蓝光，瓶身凸映乔云莲晃动的脸，拉长的嘴一张一合，仿佛即将窒息的豹。乔云莲一曲唱罢，中午烤串店人少，只有老板鼓掌叫好。鲁跃看桌边，一件纯生只剩两瓶，感觉上头，只顾撸串。他在心里又翻江倒海分析，乔姨和乔云莲当年生分的原因。

到了高一下学期，乔云莲瞒着乔姨旷课辍学，先是到夜场当啤酒妹，乔姨到处追着夜市摊主挨个骂，后来当过练歌房公主，乔姨到派出所哭闹举报，去了一段时间售楼部之后，大概就只好跟了邵大龙，随邵去南方拓楼盘。

那三四年，也是兰矿最不景气的时候。乔姨先还有心气，眼睁睁看着食堂关闭，子弟学校撤校分流，再就是矿井关停，就有些埋怨鲁鸿新一张乌鸦嘴，到后来鲁鸿新也想尽办法，没保住乔姨该有的待遇，齐刷刷成了待岗人员。

娴姐你还记得么？就是和咱妈咱爸一个办公室那个。乔云莲唱罢歌，直接吹了半瓶，忽然问鲁跃。

鲁跃说，你说的是那个分来的大学生？爱吃臭肉的小娴姐？

乔云莲说，她其实不爱吃臭肉，她去年邀我聚餐聊天，说当时就是馋，工资又总拖着发，捡菜场肉摊隔夜丢弃的臭肉碎骨，被人看见，就说自己有怪癖。

鲁跃说，乔姨本该有的待遇，最后不是给了她，现在怎样？

乔云莲说，家安在湛江，说是拿了最高档买断工龄，从炒楼花开始，一路踩准了暴富点，现在也是资方老板了，不知道怎么打听到我，就隔三岔五会来广州，邀我讲些陈年旧事，年纪大了容易怀旧，如今知道我落魄，还送我项目做。

鲁跃大抵明白，那事在心里也盘过无数回，就像暗房里冲洗胶片，只要时间够了，就会渐渐显出影像，在红光里，渐次清晰。

鲁跃说，我爸也总念记过去，说乔姨一生要强，你过得顺风顺水，她在上面也心满意足。乔云莲说，是啊，一辈子充能耐，年轻时说能上山打豹，年老时说各矿轮番讲演，到处有朋友，最后还不是落得声名扫地……鲁跃有些上头，思绪随着炭火上灰烟弥散，一时无法集中，耳边隐约传来嘤嘤低泣。透过满桌墨绿空瓶，他窥见一双变形的豹爪，正捂住乔云莲苍白脸庞。

先是伸出无数墨绿手臂，遮天蔽日。再有了隐约人形，成群结队，经年累月，不断伐垦。然后钻山打洞，如夜烟煤，堆积遍地，如冈如陵。最后世事往复，抹去痕迹，循环至森林遮天蔽日，有豹啸隐隐。鲁跃被困其中，如沙砾上不断甩尾的鱼，呼吸困难，以为声嘶力竭，却发不出呻吟。

憋闷之际，眼见发电厂烟囱不断高耸，往乌滚滚云端扎去，鲁跃眼前黑漆漆，往空旷无人的控制室摸索，窗外如夜车驶过，大灯晃动刺眼，角落里有豹和人纠缠，上下翻滚，动作刺激，恍然细看，不是豹子，竟是男女交媾，鲁跃此时发现自己还未发育，孩童一般惊骇，背后突然巨吼，巨大面孔布满时空，是乔姨愤怒，她在制止。

鲁跃艰难醒来，动弹不得，手脚和旧毛巾被纠缠不清。他挣出麻木右手,掐了掐额头,屋内一股阴气,伸头看地,湿漉漉拖过不久,缓慢坐起,股间空空荡荡。鲁跃正妄图回忆,听见隔间里窸窣声响,他将毛巾被重裹腰间,轻咳一声,乔云莲探出半身,蓝西装规规整整。鲁跃问几点了,乔云莲答六点二十三,她上了半天班,过来看看,他醉死一下午,活了没有。

乔云莲缩回身,话从隔间传来,说你爸当年拍的胶卷都在你这儿?鲁跃套上衣裤说,不是全部,有些他自己就没留。乔云莲说,这不少照片是我妈在各矿讲演时,在当地风景留影。鲁跃说,我爸负责宣传,你妈这样的标兵,能不浓墨重彩。乔云莲说,你说这一路路的,你爸和我妈,到底好过没有。鲁跃说,不至于,你妈作风严谨,到处抓人家作风,我爸大概率仰视,也就是趁机四处旅游。乔云莲说,那我妈被网上乱骂的时候,就你爸一个人上蹿下跳,到处说曾在兰溪夜遇豹子,确实有豹存在,想尽办法辩白……其实,我还挺愿意,他们俩好过。

鲁跃将毛巾被捏成团,凑到鼻间,有陌生气息。他坐在床边,喉咙发干,有些头晕。他家几代务工,爷爷先是伐林后又挖煤,父亲鲁鸿新算是自学成才,挎着相机当厂办宣传员,一直算是乔云莲母亲的下属。乔云莲的母亲因为年少时的事迹,带了声誉,一路任矿办主任、工会主席，周游兄弟矿讲演那会儿，甚至传说要上调省局。不料盛极必衰，兰矿撤并时，都在争买断待遇，乔姨还没回过神，就一脚踏空，被人在网上造舆论，说她造假作伪，个人历史虚妄。

光线暗下来，窗外有雨声，鲁跃走几步，掩了临街的铝合金拉窗。他说，兰矿那会儿，谁最会用电脑上网，我常常琢磨这事。乔云莲说，以前大龙哥总对我说，活在当下，你也别想了，把新村那套房转手给我，我不亏你，市价上每平再加你两百。鲁跃有些发冷，身裹毛巾被，踱进工作间。光线暗淡处，乔云莲蜷在角落沙发，正伸指头，一张张划过满墙照片，都是旧河山，过来人。她说，你现在有空，给我拍几张。鲁跃想了想，指着地上飞行器说，我改天上航拍了。乔云莲说，航拍好，天上神不知鬼不觉，说起来去年要你在，不定我在他前妻家就捉贼捉赃了，我都闻到他气味，在那门口守了九天九夜，望不到人影，要有航拍，锁住他位置，不至于现在。

鲁跃布置暗房，取出从父亲处收集的老胶卷，从里面找出当年西山顶老松树前的合影底片。在暗红光线下，放在放大机下成像于相纸上，再放入显影液，在定影液容器中定影，拧开水龙头用清水冲洗，最后把相片用夹子夹起晾干。乔云莲歪在沙发里，看着他一举一动，嘴里絮絮叨叨，叨咕她的遭际，大龙哥走了，她过去花销签单，欠下五十多万，幸亏小娴姐知道她难处，介绍一大笔业务，帮忙收了兰矿新村，资方要投养老避暑宅院组团……

鲁跃再度醒来，雨不知何时停，窗外已然大亮。屋内并无别人，他踱进暗房，仍是四壁红光，墙角沙发凹进人形，那张放大的西山合影，夹在高处，微微颤抖，仿佛有灵。他脑里显影，合影前五分钟，他们正听乔姨讲她遇豹行迹。

鲁跃驾着他那辆二手越野车，到超市买了一百斤桥米、两桶金龙鱼，一路开过跨江大桥，转进连绵九弓山，新村那四栋九层楼，从山坳里露出，好像旧麻将里的褪色四条。鲁跃忍不住航拍构图，无人机从天上俯瞰，这四栋楼大概就是，从墨绿大山里咧开四张口，突兀朝天，只能干呕。车进新村，往日道路两旁的象棋摊、麻将桌荡然无存，那些缓步穿行的爹爹婆婆仿佛从未存在过。鲁跃记起昨晚乔云莲说，新村月内已搬走七七八八，剩下没签约的，就只他父亲鲁鸿新们，大概四五户。到父母家楼前，他敲门无人应，再打父亲鲁鸿新手机，父亲有些责怪，说既然要来，就应该提前说一声，也好有个准备。鲁跃说，我回来一会儿，有什么好准备的。鲁跃听父亲只喘气不开口，就问，在森林公园遛弯？父亲说，今天又不是周末双休，你好好拍照，好好工作就蛮好。

鲁跃百无聊赖，栅门内锁响动，门缝出来一黑西装白衬衣瘦高男，鹰一样逼视，问你送快递到几楼几号？鲁跃低头看身前米油，知道对方误会，也不解释就答，对，送上楼。对方却不依，又问，你电话联系收件人么？这栋楼快搬空了，你莫不是走错了。没等鲁跃再说话，瘦高男一挤出身，砰，甩手关了栅门。鲁跃一愣，还没发话，瘦高男跳上电动车，挥手说，整栋楼一上午没人，我都敲过门了，别费工夫爬楼，明天再送吧。鲁跃察觉这人隐约见过，忆起是大赢家那帮中介之一，乔云莲的下属。

今夏开始，鲁跃天天接到各路房屋中介电话，问鲁跃兰矿新村房子售不售。鲁跃开始闲时还问问价，后来就扎进苍蝇堆里一样心烦，不断将中介电话号码拉进黑名单，依然陷入了电话呼叫的海洋，拉也拉不干净，号码显示从四面八方打来，包括东南亚几个国家。其实都是本地房屋中介。鲁跃琢磨，这一次是否又被鲁鸿新嘲讽。打小照父亲说法，自己算是一个聪明苕。父亲鲁鸿新喜欢拐弯抹角，冷嘲热讽，求全责备。如果你要拉他多问几句，鲁鸿新一定会举例说明。

他将米油堆放楼洞前，转身上越野车。车行三公里，转过四个山坳，已近豹隐口森林公园。此地双休自驾游客极多，平日却是人迹寥寥。鲁跃停罢车，取出航拍背包，行至公园门前，并不入内。"豹隐口"公园铭牌高悬，这里是父亲鲁鸿新每日必经之地，他却从未进园。此时，风穿林海，如啸如吼。又记起父亲想弄清楚名称来历，到图书馆翻了好些回，又一番咬文嚼字：所谓终南晨豹隐，巫峡夜猿吟。又所谓英豪未豹变，自古多艰辛，他人纵以疏，君意宜独亲。归根到底，有相同气息的人或物，总会有所感应，彼此吸引。

鲁跃打开背包，将无人机摆好，蜂群般响，瞬间上天，往公园深处去。屏幕清晰，山高林密，石径如脉，满目墨绿间，苍黄洼地分外醒目。洼地中央，是巨大铜铸雕塑，一个面目娇娆的女子，头盘包布，身穿袢袄，拉长腰肢，高举右臂，左手按住座下变形的动物，似豹似虎，龇牙咧嘴，眼含惧色。此为豹隐口知名景点，铜雕下有黑底金字碑，记述当地传说：豹隐口上不简单，打豹故事永流传。妇女田间农活忙，三岁小孩放埂上。远处蹿来一只豹，要把小孩填肚腩。英勇乔姐冲上前，捡石猛砸把豹拦。一跃骑上豹子腰，两手掐住豹子颈。豹尾势大抽痛她，忍痛猛踹豹子腹。拳打脚踢半小时，眼瞅豹子断了气。乔姐成了活武松，有赖猎手好父亲。自小学会打猎技，练出一身好胆量。乔姐事迹美名扬，阳关大道任她行。鲁跃记忆犹新，鲁鸿新为这段文字修改了二十八次，让鲁跃陪着他到规划建设方求爹告奶，绞尽脑汁间，终成这段顺口溜。

此时，鲁鸿新的微小身影，正在黑底金字碑前，长久默立。鲁跃双眼模糊，手中屏幕晃动，大山气流莫测，无人机空中乱窜。本想拍下画面，同传乔云莲手机。眼见画面紊乱，天空绿荫翻滚，铜雕化成一道道耀眼光斑。天尽处，江水东流，氤氲蒸腾，森林化为黑炭，再化为森林，周而复始，不知所终。

# 锈　泵

软剑一柄，捅入鼻腔，直插肺叶。石旗终于翻身，咳嗽喷涌，仰躺喘息，在宿醉中挣扎。空气中弥漫酒精气味，大概又摔碎几瓶烈酒，石旗以为瘫卧VOX酒吧，手掌乱摸一气，赤身紧裹被褥，想来已被抬回酒店客房。他歪头一看，身下却是牡丹花旧床单，循光线望去，水泥阳台上，父亲石代全正手握硕大绿喷壶，不断向两把木椅喷洒消毒。石旗心头一紧，昨晚酩酊大醉，意识混乱却方向笃定，戴口罩夜奔三百多公里，坐动车搭的士换摩的，真就回到了兰矿新村五栋一单元504室，阔别五年的老家。

初夏阳光透明，酒精如锐器，逼迫呼吸，阳台上两把桐油木椅闪烁金红，石旗恍惚看见妈妈坐椅上摇晃，哼唱催眠曲，自己口含乳头，拼命吮吸，呛奶，咳嗽，呕吐。木椅上一一摊开，石旗所穿黑皮褛、牛仔裤、花衬衣、平角内裤，地上旧报纸上摆放皮夹、身份证、拨片、手链，还有黑皮靴，父亲用酒精均匀喷洒消毒。父亲双手叉腰，看了看床上，发现石旗已醒，转头朝楼下，扩胸伸腿，狭窄阳台里绕圈，嘴里连报步数。

阳台上江风正劲，父亲似乎早已风干，比石旗记忆里轮廓至少小了三圈，像瘦小的猿。父亲脸褐，双颊下凹，罩肥大灰西装，戴旧框眼镜，眼镜腿一黑一黄，头发油腻打卷，白了大半。石旗背回的芬达琴箱，斜靠阳台围栏，箱面布满酒精滴痕。父亲稍事锻炼后，还是忍不住放平琴箱，打开箱盖，举喷壶准备继续消毒。石旗不得不开口喊，停手停手，我的琴受不得潮。琴箱已开，父亲扭头望他，表情不解。石旗坐起身，箱里塞了大半瓶黑方酒，并不见他弹奏多年的淡蓝色芬达琴。父亲嘴角轻咧，鼻孔哼两声，抬起喷壶，酒精喷雾往箱中直洒。石旗盯着喷雾依稀折射七彩，反复回忆那把钟爱的电吉他。淡蓝琴体，特意请老琴师做旧，边缘描画60年代披头士乐队崇尚的佩斯利花纹，复古式黄铜琴桥，火焰枫木琴颈，五年前在什刹海百花深处，花三万八从吉他师傅巨巨手里购得。听巨巨讲古，这把琴是当年录制系列唱片《中国火》时，录音师从国外背过来的，成就了国摇经典，意义非凡。

琴去哪儿了？石旗看见父亲喷罢酒精，端详黑方酒瓶上商标，轻轻摇头，咂嘴冷笑。他顿生悔意，还是不该回来。他想起昨晚演出后的酒局，所有人都喝兴奋，抱成一团，又笑又哭。石旗以为自己最清醒，他再三提议大家向上举杯，感谢当年兰矿兄弟魏涛，没有和他约定，自己不会坚持走下来，感谢那位著名相声艺术家的公子，如果没有那档火出圈的乐队选秀节目，他们的锈泵乐队早就解散，卖琴的继续卖琴，办班的继续办班，送外卖的继续送外卖，当中介的继续当中介。锈泵乐队首次完成十城巡演，虽然演出地点都在观众不足五六百人的live house，但终究算是赚到了第一桶金。演出前，阿梵举手机，给他看巡演收入，打头是二，共六位数。石旗一激动，破了自己定下的演出戒律，在乐队其他成员登台后，一口气灌了半瓶红酒，斜挎吉他冲上舞台，脚踹效果器，猛扫琴弦，乐声轰鸣，整场喧嚣。

石旗从枕上抬头，看见左右靠墙打小熟悉的红漆木家具，墙壁贴满他从兰矿幼儿园小一班到兰矿中学高三（三）班所获奖状，床头墙上悬挂九幅家庭相框，家里物件摆设和五年前没变化，一模一样。父亲喷罢酒精，撩开门帘，外屋洗手涮壶，电视新闻声响起，父亲发喊，别装睡了，懒什么懒，馒头稀饭在桌上。石旗有点蒙，恍惚从来没离开过，还活在小时候放寒假，趴枕头上又赖一小会儿。他撑起头盯墙看，在相框里寻找妈妈。右上那张，是妈妈和父亲相识不久，在兰矿后山顶上，一棵老松下两人眺望远方，彩色据说是后来添上去的，二十多岁的妈妈身穿蓝工装，两颊绯红，两根长辫子，正年轻。中间那张妈妈单人照，是石旗和妈妈一道，搭中巴去县里照相馆所拍，妈妈尽力在微笑，可能因为照相灯刺眼，眼里看到闪烁之物，双眼月牙一样，头发一丝不苟，脑后挽了一个髻，虽然照片上看不到，但石旗记得那天出发前妈妈举木梳梳了很久。妈妈说，我想去照相馆拍张照，以后用得着的那种，怕万一来不及，到时候差张照片，就让你跌份了。左下是张两人合影，十八岁的石旗和魏涛，跳跃半空，飞翔定格，是妈妈端着魏涛他家那台相机，延时加连拍而成，记得妈妈按快门时很开心。

石旗听见父亲连连咂嘴，带拉长的丝音，他打小就熟悉到生理性厌恶的喝酒声响。石旗赤身跳下床，像过去一样猛搧衣柜门，外屋顿时安静，只剩电视里女播音员语速极快念叨。阳台上衣裤被酒精腌着，石旗开了衣柜门，柜里三格，还是五年前妈妈分类的，整齐叠放他的衣物。妈妈找矿上裁缝铺做的五条蓝布短裤，放在上格，他取过其中一条，套住双腿，拉到腰间，还没转身，蓝布就四分五裂，碎片落在腿脚间，发黄的松紧带圈在肚脐。石旗擤了擤鼻子，从柜里找了旧牛仔裤、蓝格衬衣穿上，积尘扬起，淡淡樟脑味。他掀起门帘，父亲果然又在喝酒，左手端玻璃杯，右手持筷从碟子里夹油炸花生米，一颗颗往嘴里送，盯着电视看，并不睬他。石旗拖开木椅，铝锅里舀碗稀饭，小笸箕里拿白馒头。父亲朝电视机说，三更半夜醉醺醺回来，也不提前打个招呼，把新村邻居都吵闹了。石旗说，我想什么时候回，就什么时候回，这是我家。父亲说，三年前我回来，家里怎么没见你，孤魂野鬼一样，现在晓得是你家？石旗低头喝稀饭，后悔昨晚酒后冲动，奔波自找添堵，拿出手机订票，下午出发返程，不耽搁与乐队会合。父亲放下酒杯，咂完嘴开始絮叨，二楼左边那家你冯叔叔，上个月心肌梗死走了，就是你小时候在矿里摔破膝盖，抱你去卫生室缝针的那个财务科冯会计。新村解了封，情况好转了，大家松口气，他却走了。石旗发现父亲停不住嘴，如溢出来的酒缸，终于拧开缸底龙头，喷流止不住的话。父亲酒气四溅地叨咕，别看新村搬来多年，过去五十年国营兰矿单位组织纪律性，还是很起作用，去年大家听号召听指挥，自觉封楼封门，六十岁以下的抽签出列，戴袖章搞志愿服务，挨家挨户帮忙送米买菜，全村就没感染一例，只走了三个年老多病的老伙计。

石旗只顾低头看票务，手机不断振动，点开锈泵微信群，群里成员纷纷冒头，有问老大组织大家中午吃啥大菜，有问大旗你怎么不在房间。阿梵开了语音私聊，石旗离开饭桌，往阳台走。父亲视线紧跟他，嘴里像被木塞猛然堵住，一张一合，全是白沫，摸摸索索端酒杯，喝一大口，用劲咂嘴，丝音拉得老长。石旗眺望阳台下，大江像一条玻璃栈道，凝固而易碎，看不出流动痕迹。阿梵说，你昨晚上真回老家了？石旗说，今晚就回来，不耽误事，你先安排大家歇一天，就说我出去谈平台合作，明天我们就回Y省，继续磨乐队专辑，在网上推收费版本。阿梵说，有个事，等你，回来，再说吧。石旗说，有事说事，现在就说，莫吞吞吐吐。阿梵说，也可能没什么，晚上再说吧。阿梵又说，多说一句，你昨晚现场，最后不该砸琴。

江风呼啸，从五楼阳台望去，大江上有货船航行，岸左是江岸平原，初夏农田大片大片覆盖塑料膜，里面无数棉苗正在生长。十一年前大江截流，兰矿转产落空，矿工及家属分散搬迁，多地安置。包括石旗父母在内的兰矿机关两百多户，从峡江兰溪畔搬到这平原之地，当地棉纺厂打着横幅标语，欢迎大家入住务工。妈妈直到去世前，都对气候不习惯，天气一热她要不断给棉田打药，夏季最热时她要钻棉田摘棉桃，冬天平原没有大山遮蔽，风像狮吼一样日夜不息，她睡觉要穿毛线衣裤，盖三床棉被，家里离不得火炉火盆,过去在矿里拾捡不觉得,搬到这里才发现单买煤炭家用,都是一笔不小开销。

父亲听见石旗在阳台语音,忍耐不住,从屋里大声问,你这就要走?刚回家,住都不住一晚?搞什么名堂?石旗扭头看琴箱,它斜靠阳台转角,内腹空空荡荡,黑方酒瓶叠在底部,活像一个天生酒鬼。他回忆那把淡蓝琴在怀里的最后时光,长达五分多钟的噪声墙,从他剧烈拨动的琴弦,经过效果器,通过巨大音响,在数百观众脑子里炸开了一朵又一朵蓝色蘑菇云,厚重的层次感铺天盖地,抵达最密集最劲爆时刻,仿佛被一刀斩开,石旗静止一切动作,想让世界万籁俱寂,台下观众却依然沉浸其中,他们反复高唱锈泵乐队的歌谣——

  醉生梦死的石先生,站在九十九层楼顶,
  举起望远镜,望向那水泵,
  水抽不上,它早就锈了,
  枯枝败叶,它早就堵了,
  焦渴难耐,他梦中醒来,
  可怕的不是醒着,是从没活过,
  可怕的是活着,却从不曾活过……

石旗感到释放后的空荡荡，在他头顶正前方，声音不断念叨，时候到了，时候到了，他紧握琴颈，高举琴体，将它砸向舞台前沿，琴身顿时断裂，蓝花飞溅，啸叫回荡。

玻璃碎裂声响，穿透门帘，石旗有些恼火，父亲改不掉多年醉酒习性，大概又在乱摔东西。他回到里屋，撩开门帘，果然家里红花玻璃杯又少了一个，被父亲摔碎在墙角，苞谷酒泼洒一地。让他惊讶的是，父亲像石旗小时候一样在抽泣，眼泪鼻涕流了满脸。

自制铁板门，厚达八公分，门框使用截断的废旧轨道，门板上方用食指粗铁条焊出带锁拉门菱形小窗。铁门一旦上锁，找不到钥匙，就算天王老子想尽办法，也轰不开。五年前，为提防兰矿老同事们上门扯皮，石旗和魏涛找镇上农机厂相熟青工，给车间主任塞了两条红塔山，在车间里倒腾了三天，给肖魏两家做了两扇坚固大门，至少让两位妈妈少受些惊吓，能躲避度日。

现在，铁门被反锁，石旗只能干瞪眼，他肩背琴箱，衣裤蔫巴干，酒精味浓郁，父亲坐在桌前，自顾自看电视新闻。石旗说，钥匙拿来，我还有事，票都订了，必须走。父亲说，我不耽搁时间，我就讲两点，第一，去年新村上下一心，暂时封锁单元门之后，我就忘了家门钥匙放哪儿，后来解封也一直没出门，反锁了门蛮好，在家待起，既清静，又安全；第二，按照相关规定，你从外边回来，先要居家隔离。石旗说，你难道从去年就没出过门？钥匙一直忘记放哪儿，我昨晚怎么进门的？赶紧把钥匙拿出来。我出来巡演，两个多月，都是安全地方，健康码一直常绿，把门打开。

僵持片刻，父亲说到了睡午觉钟点，卧室门一关，把石旗晾在铁门前。石旗朝铁门踹一脚，坐木椅上揉脚趾。他翻箱倒柜找，没找到门钥匙。看屋里物件摆设，和自己五年前离开时几乎没有变化，比如码在双卡录音机旁的五十三盒磁带，书架上七十六本《音像世界》《音乐天堂》杂志，斜挂墙上那台积满尘网的暗绿色蝴蝶琴，还有一把破旧木吉他。除了厨房案板角落多了几件食品：塑料袋里五筒纸封面条，几棵莴白菜，两瓶辣椒酱，长花的酱油瓶，大塑料壶里还剩差不多三分之一苞谷酒。打小记忆里，父亲生活自理能力弱，从不进厨房的大男主。石旗念初三那年春节，妈妈非要回江城看外婆，父亲却硬留石旗在兰矿过年。前三天被父亲带着到处喝酒吃肉，到县里镇上轮流拜年，县里镇上又轮流回拜，从餐馆到食堂，从食堂到餐馆，父亲酒桌上山呼海啸，县长局长镇长一通勾肩搭背，一回家就吐得昏天黑地，石旗摆弄家里脸盆脚盆水桶，紧跟父亲不停移动，从沙发到卫生间到床上，接纳他喷涌呕吐的腌臜物，还要不断跳跃避让父亲随手摔碎的玻璃器物。等到腊月二十九之后，地方单位拜年完毕，街上餐馆菜场歇业，父亲酒醒之后，每日三餐在家煮面、炒鸡蛋饭、炖隔夜饭，吃完他就躺床上睡觉，过年气氛荡然无存，石旗熬到正月初五，一直等到妈妈提前赶回。

自己离家这几年，不知道父亲怎样孤独度日，在外混吃混喝完全断了，靠他自己在家煮面炒饭，可以想见生活一塌糊涂。去年上半年，石旗想方设法给父亲寄了米面、酒精和口罩，大瓶消毒酒精快见底，两大包口罩不见踪影。父亲说他去年就再没出门，口罩怎么会用光？石旗看了看时间，现在就算打开铁门，也无法赶上今天最后一趟动车，只能多住一晚，改签明天最早车次。他拿笤帚扫墙角，收拾干净碎玻璃杯，再推父亲卧室门，里面上了插销，他说，我改签了车票，出来开了铁门，晚上出去打牙祭。卧室门还没开，大铁门被擂得山响。一口高亢女声喊，石总，听你在里面踢门，没事吧你，身体不舒服就赶紧开门，要买什么就直说，我从小窗递进来，别瞎折腾。石旗一听是打小的邻居李姨，年轻时兰矿职工文工团报幕员的声腔，他开口回应，没事，没事，李姨。嘴被冲出来的父亲紧掯，父亲将他推进厨房，迈过去拨开菱形小窗，连说，没事没事，你不要高声大嗓，我好得很！李姨哦哦几声，放低音量又问，我刚才是不是听见小旗这孩子声音，他回来了？我家魏涛呢？父亲答，没有没有，这家就我一个人，三年多了，你又不是不知道。李姨说，石总你可别诓骗我，我耳朵好得很。父亲说，快回吧。石旗蹑手蹑脚踱步，眼见父亲抬手关上菱形小窗，门外传来李姨啜泣声，父亲对着铁门默立，好一会儿听见李姨下楼脚步声，父亲转身，坐旧沙发上，双手来回搓，一声不吭。石旗问，涛子走了快半年，李姨她不知道？父亲手往旧西服口袋伸，一紧张就习惯摸烟，摸了一会儿没摸着，又抬手薅头发，将打卷白头发用力往后捋。石旗心里发慌，赶紧往里屋走。他目光依次扫过墙上绿蝴蝶琴、旧木吉他、双卡录音机和床头左下那张自己和魏涛十八岁时的合影，心里自责，不该贸然回来。石旗盯着阳台外，已是暮色四合，江涛寂寥，岸左平原上蝙蝠成群结队，棉田上低翔，划出怪异曲线。

妈妈在时，每天晚饭后，会和李姨走圈散步，这个习惯大概从她们年轻开始，从矿区走到新村，走了很多年。石旗从蹒跚学步到妈妈离世前，无数次跟在她们身后走。曾经有一次，石旗跟在妈妈和李姨身后，听见妈妈说，我们待在兰矿这辈子，土不土，洋不洋，就跟这蝙蝠差不多

锈泵

吧。李姨说，怎么和这种丑八怪比？妈妈说，我在小旗课本上读到，说鸟类瞧不上蝙蝠，嫌它飞不高，兽类也觉得它不是同类，长了一对丑翅膀，结果蝙蝠被两边都嫌弃，只能天亮不亮黑不黑时，才能出来低空兜圈。李姨说，你又瞎想啥啊。两人不再开口，埋头只管走。妈妈和李姨是同一批进兰矿的技术员，当时支援三线建设，妈妈和李姨从江城奔赴而来，抱定安家扎根的信念。石旗如今常回忆，矿里家属喜欢串门，爱飞短流长，妈妈和李姨除了两家走动，就是关起家门成一统，吃穿和兰矿另外三千多家也没什么不同，家里却总有生活在别处的氛围。想不通的是，后来无数拨返城机会，两位妈妈还是都选择留下，可是日常她们又让石旗和魏涛总对外边世界保持想象，高楼大厦，车水马龙，木吉他，牛仔裤，录音机，流行乐，诸如此类。不过，可能正是这种距离感，在兰矿卓然不群，让两位父亲从中受益，一路升迁，直到末任董事长、总经理的位置。

年轻时，妈妈和李姨一起，是兰矿职工文工团的两朵花，妈妈演奏蝴蝶琴，李姨是歌手兼报幕员。那台积满尘网的暗绿色蝴蝶琴和破木吉他，是妈妈和李姨的爱物，那七十六本音乐杂志，妈妈也是一本一本都翻看过，她常对石旗念叨一句话，不知道从哪里读到的谚语：滚动的石头不生苔。打石旗小时候，妈妈就总对他说，要想不生苔生霉，长大走得越远越好。李姨对魏涛相对溺爱，这也导致魏涛和石旗不太一样，比如魏涛比较享受他父亲职位的荫泽，常常自诩为兰矿拐子（湘鄂方言，老大、狠人），喜欢惹事出头，心眼多，下手狠，从周边村镇到县城，四处横着走，挑事群殴。兰矿入驻兰溪畔挖矿建厂，已近五十年，矿区漫延十余公里，近万名职工及家属自成生活体系，大矿自豪感延续几代人。热血青工一茬又一茬，因为各种理由干了无数场架，小到一个眼神、一件新夹克，大到露天电影争位置，往往成为兰矿人津津乐道的传奇。

石旗趴在牡丹花旧床单上，瞪着那张十八岁的合影。外屋如长夜寂静，父亲呼吸声几不可闻，父亲在家里从来如此隐身。以前常年在外边，不是喝酒就是谈事，等回到家不是酩酊大醉，就是蒙头大睡。后来父亲和魏涛父亲一同出事，妈妈和李姨躲家里抱头痛哭，等石旗和魏涛回来，两个妈妈又装没事人，瞒了他们三个月之久。直到石旗十八岁生日，他和魏涛拍下这张合影，妈妈还笑着按下快门。第二天他和魏涛取下胶卷，去镇上冲洗照片，被十几个以前兰矿子弟堵在街角，逼他们掏钱抵账，骂他们老爹害苦大家。他们才知道父亲石代全和魏达浚因为涉嫌渎职贪腐，早已从公司办公室被带走。魏涛自小做惯兰矿子弟的拐子,哪受得起过去小弟骑在头上,拽着石旗一通乱打乱冲,反被逼进了街边网吧。子弟们冲进来,有人关了电源,拉黑了灯,双方拆了座椅混战,石旗落单被子弟们架到江边。魏涛亮出软剑救他时,他被五个子弟摁牢江水里,脸颊在滩底卵石上摩擦,江水灌涌进口鼻耳目,胸口像被刀片反复刮割,肺就快爆掉。等那五个子弟松手,他抬头猛咳,好一会儿才看清,魏涛手持软剑砍伤两个子弟,对方五人像快进的录像带,一步一顿上岸飞遁。石旗喉咙发干,气粗如牛,趴在石滩上,捧几口江水入口,他看见江岸漂浮成堆白沫,好像成千上万条鱼在喘息。

石旗回家后,向妈妈问究竟,妈妈只顾手里忙活,不理睬他。下午出门找魏涛,才知道李姨已说实情:十一年前确定大江截流,兰矿获得过亿转产迁建经费,两位父亲喝酒出差频率更勤,在兰溪上游建水泥厂、化工厂,投产一年多,卫星发现大江中游出现一条乳白色支流,环保部门勒令其停工,更严厉的措施出台,水泥厂化工厂划入拆除范围,近万矿工及家属告别兰溪,分散搬迁,多地安置。李姨说,这两个酒麻木早晚要出事。魏涛拽着石旗赶去县城,想打听父亲消息,两人寻路无门,在县城网吧蹲坐一夜。这天晚上,被砍伤的两个子弟的家人,带领大群兰矿老职工堵了石魏两家门。两位妈妈好说歹说,卖尽过去人情脸面，答应先赔付五千元医疗费，给这两个看着长大的子弟治伤。第二天早上，石旗和魏涛从县城回来，眼看情势不对，赶紧央求镇上青工，赶制两扇厚铁门。老职工们三天两头敲门，妈妈和李姨不由自主疏远。妈妈不再看书弹琴，渐渐愈加沉默，常常陷入思维停滞状态。石旗从那时开始，埋头苦练吉他，每天长达八小时，刻板封闭，沉溺其中。新村开始流言纷起，说是石代全交出了私藏账本，魏达浚惊恐不安，重病缠身。不久，魏家父亲病逝消息传来，楼下李姨撕心裂肺地哀哭，妈妈无法承受，晨雾中走入江中，从此失踪。

天黑定下来，楼下空地棚屋里，几个兰矿老人围在一起，唱卡拉OK。石旗隐约听见李姨熟悉的女中音，在唱一首老歌：歌声轻轻荡漾在黄昏水面上，暮色中的工厂在远处闪着光，列车飞快奔驰车窗的灯火辉煌，两个青年等我在山楂树两旁……石旗胸口像堵了隔夜食，烧灼感渐渐浓烈，他迅速关上阳台门，习惯性掏出手机，手指飞快划动，屏幕上图文翻晃，锈泵微信群里，乐队成员倒是安静。阿梵单独留了五遍言，问他晚上何时到。最后一遍留言说，昨晚演出现场，出了点事，不知道能不能摆平，你回来好商量。石旗想起此前阿梵吞吞吐吐，攥起手机连拨她号码，电话总是忙音。约莫半小时后，阿梵终于回信息，说石旗要是到了高铁站，就直接来市一医院。石旗更是惴惴不安，赶紧短信问原因。又过了十来分钟，阿梵回信息说，昨晚演出最后，石旗高举电吉他，砸向舞台前沿，琴身断裂飞溅，崩伤了台下一名观众。她现在正在医院，被伤者家属围住，有说就划伤了脸颊，有说崩伤了眼睛，正在边安抚边道歉，商量赔偿金额。石旗从琴箱里摸出那瓶黑方，拧开瓶盖，对嘴猛灌两口，从喉咙到腹部像被剖开，热烘烘，透风漏气。石旗思来想去，想到阿梵加入团队不到三个月，他忽然想不起阿梵容貌，像江面夜雾升腾，巨大的水汽颗粒，让他堕入混沌。

三个月前，在羊城殡仪馆为魏涛办理寄存手续时，除了从机场匆匆赶来的自己，就剩阿梵一个人打把透明伞站雨里等，她戴了副黑框眼镜，说她不敢进馆，一直在等人来办理。石旗第一眼见她，感觉有些面熟，像兰溪畔芦苇丛里一只白鹳，孤零零立着，不定什么时候扑腾扑腾飞一圈。进城路上，石旗才问明白，阿梵曾经也是兰矿子弟，很小出来南方打工，和魏涛偶然相遇，魏涛将她从洗浴城捞出来，后来同居在一起。阿梵简单说了情况，魏涛是从十二楼和十三楼之间楼道窗户跳下去的，大概是下午四点四十五分，因为那天下午她没直播，出去转了转，在楼下超市买了瓶装水、散装饺子和卤藕，听见单元楼下一群爹爹婆婆嚷嚷，她还没走近，刚看清就瘫倒，饺子、卤藕散一地，被警车、救护车碾成乱泥。

阿梵说，他们住处附近有家湘菜馆，魏涛以前说有石旗家里饭菜味道，要不一道晚餐，算是送别魏涛。他们租住的小区较偏，出租车穿过主城，路上望见珠江，雨幕中船舶浮动，江水拍岸。石旗想着魏涛心思细，从窗口望出去，远处有支流水道，果然隐约有老家兰溪的模样。听阿梵说，他们在同一小区租了两处房，她住六栋十一楼，魏涛住七栋十二楼。阿梵自我介绍是音乐主播，魏涛总刷礼物，算是刷成了网红。石旗没接话，他是接到警方通知来办理后事，说是魏涛生前有遗言，万一出了意外，就电话联系石旗。下车时，阿梵说魏涛还欠她二十万块，问石旗能不能转账给她。石旗说自己网银钱不够，先转她两万。阿梵盯着手机转账成功，两条长腿蹦跶进六栋门洞。南方雨水来去快，此时阳光闪烁，他跟在阿梵身后进了六栋十一楼房间，厅里摆着古筝、葫芦丝，一台暗黄蝴蝶琴，直播架，补光灯，炫彩转椅。石旗问，你会弹蝴蝶琴？阿梵说，魏涛买来让学，网上有人看，有流量赚的。石旗摇头揉眼，想着五年前魏涛要是能和自己一道走，是不是就能活着。阿梵说，他总说起你，说他打小和你一起听歌，还想过组乐队，结果你撂下他出去闯荡了，成了一吉他手，有了一乐队，据说还想搞巡演，他还信誓旦旦说，你首轮巡演一定会带上他。

石旗在心里辩解，当初，没有撂下他，是上船过安检，他不声不响腰里别着那柄软剑。妈妈失踪后，石旗决意远行。魏涛倒是不在乎父辈纠葛，非要跟着石旗出去闯天下。软剑长九十八厘米，宽二点七厘米，剑锋双开刃，是还在兰矿时他们找二号井莫矿长，谋来一截上好弹簧钢，软磨硬缠车间高级锻工熊大红敲打出来。砍伤兰矿子弟后，被列为凶器，派出所多次前来搜要，都被李姨撒泼浪骂，搪塞拖延。结果在码头被查出，魏涛不肯交，两边一拉扯，时间耽搁了，李姨哭着赶过来，抱着魏涛一把鼻涕一把泪。船就要开了，石旗只能抢步登船，扶着船舷，江水越隔越宽，他们留在趸船上，越来越小。那柄软剑，救过石旗的命，他眼睁睁看着被魏涛扔进江里。后来，兰矿新村主业种棉花，子弟大多像被风吹散的枯草，流散四方，各谋生路。魏涛还是离开李姨，到北京找过石旗。那时石旗刚从迷笛音乐学校毕业，在树村租住土坯房，四个人挤七平方米，他每天在屋后皂角树下，弹琴八个小时，只吃得起一包快餐面。魏涛待了三天，说石旗才是干乐队的料，他自己熬不住，南下挣大钱去，等待石旗巡演。

在阿梵推荐的那家菜馆，石旗印象最深的是剁椒鱼头、醪糟圆子，确实让他想起妈妈做饭的味道，从小两家邻居串门吃饭，口味都一样。阿梵连点了三扎鲜酿啤酒，喝得摇头晃脑。阿梵问，你知道魏涛为什么跳下去？石旗说，你多吃菜，少喝点。阿梵嘿嘿两声说，他们团伙把电梯给关了，一股从楼上冲下来，一股从楼下往上搜，他给堵在中间，翻出楼道窗户，直接下去了。石旗说，不说这些，人已经走了。阿梵说，知道为什么要堵他？石旗说，来之前接警方通知，电信网络诈骗团伙在幕后操控，他负责单线转账，他手里过钱像自来水，实在看不下去，截流款项做假账，被团伙发现。阿梵说，他那阵可真有钱，我直播时，帮我刷穿云箭宇宙之心，钞票成千上万，满屏礼炮焰火。石旗说，警方后来怎么处理？对你没影响？阿梵说，他留下两本账本，他总说网络不安全，都要白纸黑字，都是人名和数字，我照他以前交代，一旦出事就交警方，洗脱我干系。阿梵又说，积蓄没有了，收入没着落，房东催搬家，影响还是有。石旗问她以后作何打算？阿梵问，刚才你喝酒时说，后天你们乐队就开始首轮巡演？十个城市？石旗点头称是。阿梵说，魏涛走了，我帮他见证，可以跟你们乐队走一圈，打杂记账都行。石旗有些犹豫，阿梵说，魏涛常念叨，你们两家亏欠兰矿子弟，凡事看过去,就知怎么办。

石旗左手攥酒瓶,右手摁手机,反复拨打阿梵号码。夜色如墨,江面上水汽蒸腾,渐渐白茫茫一片,浓雾完全覆盖了大江,像舞台上的干冰。他从阿梵的黑框眼镜,努力回想她的模样。雾中的鸟儿,湿漉漉,沉甸甸,晃动着划出一道弧线,不知归处。晚上十点多,阿梵终于接了手机,声音疲惫说,事情已经了结,你可以继续躲在老家,当缩头乌龟。石旗压住心头火,问她怎么了结。阿梵说,见到伤者了,真实情况是吉他碎片崩进对方唇齿,一颗门牙缺了大半,钱能解决的问题都不是问题,谈定赔偿,转账了事。石旗追问,到底多少钱解决问题?阿梵说,除了巡演收入,哪还有别的钱。石旗感觉被整个酒瓶塞进咽喉,一时哽噎。十城辛苦巡演,收入二十来万,乐队贝斯手张凡、鼓手小司是当年迷笛学校一起熬出来的同门,键盘手老潘是自己费尽心思挖来的钢琴私教,他们都不比自己一人吃饱全家管够,搞音乐玩乐队也要养家糊口,对巡演收入,都有所指望。石旗天灵盖被猛擂,腌臜气从腹底直冲,撞碎酒瓶,喷涌而出。

父亲连连咳嗽,好像来自另外时空。石旗从朦胧中惊醒,黑方酒瓶在阳台碎裂一地,手机扔在他身旁牡丹花旧床单上，不断传出对方挂断的嘟嘟声。已是半夜，石旗感觉喉咙干哑，在梦里他被巨石碾压过，外屋传来嘶嘶声，一股新鲜酒精气味弥散，他缓慢起身走出，父亲正手持喷壶，对墙角消毒。石旗屏住呼吸，伸长脖颈望去，被置于酒精喷嘴下的，是一串绿锈斑斑的钥匙。父亲佝偻着背，站起身说，听你电话里吵了大半个小时，把自己灌醉了，不着急儿子，钥匙我找出来了，有些锈，消消毒，你开门快走，办事要紧。石旗眼前湿漉漉，进厨房猛灌凉白开，父亲过来拿笤帚，清扫阳台碎酒瓶。石旗问父亲，从去年就没出门？那寄回来两包口罩怎么光了？父亲低头将垃圾袋系紧，从铁门菱形小窗塞出去，说，两包口罩递出去给李姨，让她和志愿老伙计们用，我回来后，很少出门，过去对不起兰矿，现在个人待着，好过些。

　　厨房窄窗外，新村三栋楼如平原上立起三座碑，间或有落单蝙蝠穿行。石旗低头看手机，锈泵微信群里寂静无声，好像什么都没有发生，他试探着单独联系三位乐手，夜深暂时没有回应。石旗隐约听见外屋音乐声，仔细一听，正唱：醉生梦死的石先生，站在九十九层楼顶，举起望远镜，望向那水泵，水抽不上，它早就锈了，枯枝败叶，它早就堵了，焦渴难耐，他梦中醒来……石旗循声走去，见父亲缩坐木椅上，用旧手机放歌。

# 过 滩

再过两天，就是元旦假期。魏畅骑行扯旗岭路，车河如被大坝截流，阻塞不前，鸣笛声此起彼伏。他手撑电动踏板车，左穿右插，车把支架上手机频闪，七个催款电话，都未接听。连续五天风雪，今晨稍微住了，路旁积不住雪，狗啃般黑白斑斑。对向汽车大灯刺眼，魏畅扭头避光，见街边一戴口罩女子在风里打滚，双手死扣鲁记生鲜店大门，两个男店员拉拽不开，她双脚拖来荡去，红衣纠结，露截腰腹。魏畅喊了一嗓，快新年了，莫惹火上身。店员一收手，红衣女撞开店门，冲向保鲜货柜，伸手拿菜。

闯店红衣女其实他认识，右颊有颗红痣，举止泼辣，也是峡江后代。魏畅心目中，苗佳宁是和红衣女截然相反的女子，书香门第，温和有礼。眼见红衣女肆无忌惮闯店，魏畅好似得了启示，拿定主意将欠款再拖下去，托苗佳宁在桃李堂发声。他将车暂时靠边，在手机屏幕摁字：亲们少安毋躁，约定苗妈妈馆，亲自出面解决，晚八点不见不散。今年九月，开办两年的苗瞄手游公司，又折腾关张了，魏畅只好第五次创业，租下桃李堂，开办苗妈妈少儿国学馆。开课没半月，家长在微信群刷屏，投诉不是苗妈妈亲自授课，魏畅讲课质量堪忧，又遇冰雪影响出行，课程不断延误，电话不断打来讨要退款，魏畅只能在群里天天作揖。所有款项都在苗妈妈账上，房租装修费课时费，每笔都经她过手，连买支笔也报她知晓。

离八时还有十分钟，硬着头皮让苗佳宁顶包，魏畅感觉实在窝囊，待会儿去高铁站搭两小时动车，再转三小时大巴，躲回兰溪老家，避了风头再说。冷风卷着塑料袋、广告纸片掠过，天上黑云镶着光边，沉甸甸像灌了铅。扯旗岭路算僻静小街，这晚堵得蹊跷，汽车不断轰上人行道调头。魏畅骑到旁边避让，手机屏幕频闪，未接来电已十一个。眼见八时已过，他赶紧在群里留言：苗妈妈馆马上到，稍等片刻，抱歉抱歉。昨天转发到群里的"苗妈妈讲古"公众号文字，他还没来得及看，这时心烦意乱，随手点开：疫，疠鬼也，乃舍萌于四方，以赠噩梦，遂令始难驱疫。魏畅读了开头一句，就头皮发炸。"苗妈

过滩　067

妈讲古"本由他申号做推广，苗妈妈苗沅却要亲手操持，六十七岁老太太退而不休，成了网红教授，经常在电视、网络开讲国学课。因为苗佳宁的缘故，魏畅本科时就往苗家跑得勤，苗沅招他读硕士研究生，争取全额奖学金，等他毕业后又不断投钱给他，经营网吧、做DM杂志、开房产中介，苗妈妈背后有力把持，魏畅只能怪自己火背，无一例外坚持不过两年，一而再关停，血本无归。魏畅好些次被苗妈妈挖苦得抬不起头，但她下次依然掏钱投资，有时他也感到苗妈妈管得太细，但想一想毕竟花她的钱，也没什么好抱怨。这一回，魏畅本来借苗妈妈名声办国学班，拉大旗，作虎皮，下决心再搏一回。

魏畅将踏板车停在桃李堂前，绿漆石膏柱仿造竹丛，卷闸门紧闭。群里家长不太信任，纷纷要求现场直播。魏畅举手机，开摄像头说，我已到桃李堂门口，现在去见苗总。他左手擂响卷闸门，没有回应。再看微信群里，有家长回话：魏老师你教我儿子作文要情感真挚，跟上时代，儿子刚说了，都快迈入新年了，这套假装老板不在的把戏过时了，你还是赶紧退钱吧。家长们七嘴八舌，说别趁过两天放假想耍赖，再不退钱就报案。扯旗岭路上，车河已散，行人渐无，雪风飕飕紧刮，魏畅无处躲避，直打寒战。他硬着头皮，直播继续，擂门直喊。又拿另一部手机拨打，连连点头，表示苗佳宁已接听。群里听不见手机对话，魏畅马上转述，苗妈妈感染甲流，咳嗽发烧，一直抱憾无法上课，今早已住进中北医院，她女儿苗佳宁状态也不佳，实在不便出镜。群里家长渐渐沉默。魏畅赶紧留言：已请小苗总进群，大家和她聊，我去帮她买点日用品。

魏畅沿街骑行，鲁记生鲜店仍亮灯，红衣女子右手提大黑袋，装满青菜蒜苗，左手捋理大红皮草上衣，如火烈鸟羽毛蓬张，与两男店员隔口罩对骂。红衣女也是小老板，在街对面开屈家羊肉馆，魏畅上次去吃羊肉锅仔，和她搭了几句，她已改名屈幂幂，左一口大哥右一口老板，力荐新菜，不肯叙旧，他倒也理解。此时，屈幂幂趁他踏板车经过，抢身一跃，红影晃动，手撑马路护栏，穿街而过。羊肉馆门口，她左手举串钥匙，右手提满袋菜，得意炫耀。生鲜店两店员隔在街对面，冲她指指点点，骂声剧烈而含糊。大路空旷，偶见公交车摇晃而过，魏畅单手发微信，缓慢骑车过铁桥，大江两岸璀璨商圈，此时黑灯瞎火，仿佛无人。中北医院烟霭缭绕，楼顶四字闪烁。他刹住踏板车，数住院部窗户灯光，七楼第十三排，傍晚时医护发来视频，苗妈妈虽引起并发症，已得及时救治。他在群里又编发好几段，继续往前骑，经过一家大卖场，路边横七竖八停满车，一些身裹大衣的人，推着堆满米菜油的购物车狂奔，手忙脚乱往汽车车厢塞。大卖场门口，三个灰衣保安手持扩音器，重复播放：价格平稳，货源充足。

魏畅心里不踏实，叉腿停车，又看手机。微信群里刚下一阵红包雨，好些家长发红包安慰苗佳宁。魏畅拇指快划，让苗佳宁不断发抹泪抱拳表情，说起苗妈妈感染入院经历，群里家长纷纷询问症状。又让苗佳宁诚恳回话，因对孩子高度负责，才决定临时停课，多多谅解，发哭泣表情。群里话题被引导转换，七嘴八舌讨论甲流预防。魏畅往高铁站方向骑行，街道无人，夜黑如墨，路灯亮如异类。他感觉骑行在另度空间，周遭变幻无穷透明水体，自己被包裹其中，无力而沉沦，转过前方弯道，滔滔江声可闻，两岸魃魃剪影，更如置身江底，呼吸滞阻。

过了两个路口，魏畅无法挤上行车道，才明白先前扯旗岭路堵车原因，雪夜荧光之中，不少车辆抄近道往二环线汇集，无数暗红尾灯闪烁穿插，像被捅了巨型蜂窝的蜂群乱舞。往高铁站方向最后一个入口，大概还有两公里，魏畅晃荡绕行，满街车灯如星河，漫延积雪尽头。绕道大型广告牌后，男人们面戴口罩，站一排小便，像旷野里的逃匪。魏畅停车，挤进去撒尿，枯草丛露出大湖一角，湖风不断扫荡，腹部冰凉，额头生疼。有人剧烈咳嗽，众人提裤子一哄而散。魏畅听旁边有人说，这多车堵到半夜，搞不好白堵了。另一人说，操瞎心，再不走更堵。魏畅下午已给兰溪老家打过电话，妈正和姨妈办年货，魏畅没说明天要回，担心她万一激动，守在村口苦等。这些年，只要他往苗家跑得勤，妈妈就会怄气，责骂他不成器，他怎么都解释不通，只能说时代终究不同，自己谋生确实不易。

接近夜半，车河依然拥堵，他从缝隙穿过，夜空中雪云浮动，车辆密集如江底休眠的鱼群，渐渐不再动弹，无声无息。高铁站灯光昏暗，他混入人流，趴在踏板车龙头上，边等待边刷手机。微信群里，有家长艾特魏畅：快回桃李堂，照顾她啊。他只好在群里艾特苗佳宁：日用品已买好，暂时堵在路上。又让苗佳宁发言：傍晚医护发来视频，妈妈正在吸氧，状态尚可，你先放心。家长们看见他们群里对话，又不断为苗佳宁加油。微信里，魏畅和苗佳宁像两条久别重逢的鱼，只能用嘴安慰，貌似相濡以沫。转眼凌晨两点多，发动机轰鸣，人声喧闹，将他惊醒。他听旁边轿车里有人喊，大雪封路，紧急清理，铁路暂停，高速关闭，走不了啦。有人朝夜空大喊，有人趴在汽车盖上，垂头叹息。有车开始调头，魏畅跻身其中，走走停停往回骑，缓慢熬过往返堵点，骑进市中心，雪风凛冽，迅即畅通。魏畅再拐进扯旗岭路,远远看见斑斑雪迹间,竟有人遛白狗,驶近看清,是红衣屈幂幂,牵的不是狗,是五只白山羊,羊也戴竹编嘴笼,类同口罩。先前那两口罩男已不见踪影,鲁记生鲜店大门上锁,羊在门前啃吃菜叶,屈幂幂手拿钥匙,无所事事模样。魏畅骑车经过,白山羊受惊,躲闪窜动,屈幂幂拽住绳索,身体转半圈,白口罩上睁大双眼瞪他。

十多年前,峡江居民搬迁时,她家住兰矿船队宿舍,她还叫屈少莲,十三四岁,右颊红痣艳丽。不像魏畅他爹挖煤塌方死在井下,她爹曾是峡江有名的领江,掌控航道通行,收入不错,风传是老资格的万元户。大坝蓄水,兰矿停产,他家和魏畅家属于同一拨,就地分流,搬入新村。矿区单位过活的人,集中改行务农,过程不易,屈少莲她妈头脑活络,拉劝好多人合作养山羊,魏畅妈也曾养过两只。2010年,大江蓄水一百七十五米,高峡平湖,航道自此大变,领江这行当时无用,她妈托人找关系,让她爹进兰溪渡口开汽渡。2013年7月9日,汽渡遭遇坠江事故,追责索赔,五天后他爹上吊寻短,母女不知去向。听说她妈后来病故异地,有人曾在东莞见过她。

魏畅将踏板车停桃李堂门前,实在太困,不想动弹,伏在车座打盹。直到有人戳他,恍惚见屈幂幂右手牵羊,左手执赶羊棍，戴口罩冲他喊，找死啊，外边睡，不怕着凉感冒？魏畅耳朵嗡嗡作响，只得拉起桃李堂卷闸门，将踏板车推进停好，反锁了门，拉开简易床，裹着棉被，一时又睡不着。他心里复盘晚上来龙去脉，遇见屈幂幂抢菜耍横，临时起意借托苗佳宁拖延，无奈让她抛头露面，关键是自己没走脱，现在想来更是难堪。

午后两点多，魏畅才醒来，腿脚蹒跚，饿得头晕。举手机划拉一会儿，家长们聊得火热，什么冻雨把路冻僵了，什么待在家里最安逸，内容驳杂，情绪亢奋。他出门看时，大概清晨时分冻雨狂落，路上湿滑不堪，行走艰难。他将卫生纸垫旧口罩里再戴上，沿扯旗岭路缓步觅食，路边冰雪堆积，超市暂时歇业，餐馆关门放假。几个口罩老人挂着长柄菜篮，一步三滑溜，摇头摊手说，家里缺菜，不能不出门。魏畅灰溜溜往回走，总不能饿晕在街头。幸而看见屈家羊肉馆门开一缝，屈幂幂戴口罩，手牵五只白山羊正侧身而出。魏畅骑踏板车冲过去，屈幂幂说，莫又惊到羊。魏畅双脚叉地，求她炒份盒饭。屈幂幂抬手抚红痣，说，没营业啊，正出来遛羊。魏畅哀求说，都是峡江后代，照顾照顾。屈幂幂驱赶羊群进门，魏畅被晾在路旁，启动踏板车欲走，她开了大门说，五十块一份，羊肉盖饭，加青椒？还是加胡萝卜？她换上黄围腰，戴黑袖筒，胸前印着：全羊宴团年饭，现宰现杀，现烤现炖。魏畅实在饿极，顾不得价高，将两部手机摆餐桌上，边等饭来，边看群里动静。从早上开始，家长群基本转换功能，成了生活交流群，家长们不断传递消息，冻雨到底还有几场，不出门是不是最佳选择，在家如何防寒防甲流，暂时忘记苗佳宁和他的存在。魏畅又看另一部手机苗佳宁微信里，医院护士发来住院视频，苗妈妈已能吃饭喝水，下床慢走，冲这边挥手说：我和佳宁快见面，小魏你要解脱了，且再忍一忍。魏畅诚惶诚恐，感觉罪人一样。魏畅最近个把月守在桃李堂，没去那边小区。前天，他电话得知苗妈妈发烧咳嗽，症状似甲流，赶紧拨打120联系医院，救护车到她家楼下，接苗妈妈入了院。邻里都知道，因为苗佳宁缘故，魏畅多年对苗妈妈侍奉如至亲，苗妈妈对他也关爱有加。只有他自己清楚，苗妈妈一直心怀芥蒂，总会有意无意提醒，他必须信守当初承诺，替她女儿养老送终。

屈幂幂端一盘胡萝卜羊肉饭，放他面前说，你在这儿趁热吃，免得浪费一个餐盒。魏畅狼吞虎咽扒饭，屈幂幂站他身后，窥探他两部手机，看屏幕显示内容。魏畅饭呛进气管，边咳嗽边遮挡，提醒她别偷看人手机。屈幂幂说,你手机放我家桌上,这叫偷看?莫名其妙。门口冒出一穿制服的社区保安,提醒说,甲流就去医院,不要疏忽大意。魏畅忙答,呛了口饭,您莫慌莫慌。又冒出几个爹爹婆婆,隔得远远喊,有没有菜卖?家里着急开伙。屈幂幂漫天要价说,胡萝卜十二块一斤,西红柿十一块一斤,蒜苗十块一斤。爹爹婆婆一听就炸,这价瞎喊,想钱想疯了。屈幂幂说,本就留自己吃,菜叶还要喂羊。爹爹婆婆咕叨几番,渐渐散去。魏畅扒完盘中饭,门口一大妈去而复返,冲屈幂幂招手说,把菜卖我,家里存菜不多,一大家人要开饭。屈幂幂说,照我出的价?大妈说,快称了卖我吧。屈幂幂卖了她一些菜,拿纸笔算账,对魏畅说,跟我帮忙,免你饭钱。魏畅说,我忙得很。屈幂幂说,你有屁事,帮几天忙,就管你几天饭。

屈幂幂拿钥匙说,节前对外预订现杀全羊宴,眼看行情不错,除这五只羊,还订了一车活羊,操心羊群总要喂几天,扣下对街鲁记生鲜店钥匙,好说歹说每天弄点蔫菜叶就行,不承想雪灾导致公路交通堵塞,运羊车动弹不得,无法进城,要砸手里,这损失得靠卖菜赚回来。魏畅说,人家店里的菜,你怎么卖?屈幂幂说,我和鲁老板已谈好,现在他隔在城外,菜、肉、鸡蛋不卖就搁坏,我帮他看店清货,按我定价卖,按进价转账老鲁。魏畅说,随意涨价，怕不合适。屈幂幂说，睁眼瞎啊，解决人家吃饭问题。魏畅说，那我白干？她瞪眼说，饿死你！扯旗岭路空荡无人，屈幂幂翻过马路护栏，跑到鲁记生鲜店前，摸出钥匙开门。屈幂幂说，你负责把门，我负责收钱，眼睛盯紧点。

　　三天里，卖空生鲜店存货，肉菜蛋价格被屈幂幂翻了三倍，附近居民仍络绎不绝购买。第一天忙完，魏畅就不想再干，他腰酸背痛打白工，还管五只羊吃喝拉撒睡，自己只能混个肚圆，必须再讲条件。屈幂幂骂魏畅白眼狼，让他滚蛋。第二天清早，她又跑到桃李堂门口，猛擂卷闸门，叫醒魏畅开门，告诉他再不来干，她就去招零工。魏畅说，那你去招。屈幂幂甩头就走，一会儿又转回来，对魏畅说，我分你一成，客人网上下单，你负责送菜。屈幂幂有准备，道路仍在疏通，人们无端焦虑，她转网店卖菜，魏畅不断被指派，骑踏板车送菜上门。第三天傍晚，生鲜店里销售一空，屈幂幂见网上订单还不少，将所赚收入拿出，照进价转给生鲜店鲁老板，又联系市内生鲜调货渠道。

　　时值假期最后一日，雨夹雪天气，当晚屈幂幂从冰箱取出先前剩余羊肉烤好，再煮锅白羊汤，待端上圆桌时，魏畅已趴桌上酣睡。屈幂幂摆好碗筷，将魏畅摇醒，连说恭喜发财，递上红包利是，乐滋滋斟上两碗土酿黄酒。魏畅打开利是，只有一张百元钞票，更加精疲力竭，内心有一万匹羊驼在奔腾。羊肉就酒，越喝越有，屈幂幂右颊红痣更艳，不断自卖自夸，峡江白山羊，号称百草仙，爽口味美。魏畅想她是常年推销说溜嘴，自己只管闷头狠吃。他累得家长群都没精力搭理，每天只和医护保持微信联系，苗妈妈在医院好转，并发症已缓解。微信群里依然热闹，从催款群变成交流群，家长们操心每天饮食，在群里不断刷屏相关信息。也有个别家长给苗佳宁私信留言，说家里有困难，急需退款用钱。等魏畅看见留言时，已过大半天，对方也没紧催。

屈幂幂酒晕上脸，说算了算卖菜账，这样干一个月，保底挣一百万，挣够这一大笔，就去开连锁羊肉馆，一直开到北京上海广州，就叫"屈的羊"全国连锁，拉风长脸。魏畅犯嘀咕，啥时候按承诺分他收成？他开口直说，照你这算账，这三天起码过十万，先分我一万五。屈幂幂嘿嘿笑，端碗说，都在酒里。魏畅说，我可累垮了。屈幂幂说，实话实说，收入已做订金，打给渠道那边，明早五点半开始，每天定时送生鲜到店，先干再说。魏畅说，这不地道，继不继续干，首先都得分成给我，其次这钱挣得烫手，再干我要考虑。屈幂幂说，你能不能不穷酸样，有点做生意模样。魏畅说，都是没根没基的峡江后代，老家淹在江水下一百七十五米，魂都没地安放，你装什么精？屈幂幂端起碗，与他喝干又满上。她说，没根没基，更不能扯淡，过去矿区收入一般齐，兰矿子弟对钱没概念，等停产搬迁出来，吃了好多没钱的亏。魏畅说，你爹当领江，当年可是挣大钱，都说有船过峡江，他把脚盆放满水，丢根稻草用手点，点稻草过，船就过，点稻草沉，船就翻，我们小时看见你爹，知道会作法，不敢靠近。屈幂幂说，别听人瞎吹，领江就是人家船过峡江，请他上船，指航道，绕暗礁，收几个带路钱。大江截流后航运疏通，领江自然淘汰，以前我爹挣钱容易，喝酒打牌乱花销，转行开轮渡，出事故被拉垫背，我妈和我躲债跑路，遭了说不完的孽。魏畅抿口酒说，我现在也欠着债，急着要钱，你不要拉我垫背。屈幂幂擦擦眼角，连拍桌子说，我说哥，我们打小在兰溪口放羊，白山羊成群结队，过江滩埋头吃草，碰到什么就吃什么，一整天云朵般漫过去，一直吃到大江边，喝到江水，吹了江风，再想回头的事，这叫过滩羊吃碰头草，现在草都碰我们头上了，不该一路低头吃下去？等吃到江边，该回头时，再回头。

土酿黄酒有后劲，屈幂幂往他肩上靠，搂住他脖颈，不断厮磨。魏畅正犹豫不决，母亲打来电话，他趁机溜出门外。母亲又来叮嘱,照顾好自己,健康最重要。雪风扫过,魏畅酒劲上涌,泪涕直淌,连说,都保重,都平安。魏畅想起过滩羊吃碰头草,以前听母亲讲过,意思和屈幂幂不太一样。再回屋里,屈幂幂皱眉睒他,说,你手机里那姓苗的女人,没见来过,天天微信,不放心你啊?魏畅刚和母亲通完话,有些心不在焉,随口说,大学同学,你见不着。屈幂幂左右摇晃,拍他肩膀说,金屋藏娇,那是稀客?还是堂客?魏畅听她前言不搭后语,将她面前酒挪开。屈幂幂酒上头,说起过去旧事:我家来过一个稀客,我爹出事前一天,我爹的领江老师傅,专门从重庆来看他,八十多岁老汉,那是相当威武,让我爹跪起,用烟袋杆抽他,说峡江领江的本领,一百多年传了四代,断在我爹这一辈手里,对不起列祖列宗。魏畅有些走神,想起自己父亲挖了一辈子煤,从来沉默寡言,死在井下,也没留下能说道的经历。屈幂幂说,我爹请了一天假,陪师傅吃肉喝酒,取五百块钱孝敬,喝过早酒送师傅上了回重庆客轮。其实,当天那班汽渡出事,是船跳板铰链松了,和我爹关系不大。魏畅说,不这样说,当时有定论,酒后驾船出事,凭你的嘴翻不了案。屈幂幂翻脸说,我爹都已上吊死了,把我家都逼惨了,我就要说给你听,说给你同学听,我家不欠任何人。魏畅站起身,像盯苍蝇一样,盯着她右颊那颗红痣说，那是我离死最近，看见身边人死得最多一次。他拉开餐馆门，咔嚓踩冰碴，往桃李堂走。零星雪花落脸上，两边小区楼房门窗紧闭，灯光晦暗，整条扯旗岭路寂然无声。进了桃李堂，魏畅坐在拼合小床上，给苗佳宁发微信说，本来不想提，我遇见那个领江的女儿了，就是七年前暑假社调，客车掉落峡口江里，就是他爹开的汽渡。

他躺了一会儿，再看家长群里动静。从下午开始，群里发言连续刷屏，开始是纷纷传说，班上有孩子家里感染甲流，大家担忧，不断求证，估摸到底是哪个孩子家，到晚上确认，是女生思思家，全家五人入院治疗。魏畅赶紧翻看苗佳宁微信记录，昨天私信留言，说家有困难，急需用钱的，正是思思他爸。他心里一紧，查了查银行余额，退了他这一家，其他家只怕就拖不下去。辗转反侧整晚，第二天早上五点，他还是用微信转账，将一万八千元学费退给思思家，再三发鞠躬道歉表情，祝愿他们全家健康平安。

魏畅开了卷闸门，顶着刺骨寒风，骑踏板车到鲁记生鲜店，冷藏运输车已停门前，屈幂幂正指挥运输工人下货。魏畅绕门旁停车，屈幂幂看见他，眼波流转，掩饰不住得意。魏畅帮忙分类摆货，骑车送菜上门。上午送货间歇，他抽空看家长群，思思家拿到退款的信息已刷屏。他反复盘算，要用自己的积蓄退款，缺口太大，无钱心慌，不现实。中午吃饭时，屈幂幂告诉他，已暂租这家生鲜店，干满一个月，看收入情况，再说分成。魏畅说，须拿点菜，送熟人亲友。屈幂幂说，拿得不多，就没问题，菜价单在群里多扩散，让更多人来下单。魏畅在家长群里发话，会一家一家单独联系，依次退款，大家静待通知，力争尽快奉还，在此期间为各家免费送菜，作为补偿。家长们一看开始退款，不再多纠缠，送菜上门，各家有需，群里不少点赞。

假期一结束，冰冻渐消融，快递小哥复工，鲁记生鲜店不再俏销。魏畅每天为家长送几趟上门菜，牵五只羊吃菜拉屎，辛苦程度大减。屈幂幂时常拉他扯闲天，就是一句不提分账。家长群里，大家仍关心入院者情况，思思家五人康复迅速，问到苗妈妈时，魏畅替苗佳宁回答，病情总体向好，偶尔还发"苗妈妈讲古"公众号，视频差遣他，去苗家取日用品，放到交接区，由医护集中收取。其实，魏畅几次话到嘴边，想问苗妈妈银行卡号密码，一想时机实在不妥，估摸自己也是痴人说梦。

一月七日，上午十点多，魏畅骑踏板车，按惯常给家长送过上门菜，回到扯旗岭路口，在路边叉脚暂停，看手机新闻通报，大雪封路已疏通，进出城交通即日恢复。魏畅正想下一步打算，接到屈幂幂电话，她心急火燎说，快看发你的微信，有一张菜价宣传单截图。屈幂幂紧追着问，看没看清楚，是哪个群被截屏？魏畅一看就知，是家长群截图，菜价单是他发群里的，还鼓动家长们截图转发朋友圈，扩大影响。魏畅说，看不清楚。屈幂幂说，在桃李堂门口等你。魏畅有些忐忑，又觉得应该坦然，加速往前骑，鲁记生鲜店大门关闭，对面羊肉馆也紧锁。桃李堂前，屈幂幂戴墨镜，口罩遮面，大红皮草上背双肩包，身旁竖巨大行李箱，五只白山羊拴绳胡乱绑树上。魏畅还没停稳，屈幂幂拉下口罩，右颊红痣颤动，气喘吁吁说，上午市场监管又来人，我以为没证据，没想到被哪个用截图举报，坐实说我哄抬物价扰乱市场，要顶格罚款一百万元。魏畅有些木然，隐隐觉得举报在意料之中，听这罚款数额，也不感到惊讶。路上一辆金杯厢货按喇叭，屈幂幂拉行李箱，边跑边说，我躲一阵去，五只羊送你，算抵你收成。魏畅阻拦不及，见她蹿上车，厢货轰鸣，转眼不见。

魏畅摇头叹息，想自己做生意总是烂尾，忍不住想象苗妈妈这时在，会将他又批成废物。他将五只羊关进桃李堂,下午出门看动静,一群穿制服的人员已到,见生鲜店和羊肉馆大门紧锁,水电不转,里面无人,立即张贴处罚告知书,通知紧急封账。魏畅骑踏板车,在附近转到天黑,再回桃李堂。他趁夜色遮掩,牵五只羊出门,找路边野草嚼两口。屈幂幂人间蒸发,电话微信均联系不上,去向不明。羊歇在小教室,魏畅半夜躺矮床,想起母亲当年也养过的那两只羊,最终去哪儿了,半点印象都没有,只记得那时屈家母女躲债远遁,拉劝大家养羊的屈母,自家七八只羊都弃养不顾。

他拿起手机,翻看与苗佳宁聊天记录:2013年7月9日上午8:53,苗佳宁发来一张羊群漫过峡口江滩的远景照片,两岸青山对峙,黄浊江水奔腾,羊群埋头吃草,时而张望。苗佳宁写道:马上就过江,离兰溪还有多远?

往下滑动,下一条聊天记录,已是十年之后:2023年9月17日晚上11:52,他发给苗佳宁,我快撑不住了,第四家又在我手里倒闭了,我不想活成我父母辈那样的人,重蹈他们的命运。

大学三年级暑假,班上社会实践调查活动,班长苗佳宁选在魏畅老家兰溪附近,调研峡江号子历史与现状。按照魏畅后来对苗妈妈的说法,他们俩是二年级上学期好上,参加校园社团活动相恋。魏畅忙不迭打前站,提前回家联络安排。7月9日清晨,魏畅往兰溪口等待会合,班上四十名同学挤乘当地班车,将从大江对岸乘轮渡而来。母亲也趁早牵两只羊到江滩吃草,陪魏畅在坡上,看着对岸汽渡起锚。眼见还没开到江中心,班车停在最前一辆,像砧板上滑溜的活鱼,沿着没升到位的跳板,缓缓溜入大江,水花扑通,瞬间不见。魏畅和母亲拨苗佳宁手机不通,六神无主,七慌八乱,绕道上游卜庄河渡口过江,来往奔忙呼救。在魏畅无数次想象里,他在一家招待所依然能见到同学们,他们的客车尚未出发,苗佳宁坐房间里,手持毛笔,早课临帖,一丝不苟。当日下午,班车打捞出水,一具一具摆在码头清点,都是暑假来诗祖祠搞社调游玩的学生。他母亲坐坡上,边哭边唱丧鼓,跟魏畅死了一样。

接下来两天,家长们连续收不到上门菜,网上有鲁记生鲜店被重罚的新闻,又炸群议论。魏畅再想让苗佳宁发声,已然不灵,家长们说绝不能接受哄抬菜价的黑心行为,苗妈妈少儿国学馆不仅参与其中,自身账目也不清,拖欠培训款项。有家长提议,集体投诉举报。魏畅在微信里束手无策。魏畅想起母亲讲过,羊过江滩不管什么草都会吃,过滩羊吃碰头草的意思,是它不会选择,埋头吃去,往往就会中毒,生病,死去。他隐身桃李堂,白天睡觉，饿了就泡快餐面，晚上遛羊，四处寻觅路边野草。

社区排查驯养野生动物，他不敢再放羊出门。五只羊憋在室内，斗角干架，咯吱直响，羊粪堆积，气味刺鼻。魏畅着急上火，正琢磨如何安置，意外收到苗妈妈微信。羊群簇拥之中，他读这信，如命定的见证。苗妈妈写道：小魏你好，你见信时，应是命运变化之日。此番鬼门关我走了一遭，只想放下过往，你我从此不再相见。过去种种，促你践行誓言，将你羁绊苗家，不外乎怨憎会、爱别离、求不得。七年前，我办好退休，佳宁办妥留学，计划用大半生积蓄，母女海外游学逍遥，她顾及班级集体，加之你盛情邀约，带队赴诗祖故里。未罹难而逃生者，唯你一人。你再三哭拜，愿肝脑涂地，照顾我余生。知女莫若母，佳宁既已去，你其中算计，我不愿揭穿，只惧孤独终老。将佳宁遗留微信交你，让你常代替女儿，只言片语解我孤单，无外乎让你入吾彀中，喝问差遣。一味投钱给你，享受叱责之乐，也算孤老恶趣。你求仁得仁，亦复何怨。《怀沙》结句：知死不可让，愿勿爱兮。明告君子，吾将以为类兮。望你一切如愿。

魏畅大汗淋漓，分开顶角山羊，五味杂陈，思绪混乱。多年来也算深知苗妈妈脾性，她如今写下的这些，魏畅此前并不是没有想到过。急拨医护电话，一直忙音。等到下午三时，医护来电话说，苗妈妈午睡醒来，正吃水果，今晚就能出院，在家隔离养护，暂不和外界接触，如果他实在想见一面，晚上七点到医院门口，能隔着车窗招手。

魏畅无心照料羊群，将它们放逐街旁，骑踏板车赶往医院，白山羊碎步追逐，渐行渐远。中北医院大楼，灯火通明，他肃立街对面。再联系相熟医护，说发他的微信是苗老师所留，另外苗老师已将平生所有捐出，助力医疗研究。魏畅继而惶然，只能等待，旁有同日出院病人的家属，一同默然站立。湖风刺骨，树影婆娑，魏畅恍惚站在峡江汽渡，空旷街道如同江面，过往种种，皆抵不过此时惊涛骇浪。客车从医院驶出，已过夜晚八时。家属们站街对面，纷纷招手，魏畅浑身颤抖，泪涕齐下，苗佳宁从他身体里直冲而出，推搡他追车而去，不断呼唤：妈妈，妈妈。客车那抹颜色，渐渐吞没在冬夜迷雾。许久，雾里穿出五只白山羊，茫然四顾，低头啃草。

魏畅在湖边徘徊往复，还是掏出手机，网上订了明天上午九点高铁票，准备回兰溪老家。他骑上踏板车，打算前往高铁站，在候车室待通宵。车行路口，等待红灯，魏畅从后视镜里，忽见车后一溜白线，五只山羊排列纵队，羊蹄翻飞，亦步亦趋，追赶而来。他有些走神，绿灯迅即亮起，不由自主加速而去。再往前走，拐过弯道，他忍不住又从后视镜窥探，山羊队伍渐小渐远。下个路口等红灯时，那一溜白线又缓缓逼近，魏畅鼻头一酸，继续骑行。一路快行，抵达高铁站附近，他将踏板车停好，转身蹲到路口，心想那群老伙计估计找不到方向，赶不过来。高铁站如巨大吸附体，将光亮尽数吸纳。魏畅眼前灰暗，内心本如黑石，此时随着红绿灯不断变幻，渐渐躁动起来，心头恍惚燃起火苗，伸长脖颈，一直张望。他不时摁亮手机屏幕，看时间变化，情绪紧张，想到羊群如果赶来，恐怕也无法照料。

魏畅蹲得双腿发麻，捡了块硬纸板，垫着屁股刚坐下，远处路边一溜白线，猛然跃入眼前。手机显示晚上10:47，这群老伙计一路狂奔了两个多小时。五只白山羊渐行渐近，大概相距十米，它们看清魏畅目瞪口呆坐在路边，散开队形，扎入路边，择草而食，饮洼脏水，趴在土堆喘气。魏畅走近，羊们原地不动，抬头看他一眼，就各忙各事，似乎并不熟识。魏畅缓缓转身，轻手轻脚离开，埋头走出一百多米，再回头看时，五只白山羊又呈一线行进，摇头晃脑，白背轻耸，紧跟他身后。

魏畅只好犹如头羊，率领这支羊队，绕着高铁站转圈。他先寻到一处自来水池，有了干净水源，让它们饮好水，又领它们到远处荒地，找到大片鲜草，等羊群散开就食。五只白山羊饱腹之后，卧在他周围，此起彼伏咩咩叫唤，羊唇微张，露出门牙，仿佛笑容。深夜时分，魏畅在高铁站外，僻静人少处，找到一处暖风口，又寻来一叠硬纸板铺垫好，为羊群弄好窝圈。他自己绕到玻璃墙内，睡在一墙之隔的候车厅长椅上。

第二日上午七点，魏畅被手机闹钟震醒，坐起看时，玻璃墙外羊群或站或卧，羊眼眯缝，一动不动，不知是睡是醒。他摸到卫生间简单洗漱，再回到座椅处，隔墙看着羊群，算是告别。手机忽然震动频繁，是家长们又在微信群刷屏，竟然纷纷艾特他，握手热茶拥抱一系列鼓励慰问表情。魏畅往上翻，源头是昨晚十一点多的一段热搜视频：高铁站旁的都市牧羊人。短视频里，乘客摄像头里的自己，面容苍白，蓬头垢面，步履蹒跚，被这群白羊簇拥，在草丛里，在水洼旁，在泥路上，徘徊流连，找不到方向。

玻璃墙外，五只白山羊望着墙内的魏畅，不断绕圈，咩咩叫唤。几名穿黄背心的环卫人员，手持清扫工具赶来，商议如何处置。魏畅绕到墙外，一番好言解释，只能再次带领羊群，往站外荒僻处而去。魏畅边走边看手机，离开车时间还长，手指随意划去，家长微信群里又在刷屏，鼓掌鲜花礼炮表情密集，集体欢腾。赶紧看源头信息，"苗妈妈讲古"公众号文字已然更新。

他镇定心神，点开缓拉细看：羊，祥也，象头角足尾之形。孔子曰：牛羊之字以形举也。苗妈妈讲古：羊病为痒，身体虽有不舒服，但平安而无碍；羊行为徉，步态安详，神情从容；羊屋为庠，古代敬老中心，后为训诲学子的学校；羊大为美，乃自足者之安详平和。最末一行写着：苗妈妈少儿国学馆即将复课，苗妈妈精心亲授，欢迎垂询报名。垂询手机号码，依旧是魏畅一直在用的这个手机。

风从大湖来，羊群埋头吃草，白毛纷纷竖起，如月光笼罩路途。魏畅眺望湖上的粼粼波光，五只白山羊一路碰草即食，直往湖畔而去。他隐约看见大湖凌波轻抚，分开水路，羊群如云朵般漫过大湖，只管埋头吃草，一路过江滩，喝到江水，吹了江风，不回头。

# 送流水

涨水前两天,他们在院墙里追撵黑猪,堵不住乱拱乱窜,咳嗽声此起彼伏,红痰遍地。

上午九点多,雾从河谷弥散,屠佬汪庆海牵着黑猪,赶到卫生院八百级石梯下,正遇院长卞明抱头闷坐。汪庆海放黑猪拱草,连连作揖说,孤老无着,送头猪来,就想住院。卞明感到石梯磕着腚,站起指车尘起处问,不去挤车?对岸山峦起伏,乳白水汽斑驳,三十多辆大客车,负各色行李,扯大红横幅,蛇一样盘来绕去,停在旧公路。打头车里,乐队班子敲锣打鼓,车头挂灰喇叭,反复播放搬迁十大好处,声腔激昂,让人疲惫。与大客车并列,停几辆货车,一辆堆满生石灰,其他车斗内蹲坐清库队员,灰头垢面,穿迷彩服,抽烟打盹,像等待一场漫长的丧礼。

山腰之上，一堵又一堵巨大水泥警示碑，白底红字"135米 2003.6.10"，如墓碑排列，绵延天际。鞭炮炸响，尘土飞扬，五百多名学生如失控马群，拥出兰溪中学校门，分流登客车，与家人会合。曾校长抱着卸下的学校匾牌，一步一回头，清库队员一哄下车，肩扛手拖拆除爆破工具，与他逆向而行。三十多辆大客车，次第合拢车门，蛇阵缓缓启动，沿盘山公路，驶向后山新建翻坝高速路。汪庆海猛吸鼻子说，她说这地方是绝地，就是绞丝旁的那个绝，回老家，再不来了，她坐二号车五排靠窗，到了兰溪口，换搭轮船逆江上行，明天万县上岸。卞明闻出酒气，问他，你是说素芬？汪庆海白一眼说，是岳主任。

兰溪中学所在山下，镇肉联厂已拆，遍撒生石灰消毒。五天前，清库队押解猪群上大货车，临开车有一黑猪张嘴咬人，胡拱乱跳，跃下车厢，遁入林丛。今天一早，汪庆海溜出搬迁客车，躲过红袖章押车员，扛着背篓家当，钻树林冲下山，黑猪正在河边逍遥，撞个正着。他使出浑身气力，夹住黑猪脖颈，拴上稻草绳索，赶来卫生院当敲门砖。卞明当然知道，岳素芬是肉联厂主任，矿上镇里多年流言蜚语，他和她有情感纠葛，汪庆海话里有话，是提醒他看素芬情面。黑猪也算及时，肉联厂拆搬，方圆无肉售，食堂将断荤，病友在抱怨。但今时今日，他不能应允汪庆海入院。两人沉默对峙，河雾散尽，阳光照射，身后山冈坪坝，兰矿卫生院孤零零矗立，窗玻璃泛着光，像矿井里煤晶闪烁。

　　大江支流，兰溪河畔，老兰矿漫延十余公里，终日煤灰蔽日，煤车川流不息，万余职工寄生于此。如今已化为乌有，漫山遍野，废墟残破，只有水流和鸟鸣。

　　溜走之前，在搬迁客车里，汪庆海听红袖章押车员讲政策，大坝蓄水，江水倒灌，涨到海拔135米后，那些山上警示碑也会炸掉，和老兰矿及附近兰溪镇一起，矿井、办公楼、宿舍、学校、幼儿园、食堂、车间、桥梁、烟囱、陵园，统统炸成废墟，这叫清库行动，也叫固体废物清零。

　　汪庆海听后，思来想去，瞒着岳主任，取走黑木匣子，下车逃往卫生院。一路上，右手牵黑猪，左手握柳枝，肩上背篓里装搬迁家当，锅碗瓢盆，铺盖卷，两卷衣裤和一把木椅，闯进兰溪镇废墟。行过朱市街大理石厂，暗黄锈水横流，废弃碎石料遍地，有的像手臂，有的像猪尾。行过水泥墩小桥，左桥头机耕路，往上两里，镇肉联厂已拆得一干二净，桥下木渡船自横，岸边冲积土壤，岳主任曾在此种过半亩高粱。汪庆海拽住黑猪，站定片刻，高粱蒿子芦苇混杂疯长，兰溪河面千百条褐蛇骑住粼粼水势，高高昂首，畅游往复。汪庆海轻挞黑猪，爬上土坡，转过断壁残垣潘家湾，一棵老柳树披头散发，蹲着千百只乌黑老鸹，沉寂中翅羽连响。河岸边，屈家砖窑坍塌大半，有黄鼠狼在窑口窥探。一个多月前，窑工屈三炮从窑上滚入，被熊熊烈火烧成了灰渣，剩一个酒瓶、一双解放鞋留在窝棚。汪庆海眼望破窑，头晕目眩，浑身冒汗，双手又开始发抖，从背篓里连摸塑料酒壶，拧开壶盖，连灌几口。公路左边依山，层层叠叠墨绿柑橘林已成荒废野地，过去的供销社、邮电所、工商所已炸平，到处灰白石砾，过去熏得人泪流的化肥味、煤油味，恍惚还有。右边坎下，明清传下的旧镇，成片古褐吊脚楼推倒，只剩朽木碎板。汪庆海不断猛拽拱破烂的黑猪，深一脚浅一脚，穿过消失不见的兰溪镇。等汪庆海能够望见山冈坪坝，方圆十几公里唯一没炸的建筑，兰矿卫生院立在海拔135米以上。

院长卞明见汪庆海梗着脖子，一声不吭，他不想起争执，转身攀石梯，要回卫生院。汪庆海涨红脸叫嚷，你跟我站到，你见了这个，就放我一马。卞明脚下不停，边爬梯边回头，汪庆海将背篓放地上，掏出黑木匣子，说，托你照顾岳主任她女儿兰子，兰子从来不醒事，如果搬家就再不识路，总不能做孤魂野鬼。卞明脸煞白，三两步跳下石梯，端详木匣子，黑盒面有椭圆照片，清秀少女在微笑，下刻姓名张丽兰。

他们追撵黑猪时，五个病友身穿蓝条住院服，在卫生院楼前累得东倒西歪，手撑膝盖喘气，不断咳嗽吐痰，其余六个在三楼病房窗户，伸出头大声笑骂。其中有几个，汪庆海认得，比如守炸药库的熊奇兵，摆过理发摊的肖哑巴。

卞明趴在旁边矮墙匀气，汪庆海和他拽着黑猪，手推脚踢，肩扛腰挺，好不容易攀上八百级石梯。病友们站在顶端，边看边喊加油，猪一进院逃窜，他们来了精神，四处追赶。汪庆海见他们撵不上猪，从背篓里摸出酒壶，嘬两口。卞明问，搬迁不好？你有啥病，要溜回来住院？汪庆海说，我不喝就手抖，喝了就肚子疼，不走也是不想以后，找不到归路。卞明说，难办，上面一早派人来，取走了花名册，按十一个疑似病人数，定额下拨隔离生活费，十四天后再来复查，卫生院以后有变数，我也说不准。卞明扭头望山下兰溪河，两岸遍地废墟。汪庆海说，莫为难我，非要名额，逼我宰猪的，废他们一个？卞明说，想惹事，你这就走。

兰矿卫生院三层主楼，像一把失锁钥匙。围绕八角形回廊，环形楼层像钥匙柄，朝山下矿区，长条形楼层是钥匙前齿，正对后山。主楼不远处，间隔篮球场，两列红砖平房，是食堂和宿舍，附近有菜园。黑猪四处撒欢，五个病友迅速累瘫，红痰越吐越多，被卞明赶回病房，只能央求汪庆海。他拧开塑料酒壶，低声吁吁，黑猪近身，掰开猪嘴灌酒，黑猪当即蒙圈。卞明指引他，赶黑猪跳进干涸假山池，算是圈养。经过水泥篮球场，到处烟熏火燎痕迹。汪庆海说，退潮一样，人都跑得一干二净？卞明说，食堂快被吃空，也该走了。汪庆海搓手说，早上搬迁客车里听点名，还有十多户从卫生院走的。

老兰矿挖煤四十多年，1990年建卫生院。矿区病人多尘肺，卫生院选址不易。几次方案推翻，最终定址后山高冈，八百级石梯直唰唰，与河岸矿区相连。大江中游开建大型电站，划定135米淹没红线。老兰矿只有卫生院，划在红线之上。矿井既淹，转产无望，只能分流，万余人迁居各地，另安出路。山下人人张皇，抬眼望去，卫生院成了浮出水面的岛，纷纷拖家带口，闯入搭棚扎营，卞明阻拦不住。矿上有水浒电视剧迷，到处嚷等水涨了，院长他就是宋公明，卞明一听头皮发麻，担心被人顶起来，做了挡箭牌，大半个月不敢出门。上面责令矿上派人谈判，组织七大姑八大姨，聚集石梯下，轮番劝说，矿保卫科又雇人戴头盔要进院拆违，软硬兼施，无法解决。两月前，电视上开始播报疫情漫延，矿上广播说卫生院多肺病，有患者接近疑似，引发恐慌炸窝，搭棚扎营者争先恐后下山，抢挤搬迁大客车，想方设法速速撤离。搬迁困局破解，却有严控疫情指令，疑似患者必须隔离，其他人等赶紧撤离。十一个尘肺患者留下，院长卞明被强令留下，负责隔离监护。

卫生院被占据扎营，一度无法开门看病，汪庆海半夜与人喝醉，撑回肉联厂，吐了半盆血，岳主任求人开车，颠簸两小时送到县医院抢救。现在，汪庆海眼瞅三层楼。卞明说，你住进来，我担不起责。汪庆海说，上次见死不救，这次你不能不救。卞明想了想，指食堂说，晚上你自己去拼凳子打铺，不要麻烦我。汪庆海丢一句，兰子暂时不交你，你扪心自问，对不对得起岳主任？卞明见他扭头往食堂走，肩上背篓里锅碗叮咚，冲他喊，吃白食不行，病友会有意见，开伙做饭，做厨师罢。

傍晚，饭菜上桌，十一名病友各握餐票进食堂，熊奇兵看青菜萝卜丝瓜鸡蛋汤，问，猪血汤什么时候有？院长，矿里劳保，吸尘洗肺，少不得。卞明说，黑猪都来了，迟早都有，莫催。汪庆海进出厨房，病友见有新人，七嘴八舌，都说上面拨人头费，吃饭必须凭餐票，这平白多一个人，生活费摊谁头上？卞明低头扒饭，汪庆海手握菜刀，猛剁砧板。病友们又说，下井挖煤职业病，住院一直吃劳保，隔离期结束后，院长不能撒手不管。天黑定，卞明查房发药，登记体温，又被病友聒噪，熄灯后拿手电筒，闷声往平房走。夏虫吟唱，星斗满天，假山池里黑猪哼哼，他电筒光扫过食堂门口，汪庆海坐凳上，旁放酒壶，举碗喝酒。卞明说，早饭要早做，早点睡觉。汪庆海说，两件事，米不够，猪要喂。卞明答，米我想办法，猪草山上去打。

次日一早，汪庆海割回猪草，剁碎拌匀喂猪，再煮大锅稀饭。雾气潮湿，石梯顶处，三五个病友跟随院长卞明锻炼，稀稀拉拉站桩，练七禽戏。晨曦初现，对岸山峦，135米淹没警示碑块块相望，卞明双臂平举，两膝微屈，病友歪歪斜斜举手，模仿龙入云，虎前扑，熊翻身，龟息气，蛇屈伸，鸟展翅，兔跳跃，循环往复。河雾散尽，病友们此起彼伏咳嗽，腰躬如虾清痰。远处，连环爆炸声响，地动山摇，众人惊止咳嗽，伸脖子往响处看，纷纷大喊，最后一间塌了，全炸了。对岸山腰上，兰溪中学已然坍塌，灰尘腾起，碎石飞溅，兰溪河像中了土铳，墨绿河面稀里哗啦，闪现无数石眼，化成圈圈波纹，渐次扩散。

早饭过后，卞明向上面汇报，要求送米送肉，答复说蓄水在即，即将封路，费用既已打账，自己设法解决。山下，旧公路上人车噪杂，各路爆破清库队如蚁聚集，即将撤离。卞明跑下八百级石梯，前去联络采买。病友们在石梯顶端，三三两两聚坐，指着山下分辨废墟，过去上班的矿井口，住过的宿舍楼，已覆盖生石灰，白茫茫如雪。

近午饭时，仍不见卞明，汪庆海舀出缸底余米做饭，照旧青菜萝卜丝瓜蛋汤。病友们进食堂，将当天餐票，塞进铁盒子，熊奇兵看桌上说，又老三样，老卞保不准卷款跑路，等明天水涨，大家都困死。汪庆海出厨房，大铁勺敲桌沿，说要吃就吃，不吃走人，不要麻雀聒噪。病友话题转移，怪他挤占人头费，熊奇兵骂他是蚂蟥、老鼠、寄生虫，白吃白住，白占大家人头费。汪庆海站厨房门口，说，嘴巴放干净点。众人起哄，怂恿熊奇兵单挑。熊奇兵愣在当场，好一会儿说，我讲段故事，病友们大笑。熊奇兵说，从前兰溪镇上有个劁猪匠，得了手抖病，劁猪手艺废了，想骗东家女儿，好夺了人家家业，这女儿心肠好，就上了当……病友又起哄，汪庆海端着洗锅热水，迎头泼来。满桌病友跳起乱窜，熊奇兵闪避不及，满头菜屑油水，蓝条服淋湿大半。

卞明跟车押运五百斤米和腌肉腊肠，日落时分回到石梯下。薄暮之中，蝙蝠低翔，不见炊烟，汪庆海满身酒气呆坐，卞明抓起墙角背篓，急催他一起下山，气吁吁来回多趟，将米、肉搬上食堂。这趟采买不易，沿途拆搬停当，寻不见商家，向清库队领队求情，剩余米、肉转卖卫生院，高价雇请司机送一趟。汪庆海累瘫在米缸旁，说头昏手抖，片刻酒瘾大作。卞明见灶里冷火湫烟，只好生火做饭，饭菜上桌，往楼下唤人吃饭。几个病友从窗户伸头喊，院长可算回来，熊奇兵好像发烧了。卞明一听，心里咯噔，浑身乏力，支撑上楼。病友挤在一处，熊奇兵躺床上，脸颊赤红，捂着棉被。卞明拿体温计来量，让他夹紧腋部，病友告状说，汪屠佬用洗锅水泼人，熊奇兵淋透着凉。卞明一看体温计40℃，心里紧张，驱散病友，连喊快散开，小心传染。转身安慰熊奇兵，说马上电话汇报，上面会派车紧急转运。熊奇兵本来双眼微闭，牙缝嘶嘶，一听弹起上半身问，要怎样？卞明说，发烧不见得确诊，先到集中定点医院核查。熊奇兵跳下床，连说我没发烧，去了怕真传染上。卞明说，不激动，不靠近。熊奇兵揭开棉被，手指热水袋，说，是他们出主意，烫胳肢窝，真没发烧，不误会。

食堂有肉，桌上见荤，米缸旁不见汪庆海，病友埋头吃饭，咀嚼声回荡，没人搭理卞明问话。天渐黑定，大家回病房，墙角电视反复播报，大江将截流蓄水135米，库底清理按期结束，零时蓄水正式开始。屏幕下端，白色小字飞播，各地疫情确诊人数和死亡人数。卞明查完房，重申住院生活纪律，病友不依不饶，七嘴八舌，人头费不能流外人田，不然向上举报。卞明说，黑猪什么价钱，总能抵人几天生活费。劝慰一番，他熄灯出楼，打手电筒找，凌晨开始涨水，方圆再无去处，汪庆海应没走远。夜深漆黑，四野虫鸣，黑猪酣睡，卞明往石梯口去，见汪庆海正坐顶端，身形佝偻，左放黑木匣子，右放塑料酒壶。卞明想起兰矿也曾红火，屠宰场排过长队，岳素芬面若桃花，忙前跑后，英姿飒爽，汪庆海站杀猪凳，穿黑皮围裙，脚蹬深筒胶鞋，脚踩两百多斤大猪，将尺把长刀直捅，天罡地煞般。走到近处，汪庆海越显憔悴苍老，卞明也不多问，只说病友有意见，靠黑猪抵挡搪塞。汪庆海搓手说，手抖厉害，居然干不过他们。提酒壶嘬一口，又说，一辈子做屠佬，老来靠猪救命，算是造孽。卞明说，其实搬走，也是条路，我想走都走不脱，老婆打下离婚，带儿子市区买房，我一穷二白，早想走。汪庆海说，我土生土长，屠宰已机械化，靠岳主任关照，这几年算没下岗，如果搬走，手艺没有，地不会种，身体不行，不中用，是负担。

汪庆海轻推黑木匣子说,我带兰子最后看一眼兰溪,今后托付你了。卞明陷入回忆说,我看着她出生,脐带缠颈,严重缺氧,素芬哭喊要我救下她,她爸张矿长遇塌方埋井下不久,就像昨天的事,今年初在镇上还见她怄气,靠左脚支撑,右脚画圈,吐口水。汪庆海说起小桥下半亩高粱,四年前被中学娃钻进钻出,春夏掰折青高粱秆当甘蔗,手指划伤,嘴唇剌破,嘬着血嚼出甜,秋冬又将秫秸秆成捆抱走,编鸟笼,编小房、小人,兰子从家溜出,跟一个男学生娃做东西,过家家玩,往高粱地钻,一兴奋就羊角风发作,倒地抽搐,口吐白沫,学生娃们都跑来起哄,岳主任赶到,木棍塞她嘴里,掐人中唤醒,他追撵那个男学生娃满山逃,有一次堵在兰溪中学门口,指着曾校长鼻子乱骂,逼校长开除了那过家家的男学生娃。汪庆海说,昨天岳主任走时,在车上还哭,说兰子心地幼稚,没耽搁发育成熟,当时多操心,不至于后来。

卞明看黑压压山下,回到缺电少灯的过去,讲起十六岁时与素芬拉木板车,拖两百多斤西瓜,早上五点天没亮,两个人摸黑从村里出发,西瓜有清香,兰溪河潺潺,夜幕低垂,星子缀满。卞明刚在知青点初次见到圆规,反复把玩,走之前才放手,看见素芬望星空,就说这好比圆规在黑纸上戳了无数个小眼。岳素芬咯咯笑，说，抄来的教科书里，这些星子里可能有生命，我们盯着他们，他们也盯着我们看。这话让卞明浑身激灵，感觉神奇。一路有说有笑，三个多小时过去，六月太阳开始暴晒，车上瓜堆如小山，卞明要拣瓜砸开，两人消暑解渴，素芬左右不肯，说了好些先进事迹打气。只好不断轮流看车，跑下兰溪河，灌一肚子水。沿公路拉车整天，下午四点多，送到县供销社。卞明说那是因为恢复高考，素芬约他搭拖拉机，到下乡知青点，找外省知青借复习书，两人硬抄了三天，代价是帮知青挣工分，拉板车送瓜到县城。卞明想起一路上，他屡次抱起瓜，手被素芬紧握，她说以后考上学不知吃几多，不急这一口半口。卞明被她牵手，以为今后就这样走。而此时，万籁俱寂，如重物压迫，后来他考上医专，她招工嫁了张矿长，印象里，这些年过去，再没见过那晚那么多的星。

卞明与汪庆海坐石梯顶端，时而低语，时而沉默。时过夜半，山下兰溪河渐次巨响，已是涨水第一日。大江中游电站下闸蓄水，滚滚江水倒灌，逆浪持续咆哮。夜色混沌，大江浪头，翻滚飞卷，一跃而上，骑住兰溪河，掩身而来。逆涨不到一小时，兰溪河滩没入江底，老鼠漫滩遍野出穴逃命，逐渐汇聚八百级石梯下。成千只老鼠，黑夜里泛着油光，夹杂蟑螂、蜈蚣、千足虫，四处游走，窸窣作响。江浪不断漫过河岸。石梯顶端有灯有人。鼠虫悄无声息，不断前涌，形成巨大褐弧，伺机而动。卞明和汪庆海目瞪口呆，面面相觑。卞明说，跟人一样，都想活命。汪庆海将黑木匣子交他，说，被水紧逼，没有生路，铁定要爬上来。他转身跑，去关紧食堂门窗，盖严米缸，封好肉蔬，卞明也冲进三层楼，经过八角形回廊，将黑木匣子暂存办公室，匆匆看眼照片，然后下到底层天井，找到喷雾器，楼前楼后急喷驱虫药水。拂晓之前，夜黑如墨，有鸟惊飞，扑腾有声。它们攀上石梯，穿行卫生院，潮水般涌奔，往后山逃命。早上七点多，三五个病友哈欠连连，探头探脑，最先看见遍地鼠便和虫涎。卞明讲凌晨涨水情景，病友都说他发梦，摇头不信。卞明只管催，戴口罩大扫除，把鼠虫痕迹抹去。

天上多云，地上竹帚划痕，卞明神不守舍，带领病友站桩，比画七禽戏。浊黄江水涨速惊人，已逼近八百级石梯山下第一级。汪庆海冲山下喊两嗓，回声空荡，周遭山河仿佛退回无人之境。病友挤进玻璃天井，围坐中央花坛。中央花坛杂草丛生，青苔斑斑，间杂几丛红黄小花。他们眯眼晒太阳，间或低声议论，更多无声无息。熬到中午进食堂，病友无精打采，熊奇兵起哄，说拨款到账，猪血豆腐，鸡鸭鱼肉，管饱才行。说得胃口渐开，大家扒饭。熊奇兵又说，宰了黑猪，就有新鲜猪血。病友起哄怂恿，看屠佬手艺，白吃几顿饭，总要表现表现。下午，汪庆海在假山池徘徊，剁拌添加草料，扶池沿盯着猪。病友站窗口喊，屠佬下不了手，尿包，快点。汪庆海搓手，转头找卞明，说手抖厉害，早该封刀，作不了孽。晚饭时，汪庆海躲食堂众人聒噪，又坐石梯口看水。

两岸开阔如旧，兰溪河已不在，江水向岸边死命舔吸撕咬，土地缓缓裂口，撕裂崩塌，发出闷雷般声响。天一寸寸黑定，卞明查房后，打着手电晃过来，汪庆海冲他抱怨熊奇兵挑是非。卞明说，都是可怜人，上蹿下跳，因为心虚，去年外省清库队来强拆，征用炸药库，熊奇兵怕丢饭碗，赖在清库队打临工，带路设线，把沿岸旧屋、未迁墓葬挨个炸塌。灰头土脸，还没拆完，查出尘肺住院，被进院搭棚扎营的逮住揍了好多回，病友先前也骂他叛徒、软蛋，嫌弃得很。汪庆海说，他看我眼神不对，有怨，一定结过梁子。涨水第二日，院长卞明一早喊集合锻炼，病友们稀稀拉拉下楼，卞明领练七禽戏，叫大家抖擞精神，冲太阳喊，声荡江面。中饭后，汪庆海见黑猪不肯吃食，假山池里打转，哼哼唧唧，拱去拱来。他细看黑猪鼻口有血痕，觉得有人搞鬼，扯熊奇兵衣领，拉到池旁理论。卞明忙将两人分开，怕生事端，将汪庆海推去食堂，反掩了门。病友又来怂恿，屠佬舍不得，熊奇兵你来杀。找来一把锈菜刀递他，聚在假山池边，盯着黑猪转。熊奇兵额头冒汗，撸胳膊挽袖子说，你们等起，今天这碗猪血汤，吃定了。他跳进池里，攀上爬下，无法下刀，病友嘲闹，呼哨四起。熊奇兵憋红脸，闷声不响爬出池，上楼取自己私藏的雷管火药，提一黑塑料袋回来，连喊闪开。病友四散，拔腿跑到篮球场树下，见他划动火柴，光线乱晃，来不及捂耳朵，轰然已炸响。灰尘升腾，再往假山池望，黑猪未伤分毫，反而发癫，狂奔乱拱。更有一面黑潮，从池边崩垮处直涌上来，却是藏身池底洞隙的老鼠虫子，被炸了出来。熊奇兵发声怪喊，挤进病友，慌作一团，跌跌撞撞。黑潮乱窜，漫过篮球场，卞明和汪庆海从食堂冲出，踢脚驱赶，黑潮绕过他们，直入食堂，糟蹋米菜，啃噬肉食。卞明和汪庆海找来扫帚脸盆，冲进食堂又敲又打，想方设法驱赶。直到天色渐晚，虫潮逐渐四散，汪庆海清理剩余食物。卞明周边查看，菜园子被黄鼠狼打洞。病友在篮球场追打熊奇兵，直嚷他坏事，掏钱赔损失。夜色笼罩，黑猪癫狂，池内撒欢，卞明盘算余粮，汪庆海和熊奇兵分坐食堂门口，一个喝酒，一个发呆。熊奇兵咕叨，莫扯害人的话，我攒了大把餐票，损失补得起，以后我自己开伙，不吃食堂就是。汪庆海说，粮食不够，餐票再多，有啥用。熊奇兵一瘸一拐，蹒跚回病房。

天空阴沉，千百只乌黑老鸹，扇动翅膀，一片巨响，粪屑落下。院长卞明带病友晨练，跑进楼内躲避。涨水第三日，老鸹如黑云落下，占领篮球场和红砖平房前空地，啄食昨夜鼠虫留下的米菜、肉屑与粪便。午前，大雨滂沱而下，江水涨势更猛，病友挤病房看电视，卞明催促加衣保暖。新闻播音员说，大江首期蓄水顺利，目前坝前水位115米，每日涨幅超过预期，将提前完成135米蓄水目标。熊奇兵整日不进食堂，蜷在病床昏睡，间或站大门口看雨。晚饭时，卞明说，熊奇兵饿坏了，病情加重，谁负得起责。病友七嘴八舌，他自愿交出餐票，说抵销鼠虫损失，罚他饿几天，死不了。汪庆海从厨房伸头说，只剩半筒米了。卞明闷声不响，打把黑伞出食堂，站石梯顶上，低头看水。雨渐渐变小，黑暗中江水喘息，一级一级石梯攀爬，两边深草蠕动，影影绰绰，虫类窸动有声。汪庆海收拾停当，提着塑料酒壶晃过来，有成群黄棕尖嘴动物，箭一般从草丛间掠过。汪庆海喊，黄鼠狼夺路了。卞明说，水一米一米涨，大虫小虫跑得赢，才有命。

两人直瞪黑夜中江面。卞明说，有个事，是这样，必须说你听,那个黑木匣子,好端端放办公室,照片不见了。汪庆海问,你具体放哪里?怎么弄丢了?卞明说,办公室书柜,放时我看过还在,今天下午,照片位置就空了。汪庆海说,我当兰子是亲侄女,想方设法护她,死得惨,我没用,托付你,还不得安生?夜雨歇了,草木气浓,暗光中对岸模糊,两人坐在石梯口,汪庆海灌几口酒说,你给我一定找回来,莫扯淡。卞明想了想说,我找。又问,素芬走时没交代什么话?汪庆海抿口酒说,就我说过的那些。卞明问,兰子怎么死的,你说说?汪庆海说,她肚子疼,又说冷,不停加被子,叫了半夜,就疼死了。卞明问,你说我信?汪庆海低头捏酒壶盖子。卞明说,兰子也长大了,死前一个月,我在镇上遇见,洗白工装根本扣不住她白胖身子了。汪庆海只管提壶灌酒,卞明说,我当医生半辈子,有些事遮不住。汪庆海呛了酒,咳嗽好一会儿,说,狗日的,你不说了,是窑工屈三炮,肉联厂要搬迁,我们忙前忙后,房子先拆,暂住工棚,兰子没人管到处跑,不知怎么,就被屈三炮那王八蛋骗了,她还把家里钱物偷拿去送,反锁她在棚里,她趁晚上又跑,眼看肚子就大了,岳主任哭骂打,兰子居然还手,打得岳主任鼻青脸肿……雨又大起来,汪庆海猛灌一通,酒醉呜咽,卞明拽他往回走。汪庆海被雨水淋透,喊,老子尽力了,屈三炮滚进窑口前,老子和他喝酒,他酒量真他妈不小,拖他躺窑口边边上,我狠踢他两脚,回去吐得呕出半盆血。卞明将他扔进食堂,转身回走,自言自语,我是医生啊,眼睛又不瞎,一走近床头,兰子口鼻痕迹,明显被捂窒息,素芬你这样甩手走,不多交代我几句?他隐约听见石梯口山鸡低啼,树影幢幢,看不分明。

两岸寂静到可怕。以前坐在石梯上,眺望山脚公路,运煤货车,蜿蜒的兰溪河。浑浊江水步步进逼后,兰矿建筑废墟,从最初影影绰绰,一点一点不清晰,渐渐沉没消失。涨水第四日,地上又遍布禽虫穿行痕迹,卞明带领病友晨练七禽戏,都神色抑郁,沉默不语。江水攀爬石梯,动物尸体漂浮,浪打垃圾堆岸,对面山腰那一堵又一堵水泥警示碑,在浩渺江水前,失去了巨大感。熊奇兵弓腰坐石梯口挨饿,黄浊江水打着旋,白影在水下晃。过去兰溪河底的大鱼,经不住江流翻涌,浮起水面。熊奇兵悄悄准备,待天黑后挎旧帆布包,抱摇把子电话机,沿石梯往下。走至漫水处,他掏出两根粗铁钎放水里,只留缠绝缘胶布的钎头在梯上。江浪巨响,他向上几步,斜靠石梯,将摇把子电话机夹两腿间,左手扶牢机身,右手拼力摇把,手心灼热,黑线乱摆。连番闷响,石梯前江面沸腾,水花鼓泡乱响，银白大鱼，翻涌而出。熊奇兵脱衣下水，一米多长母鲇被电晕，双目圆睁挣扎，大鳞飞溅。他将蓝条服、话机裹进布包，赤身扛大鱼，往上攀爬。抬头有人挡路，汪庆海坐石梯顶端，说留了饭菜，鱼放生吧，算给兰溪河留种。熊奇兵低头不语，扛鱼上冲，汪庆海劈头盖脸就打，摁他在石梯顶端，抢过母鲇，跑下石梯，放入江水。熊奇兵瘫倒石梯喊，我搞鱼，妨碍你？你害人。汪庆海摁牢他说，老子怎么害人？兰溪河没有了，留条鱼种，不行？熊奇兵只管骂，两人撕扯一团，旧帆布包裂开，摇把子电话机滚下石梯，蓝条服口袋掉出一张椭圆照片，兰子在微笑。汪庆海捡照片说，就知道是你偷，你个软蛋。熊奇兵咯血说，你害人，兰子死得冤。汪庆海喘息问，你算什么东西？管这宽？熊奇兵说，四年前你到兰溪中学堵门闹事，我就是那个被曾校长开除的学生，和兰子钻高粱的伴。卞明将赤身湿透的熊奇兵送到病房，再回来看时，汪庆海面朝江水，双手合十，念念有词。靠近石梯水域，光亮倒映，黑影道道，成百条褐蛇正骑在浪头，蛇身高昂，蛇头顾盼，周旋游荡。

涨水第五日，慌乱一整天。清早卞明查房，熊奇兵在发烧，忙让病友搬换病房，戴口罩跑进跑出忙活。他要向上汇报，熊奇兵忍住咯血，跪在床头哀求，害怕传染，死活不让。病友站石梯口议论，八百级石梯淹没过半，以前三十多米宽的兰溪河，江水倒灌已宽达近百米。汪庆海做罢早饭，在食堂久不见人，出来听见争论。他脸煞白说，熊奇兵受凉发烧，只怕又是被他所害。直到近午，熊奇兵服药昏睡，卞明拿手机下楼，要呼叫传染病院来拉人，见病友围坐门前，汪庆海夺他手机，连连磕头，额头红肿，嘴唇抖动，求他应了熊奇兵，不送走。卞明只好答应，观察一天再说。下午熊奇兵继续昏睡，晚上又发烧，卞明守护在旁，病友到食堂打铺，汪庆海在石梯口打转。大楼灯光通明，众人彻夜不眠。

　　汪庆海起早煮粥饭送到楼下，卞明出来说半夜高烧，早上又退烧，不知白天情况如何。涨水第六日，汪庆海和病友在石梯口呆坐，病友此起彼伏咳嗽，红痰吐在石梯，被江水一级一级抹淡，如巨兽步步紧逼。夜半时分，食堂里病友酣然入梦，汪庆海辗转反侧，探头窗边，大楼已熄灯，院内又有动静，几个黑黝黝影子，迈动四蹄，穿院而过。他心中一惊，穿衣去假山池，月朗星稀，黑猪不见踪影，已从崩垮池边爬出，混入那些黑黝黝影子，随野猪群直奔后山。汪庆海跌跌撞撞回床，蒙头睡去，梦见身在江中，挤入兽虫，一道逃命，漩流刺骨，石梯湿滑，他和它们怎么也抓不住，不断跌落，往江底兰矿跌落。岳主任向他招手,他叫她素芬,这让人兴奋,忘记身处江底的沉沦。涨水第七日,拂晓时分,汪庆海醒来,全身是汗,食堂竟空荡无人,死过一回般害怕。门外黑夜未尽,晨雾弥漫,水汽蒸腾,院内喧嚣不止。他奔出看时,石梯口前,启明星微亮,大江已近齐平,巨浪拍岸,如兽吼,如雷鸣。最后的逃生继续,无数蟾蜍灰蛙翻上石梯顶端,划出一道道灰绿色、黄麻色的弧线,蹦跳入院,向后山进发。它们如浪涌动,漫过篮球场,留下遍地亮晶晶的黏液。病友大呼小叫,咳嗽不止。灰蛙蟾蜍鼓凸眼珠,抖动足趾,腮帮膨胀收缩,冲天嚎叫。汪庆海靠住矮墙,揉着迷蒙睡眼,想着已死的兰子,自己,病友,兰矿人,所有生活在红线下的人,跟随逃生的他们一起,终归会找到回家的路。

对岸,那一堵堵水泥警示碑,与江水平列,被浊浪击打,隐现雾中,更显渺小。卞明独自面向大江,白大褂上红迹遍布,手机在口袋里不断振铃。他双臂平举,两膝微屈,比画七禽戏,龙入云,虎前扑,熊翻身,龟息气,蛇屈伸,鸟展翅,兔跳跃。他鼓起胸腔,吸纳湿润水汽,这水汽来自六月的江河。电视新闻里说:135米蓄水目标提前完成,129座城镇、7.9万平方公里土地,已全部沉入江底。他想,等雾气散尽,这些城镇、这些土地,就成了这个星球最大的人工湖泊,成了宇宙间一面小小的簇新的镜面,也许会闪烁在另一群生命的眼里。他渐渐停住动作,院内人声在江面回荡,掩盖了远处的警笛声,有车翻过后山新路,呼啸而来。

# 赴兰溪

如林路所愿，去兰溪的车票难买。离元旦还有七天，客运站里如同被江水挤到坝前的漂浮物，密得看不见水，大多是返乡青壮年，穿鲜亮羽绒夹克，耳机线像粘在胸前的水草，边抽烟边喝冰红茶，拍着同伴后背说笑。林路加入其中，眼镜起了雾，他踮几下脚，越不过人头，望不见售票窗。林路抽身往回走，给柳玉打电话，问怎么办。柳玉没一句整话，鼻音轻哼，似答非答。电话那头嘈杂，林路问，什么事？柳玉说，小事，哦，没问题。林路憋着火，什么没问题？她心明如镜的语气，票啊！

林路十五年前去过兰溪镇，从江城到兰溪，坐十一个多小时班车，满腔激情抵不住盘山公路消磨，吐得昏天黑地。如今回忆，热血空洞无凭，仅剩满地腌臜。那趟以后，他心生芥蒂，对那地方一直排斥。林路在手机上随意翻了翻,假装没找到班车网络订票,躺床上刷短视频。半夜十一点四十分,柳玉还是发来短信,说搭次日早上六点早班车出发,到兰溪镇赶中午酒席。自从柳黛离家失踪后,其间柳玉换了门锁,逼林路搬回青山旧屋,提出协议离婚,微信拉黑林路,还把他手机号码设置为骚扰拦截。这次去兰溪,算是她开恩,林路有点吃不准,虽然极其不愿去,只能暂时忍气吞声。

清晨五点半,林路迷迷糊糊被手机闹铃吵醒,接一大盆凉水洗脸,全身从肉到骨猛颤,喷嚏接二连三直冲,哆嗦着锁好旧楼铁门,鼻涕像自来水流了一路。他佝偻着进车站避寒,候车室空调开得足,成排椅子躺着酣睡的人,暖洋洋的闷骚味弥漫。林路满脑糨糊,找到一靠座,眼皮耷拉,柳黛缓缓浮现,和往昔一样,抱着他手臂撒娇。柳黛是怎样渐渐成为维系他们家庭的唯一纽带?想来无可奈何。

林路闻到橙子清香醒来,柳玉穿白羽绒大衣,把一小袋桃叶橙往他手里塞。林路说,还记着我靠它治晕车?柳玉不搭理,递来一张车票。林路问什么意思?柳玉说,上午公司有事谈,谈完我再开车去。林路发作,我单独坐班车熬?你这早跑来……是怕我不去?柳玉嘴角扬了扬,终究没笑出来。被柳玉押送着上了早班车,林路脑子像煮开的粥，热烘烘地眩晕。冬晨太冷，谁也不肯把车窗开丝缝。车一发动，汽油味渐渐弥散，和车内闷浊空气发酵。林路直冒冷汗，捂住肚腹，触碰到口袋里硬纸，那是一张大红请柬，诚邀林路柳玉等在外乡贤，载誉归来，赴兰溪庆典。

林路担心呕吐，捧着桃叶橙嗅，身随车晃，渐入混沌。半梦半醒，柳黛又在拨弄他头发，那时柳黛还小，在被窝钻来钻去，匍匐爬到他枕边，抓挠他头发，甚至用舌头舔。柳玉看着被舔醒的林路，如见女儿娇宠般开怀大笑，还嫌弃林路睡觉盗汗，头发有盐分。林路暖洋洋醒来，身旁并无柳黛柳玉，冬日阳光透过车窗，邻座一棕发丰腴女子，正伸臂经过他的头，将窗开道缝。班车已上沿江高速公路，冬季枯水期，消落带裸露崖岩，江水缓缓舔舐。大江东去，班车疾驰，林路遥望遍地枯黄草木，依稀生出回家意味，前路迢迢，虚无缥缈。

林路摇摇晃晃穿过过道，走到司机座椅后的饮水机，抽出印有二维码的纸杯，端杯热水回来。邻座那丰腴女子早不客气，摸他一个橙，拇指两掰，剥成四瓣，去皮入嘴。林路盯着女子，面目似曾相识。那女子递来一瓣橙说，你就是那个弄大柳玉肚子的毛脚女婿？上车就看你脸煞白，以为你快死了。林路听她说话像隔层毛玻璃，鼻塞透不过气，恍惚回到十五年前，在兰溪看见不少矿工下河网鱼，胖头鱼跃出水花，这丰腴女子像极其中一尾。他拿起桃叶橙不断嗅，这女子自顾从他布袋又摸出几个橙，不断掰剥入嘴。

班车在高速公路走了一个多小时，司机开进雾渡河服务区，催大家抓紧时间上厕所。垭口风打着哨，林路躲进楼内，不少乘客围住小食档，皱眉咧嘴急吃汤面嚼锅盔。塑料门帘开合，那丰腴女子站在矮树边，和一群人掏出大红请柬指点。林路的请柬，是柳玉让快递转送，他刚拆开封口，柳玉收到快递员反馈，立即电话过来，说是她妈遗愿，必须去一趟。兰溪庆典是什么名堂，柳玉并未解释，林路想着拽他去的原因，无外乎她不愿返乡时，暴露分居现状，让过世未久的柳妈更显难堪。

林路掀开塑料门帘往车走，遇冷风连打喷嚏，脑袋清醒一些。绕过枯萎矮树墙，棕发丰腴女子还在掰剥桃叶橙吃，向抽烟众人大声说，还不是他柳家邪子妈，过去造的孽，现在又惹大家重修灵老爷洞。林路只记得兰溪镇有灵老爷石像，不明白和庆典什么关系。再上车时，听旁人议论，这丰腴女子黎敏也是矿上子弟，老公现在是几家酒厂区域代理，言语间很是羡慕。

林路闭目假睡，念头翻来覆去，想这酒厂区域代理，能不能设法帮柳玉公司牵线。十年前电视台还算如日中天，柳玉主持的一档市民服务节目收视率不错，林路离开大学讲师职位，经营广告代理，开公司小赚了一笔。不料柳玉年过四十后诸事不顺，三年前也辞职到公司，依靠人脉给房地产酒厂做推广，进入中年焦虑期，两人常吵得不可开交，后来林路干脆撒手，放笔钱在朋友茶楼，天天去泡点。眼看房地产酒类不如以往，不知道柳玉有无办法维系。

林路暗自叹息，酝酿情绪，开口和黎敏套近乎。黎敏和前后座聊得满面红光，瞟着林路问，柳家女婿，你不记得我了？我家以前住她对门，开苞谷酒铺子。十五年前，林路到兰溪镇时，柳家一门三柳，柳爸在井下被轨道车撞瘸右腿，吃上矿里劳保，在镇头开理发店，每天从兰溪河挑水，用黑锑锅烧开，给矿工洗头剪发，一个头收两元。柳玉大学打工存钱，置了一张台球桌，摆在门前空地，支起油毛毡棚子，矿上人来打，输家一局五角。他想起来，黎敏说的对门，就是正对油毛毡棚子，隔着沥青公路，黎家开苞谷酒铺，门前木盖大酒缸，下班矿工洗过澡，端着白搪瓷缸子，一角钱打一酒提子。

大江截流之前，兰溪河沿岸十余公里黑尘蔽日，五十多年的老煤矿，柳玉他们都是这兰矿子弟。林路有了印象，暗自惊觉，曾见过黎敏死去的弟弟，只能硬着头皮寒暄，聊酒类推广业务。黎敏声音高两度，现在卖酒哪靠推广，高端团体消费不行，你说广告给谁看，懂不懂？前两年吉大街夜市熄火，我老公他们打牛班子，到处稀里哗啦开打，划出范围酒才好销，懂不懂？现在酒厂老板都主抓年轻人市场，讲求小瓶包装网络化，懂不懂？最关键的是，柳家做事运气霉，不敢和你家做生意。看她说话神态，过往愈发清晰，林路如几近溺水的人，从江里拼命探出头。想起当年柳玉的母亲，坐在台球桌旁旧藤椅上剥脚上死皮，林路低声下气，反复恳求，她先是大讲计生政策，然后叱责未婚先孕，最后对他不理不睬。

车窗外，沿江高速左端遥望大江，混凝土铸就的巨型大坝横断江面，如同银色手术刀将躯体某处一分为二。大江截流后，水涨一百七十五米，漫入兰溪河，兰溪镇整体搬迁，兰矿沉入水底，过去的过不去的，都该灰飞烟灭。林路好些次看见，柳玉对柳黛讲述过去时流泪，尤其确诊后遗症致绝育后，说自己成了没有过往没有未来的人。林路嗅着桃叶橙，望向窗外的大江大坝，心想：柳玉她妈究竟招惹多少人？江水倒灌，都洗刷不清。

班车驶过大坝右侧，经过峡江大桥，高速公路扭头扎向大山。车里光线忽明忽暗，穿过一个又一个昏暗隧道，驶向一座又一座高耸桥梁。更高的山顶染着雪迹，林路看见远处山腰，伸出细长高台，有人绑绳索一跃而下，像鱼鹰盘旋江上。再往前走，又见透明玻璃桥，横跨远方山谷，冬日下闪烁寒光，桥上蚂蚁一样的人群爬行。公路隔离带外，不断掠过巨大广告牌，色彩艳丽的画面，戴莲蓬银帽、穿花裥罗裙的少女眺望高空蹦极，穿泳装的苗条女子泡在热气蒸腾温泉里。黎敏吃着桃叶橙，发出啧啧声，说这些山里村镇，过去都比兰溪穷，靠景区开发，冬天煮开水温泉，夏天引沟水漂流，全都有了钱。林路心里郁结，顺口说，大家回去修洞，也算造个景点，算是造福一方。

黎敏眉头紧皱，正要发作，她手机微信来电，开了免提，托在胸前通话，是她大女儿趁课间发来语音。黎敏将手机屏幕指给林路，屏幕照片是游乐场玩耍的双胞胎女儿。黎敏看他一怔，笑说，我老公我爸妈我公公婆婆都催，还要非生个儿子不可。车窗外飞逝而过的山景，加剧了林路眩晕感，抑制不住的酸液直呛鼻腔，腹内未消化的残物左冲右突涌到嘴边，他跌跌撞撞奔到车前，抱着垃圾桶呕吐。

林路吐完，再回座位，黎敏皱眉，像观察小动物。黎敏问，你家柳黛还没找到？柳玉前天还到我这里发寻找传单，说柳黛离家失踪之后，她找好几家派出所报警，一直没有下落，这两天正在面试私人侦探，准备挑一个靠谱的，重金让他们去找，看她情绪抑郁，你也想想办法啊。

林路盯着黎敏，知道这个话题不能继续，赶紧闭目装睡。是什么时候开始对柳黛深感恐惧？林路记忆深刻，是今年秋天的一个下午，他喝了午酒在茶楼犯困，提前回家躺床上，拿手机翻看朋友圈，逐渐睡去。下午五点多醒来，斜阳透过玻璃，柳黛背着光坐在窗台，窈窕黑剪影，看不清面目。林路迷迷瞪瞪口渴，又不想马上起身，忽然隐约听见柳黛叫了声"BABA"，跳下窗台，扭动腰肢，自顾自离开卧室。林路也多次见柳玉抱着柳黛，让柳黛直视她的嘴，不断教"妈妈""爸爸"。等柳玉晚间回家，林路开着玩笑，说起下午这事，柳玉自此多日不上班，在家陪着柳黛，日夜观察。五天后的晚上，柳玉怀抱柳黛，靠沙发上看电视，林路刚进卫生间洗澡，柳玉猛拉开门，冲他喊，听见没有！柳黛叫妈，叫我妈了！林路脚下一滑，一屁股跌坐浴房，柳黛从卫生间门旁，缓缓伸头，双目闪烁。

你相信柳黛能说话吗？林路睁开眼睛，问正翻看手机的黎敏。黎敏有点发蒙，迟疑地问，你说的是你们家柳黛？林路赶紧继续合眼，想起过去像做连场噩梦，家里气氛大变，柳玉魔怔一样，整天柳黛不离身，动不动又抱又亲，晚上睡觉放大腿间。林路后悔莫及：那个雨天，不该让柳玉从垃圾堆捡回眼睛半睁、颤颤巍巍的柳黛；更不该遵照医生建议，带着柳黛去诊所做手术。

躲在医生身后，看着柳黛被注射麻药，吐出舌尖，双眼失神……柳玉逃窜般躲去公司，林路抱着死去一样的柳黛，打车回家后两小时，缓缓醒来的柳黛流着泪，歪躺在被窝，看着缝线的下腹，疼得哇哇叫，林路像做错事的少年，张皇失措反锁卧室门，躺床上颤抖。直到听不见惨叫，林路悄悄拉开门，扭曲血线从客厅延伸卫生间，柳黛不肯尿在窝里或客厅，忍着剧痛匍匐前去卫生间。林路挪步看时，柳黛晕死在便池边，如孤苦无依的孩子。

林路想起，正是那天晚上，柳玉和他抱头流泪，说给它取了女儿的名字叫柳黛，说柳黛就是他们的女儿，一家三口生活安稳挺好，余生就维系在这只黄猫身上。

班车过桥进洞，手机信号不稳，黎敏离开座位，挤到驾驶员旁。驾驶员答，不慌，五分钟进灵老爷服务区。听见灵老爷这三个字，林路心里一悸，像无数钢针穿刺而过，黎敏见他沮丧不安，连拍手掌，笑说，你还不知道吧？去年秋天高速通车前，征求当地人意见，定下这地名，有灵老爷服务区，还有灵老爷隧道。

十五年前，林路初到兰溪镇，正是灵老爷开始闹腾的时候。灵老爷，是一尊面目模糊的旧石像，猴年马月被人藏在荒草洞里。矿里人口口相传，那是送子观音化身，矿工和家属成群结队去磕头，舍不得吃的鸡鸭鱼肉，舍不得用的红绸子，舍不得花的十元五十元纸币，都往那灵老爷身前摆放。当时，他和柳玉大学毕业热恋，一路追到兰矿，柳玉被反锁家中休养，林路表明担当决心，被柳妈黑脸冷怼，赶着赔笑脸。灵老爷被柳妈指挥窑工挥动铁锤砸碎，扔进燃烧的石灰窑，林路和不少兰矿家属被警戒线拦在窑外，女人们不断叫唤，做事太绝，柳邪子！

霰雪落在车窗，玻璃啪啪直响。到了灵老爷服务区，司机喊休息五分钟，林路默然望去，过去灵老爷所在山坳，逆流江水涌动间，仍可见半壁山崩塌的残痕。乘客纷纷下车，林路闭目蜷在座椅上，肚腹翻腾，心里纷繁，不想动弹。刚宁静片刻，黎敏话音又响起，林路勉强睁眼，她已上车，坐他旁边，冷笑说，灵老爷的事，你大概不清楚，我来说道说道。林路说，砸像我在现场，能帮忙闭嘴歇会儿？黎敏说，后来的事你不在，不说清楚，我心里堵。说着,开始念经一样讲述,双手摆动,不给林路插话机会。

林路心烦意乱,听黎敏说,柳妈把石像砸碎烧掉,过了两年多,矿上有人又开始拜洞后一棵老树,树身缠满红绸布,矿机关派柳妈带着保卫科,把那棵树锯倒,卖给邻县家具厂。后来矿上有人往这山洞里继续扔红布扔纸币,那时已到搬迁后期,到处清库开炸,矿机关几次发指示,邪子柳妈就带领保卫科、矿里爆破员硬干,山崩地裂,裂石飞溅。

听黎敏又说,柳妈是有名的听指挥,从下乡知青招工进矿,从洗煤班到矿机关,做事刻苦由命。打她记事起,就见柳妈满矿区追堵女人上环,男人结扎。矿里规矩是,一胎上环,二胎结扎,超怀又引又扎,超生又扎又罚。柳妈自己带头二胎流了产,赶着上了环,到矿工家属区门口堵人。

林路失魂落魄,回忆起十年前婚礼,柳玉爸妈老两口相互搀扶,坐了一天班车到江城,却硬是没来现场入席,干坐在新房门口楼梯,流不少眼泪。林路一直不解,后来听柳玉讲起,他们结婚时,正赶上兰矿划进红线淹没区,限期转产搬迁,整个矿区像井下遇了停电事故,五千多名矿工和家属都抓了瞎,老两口怕捎带晦气,不肯进门入席。

车驶出灵老爷服务区,车窗外雪花飞舞,眺望隔离带下方,十五年前林路所见哗哗作响的暗绿色兰溪,已被逆流而来的苍黄江水,淹没百米深流之下。再往前开,灵老爷隧道已近,林路手机响动,柳玉发来微信:刚进服务区看手机,黎敏新发朋友圈,你坐她身旁,这不合适,有些旧怨,难道不知?林路回道:哦,你何时到?柳玉只回OK表情。班车已入隧道,林路眼前一黑,摁灭手机屏显,却见黎敏在黑暗中举着手机看照片。隧道深处漆黑,微光如无数线头乱舞,她手机屏幕刺目,淹没之前的兰溪镇照片,一个蹒跚行走的男童,伸手向空中索讨,双眼空洞无物。车出隧道,两山对峙,峡口顿开,高悬空中的钢架大桥飞跨大江。雪渐渐住了,林路看着重叠起伏的山形,依稀是旧日模样。黎敏举起手机,向桥下江水拍照。她说,我弟弟还睡在水下,涨水时我妈不让迁,说就不打扰他了。

林路指尖刺痛,仿佛回到锅炉口熊熊火焰的灼烤,他伸手帮柳妈,将沾满便血的床单被子,往火里扔。那是十五年前,黎家父母抱着三岁弟弟,冲进柳玉家中,搁在床上大哭,门前人潮涌动,林路被堵得动弹不得。那个弟弟高烧脑膜炎,眼睛失明,快要死了。生养这个弟弟,黎家被罚了三万,黎父被邪子柳妈催促结扎。林路还记得,穿发白蓝衣的蓬头小女孩不断抹泪,站在对面自家门口大哭,说再也没有弟弟了,双臂袖口被泪水湿得滴滴答答,那是黎敏。

班车过跨江大桥,右拐下高速口,不少乘客到此下车。林路站在新兰溪镇口,湿漉漉山巅推出平地,整齐划一的簇新楼房,江水绕过旧日山腰,旧镇废墟大半已入江底,波澜不惊。街上不见积雪,几个卖小百货的摊位相隔不远,有穿厚棉袄、头系围巾的女人挑拣还价。工商所矮楼前,一个穿蓝工人装、头发凌乱的女子目中无人站立,林路从她身前走过,她拽起上衣,啪啪啪在肚皮上连拍三下,伸长脖颈吐口水。路边揽客的摩托骑手哄然大笑,七嘴八舌说,兰子看上你啦,要你三更半夜去。这街景和他十五年前初到兰溪所见,没有任何变化,林路仿佛回到二十一岁,第一次见到这个因为独子溺水夭折而精神分裂的洗煤女工,他盯着兰子端详,白发丛生,皱纹满面,双眼浑浊,她已衰老。

黎敏说镇里安排,今天在她家酒厂办招待,明早操办奠基庆典。林路不想再同行,催她先走,自己站镇口等柳玉。雪后初晴,长途班车上的不适感,从林路五脏六腑向外褪。他嘴对手机给柳玉发语音,到哪儿了。一辆三轮摩托滑来，黑夹克络腮胡骑手，咧嘴吸气喊，去酒厂？走嘛，十块钱！手机响动，柳玉回话：已到灵老爷服务区，身体又不对，头犯晕，想到我妈难受，犹豫该不该来。林路向来路张望，冬日下江水喑哑，水面看上去静止不动。柳玉又发来一条：你帮忙去老屋看看，妈走前曾住过，说想寻到灵老爷，求治我的病。

林路向水泥陡坎下望，荒草丛生，不见人迹。络腮胡骑手双脚蹬地，摩托随他滑行，去哪儿嘛，我熟得很。林路指坎下说，去旧镇，走不走？络腮胡骑手愣了愣，朝后座晃动下巴，林路一屁股坐进车篷。骑手大咳一声，摩托冒几股烟，猛冲而出，寒风像刀子。三轮摩托拐出水泥路，蹦跳着冲进岔路，坎下越走越偏，芒草齐人高，雪泥飞溅。林路对骑手喊，老街还在不在？骑手扭头躲着风答，就剩垃圾。三轮摩托掀开草丛，江滩出现，在沙砾边缘刹车，离江水五米左右。从江深处，几段断壁残垣爬出来，像不甘淹毙的虫。沿途有烧纸痕迹，有人过来祭奠，白粉笔画成圈，圈住灰黑色纸灰，缓缓飘飞。

林路让骑手就地等候，自己往断墙中走。过去的柳家理发店，镇头地势高，残壁还在，斜搭一间破旧油毛毡窝棚。林路俯身伸头，棚内蛛网尘灰，四处漏风，脏破棉絮成团，靠墙堆着不少奇形怪状石头。五年前，柳玉把父母接到江城，住青山旧屋安度晚年，老两口整日闭门，为女儿熬药。父亲肺病恶化，前年去世，母亲时常独自回兰溪，说要寻灵老爷，保佑女儿平安，一直到去年秋天，在青山旧屋煤气中毒离世。林路想，这就是柳妈潜回兰溪的临时住处，他掏出手机拍了两段视频，发给柳玉。直到络腮胡骑手大声催促，他才收到柳玉回信：我一直怀疑，我妈是不是寻了短见。林路大吃一惊，心中惶恐，寒风呜咽，水在逆行，徒然无着，犹如雪融化于江中。

林路上了三轮摩托，紧握手机，不知如何回柳玉的话。砰一声炸响，摩托上下颠簸，向道路一侧歪斜。络腮胡骑手慌张刹车，两人跳下摩托，右后胎爆了，橡胶外胎紧贴钢圈，像腐败的动物皮囊。林路跺了跺冻麻的双脚，络腮胡骑手嚷，弄破老子车胎，想走？向街上小饭馆挥手，四五个骑手闪出来，摩托轰鸣，将林路围住。林路听见骑手们嘀咕，是柳家女婿，自己却不识他们。其中一个穿黑呢大衣的白脸，向前半步，似笑非笑地说，好说好商量，车胎弄破了，赔一千就行！林路双手被反剪，三四双手在他口袋里进出，林路挣扎踢几脚，有人抬膝盖向他胯间猛撞。骑手们四散，林路瘫倒在地，身上口袋全被翻出，像路边弃摘的枯瘪柑橘，瑟瑟抖动。

酒厂大门前,堆积厚厚一层鞭炮碎屑,像过去矿里食堂摆满空地暴晒的红辣椒。四五个账房,围坐小方桌,脚前放着小太阳取暖器,剥橙子吃,喜笑颜开。方桌上放大红册子,毛笔密密麻麻写来客姓名、捐资金额,并没有林路名字。刚才他进门时,看见赶赴庆典的客人,都要放两封尺长电光鞭,往门前账房登记捐资数额,再被知客接纳入内。林路已身无分文,手机也被抢走,借酒厂门房电话拨柳玉手机,一直忙音,站酒厂门口一个多小时,没见柳玉身影,被拦门口,僵持不下。饭堂里客人手捏纸牌,边出牌边伸长脖子,盯着林路议论。

一辆双排座小货驶进,车厢里跳下四五个人,卸下乐队装备。一个邋遢老汉坐木椅上弹电吉他,三个中年汉子似模似样奏起贝斯、电子琴和鼓,黎敏跳上台握红布麦克风唱,天地悠悠,过客匆匆,潮起又潮落。一曲唱罢,黎敏麻雀般蹦跳过来。账房、知客拿起大红册子指点,林路窘迫而立,黎敏皱眉大骂,翻到第一页,指着首端名字:柳芝芳,拾万元整。林路浑身战栗,脸色煞白,柳芝芳是柳玉母亲的名字,这一大笔捐资,不知道是柳玉母亲生前托付,还是柳玉瞒着他所为。

兰溪酒厂饭堂内,林路坐在油亮长条凳上,人们一堆一堆围着方桌,吵吵嚷嚷玩纸牌,花枝招展的姑娘端着方木盘，穿来穿去递烟敬茶。林路独自坐在窗边，木窗棂没有窗扇，干瘪饭粒、枯萎菜叶散落。姑娘们绕来绕往，每到他身前，便改变走向。林路不断招手，一位圆润姑娘终于晃过来，林路取了一杯热茶。那姑娘甩出一句，不上礼金，从城里来空手赶庆典？茶叶在暗黄茶水里浮沉，林路装没听见，一饮而尽，把空茶杯高举，继续示意。连喝三杯热茶，依然饥饿，有些头晕。

流水席一开，饭堂里充斥油腻菜味，呛人烟味交织。林路被挤在旁边，等候翻台，饥饿像潮水。快过一小时，黎敏从人堆钻出，拽着林路袖口，让他跟她们凑满一桌开餐。两个男人已经喝醉，蹲墙角开始呕吐。林路坐进遍布饭菜残渣的大方桌旁，惴惴不安，他借左右手机，不断拨打柳玉号码，一直关机。黎敏嗤嗤发笑，说已接到柳玉微信，她有急事已回江城，林路并不信。上菜之前，黎敏召集八名胖瘦不一的年轻姑娘，照兰溪习惯凑成九姊妹，明天上午往庆典现场排列助兴。菜还没上齐，林路就中埋伏，九姊妹默契配合，酒瓶如接力棒传递，酒杯轮番轰炸。饥饿、疲惫让林路失去抵抗能力，重复站起、坐下，斟满、干杯。九姊妹喝得高潮迭起，黎敏不断往林路身上靠，趴在他耳边低语，说家里还在不断催生，老公喝酒熬夜，身体虚得很，只怕怀不上，要不待会儿干一盘？说完大笑，林路张皇失措。

趁着黎敏率姊妹攻陷邻桌，林路摁开她搁桌上的手机，登录自己微信，柳玉有三条留言。第一条：黄侦探说，在东湖老鼠尾附近，已找到柳黛，现场有人每日喂食，整个失踪过程是不是你在做局？第二条：我开回江城了，我血来得太多了，也习惯了，就这样吧。第三条：手机快没电，等你回来，我们办离，好聚好散。林路先是看见黎敏攥着酒杯，面红耳赤，肆意大笑，然后整个饭桌旋转，他从长凳滑到水泥地，在九姊妹的哄笑鼓掌声中，感觉自己向地底深陷。

林路在黑暗逆流中扑腾，头痛欲裂，渐次苏醒，右半身如遭千针刺，锈迹铁支架挂输液瓶，细塑管连着扎进右手背的针。天色已亮，护士气喘吁吁举棉签跑来，抓起林路青肿右手，将针拔出，换左手拍，棉签擦拭，刺入。她说等液体挂完，把垫絮被子还来，缴住院费，就可以走了。林路耳膜鼓胀，听她说话像隔毛玻璃，左手一摸，口袋依然空空。病房充斥消毒水味，自己裹着印兰溪卫生院红字的棉絮盖被，旁边床都裸露灰污木板。他拔下左手针，药液滴答落地，缓缓起身，如踩棉花，溜过值班室。玻璃窗外，江在低处，卫生院矗立山顶，还是过去模样。林路缓步门外走廊，扶住斑驳白门，大汗淋漓，脸色苍白。十五年前,他在此痛哭流涕,瘫软在地,柳玉被她妈送进手术室,那块牵绊他们两个多月的血肉胎芽,被遗弃在医院角落垃圾桶。这胎芽,是最初的柳黛,柳玉和他那时年轻,想象为这个女儿,取一个好名字,聊了一晚又一晚。直到去年春天,柳妈在青山旧屋,支支吾吾,抹着老泪,说那胎芽其实被她用红布包走,偷埋在灵老爷洞。

江雾渐起,路积霜雪,林路攥着柄旧铁锹,跌跌撞撞往镇外走,要赶在奠基开挖前,挖开崩塌余土,寻回最初的柳黛。不远处,灵老爷洞重建庆典在即,喜庆鞭炮声轰然而起,震天动地,连绵不绝。山脚下,兰溪河被滔滔江水裹挟着,沿着人工炸深拓宽的水道,朝预定的方向不断回旋,逆流往复,停滞不前。脚步声响,穿蓝工人装、头发凌乱的兰子冒出来,与他并肩而行。兰子不看前方,扭头直瞪林路,双目浑浊,面容枯槁。林路拄着铁锹站定,兰子也刹住脚,使劲拽起上衣,在白森森肚皮连拍三下,伸长脖颈,口水猛喷。

# 镜中姐妹

塞进第二十一个橙,余燕满嘴牙齿软塌塌,舌头愈发麻木,两腮被果肉充满,黄色酸液从腹部漫到咽喉,不断上涌,便意强烈,贯通全身。她努力盯住直播屏,花束灯牌不断滚动,点赞加油字幕翻飞。下方商品展示,黄澄澄伦晚橙堆如小山,广告牌上歪七扭八写:不催熟、不打蜡、0激素、0甜蜜素,细嫩多汁,新鲜水润无可替代。余燕穿淡黄抹胸小短裙,驻足之处方圆几里皆山,柑橘园起伏,绿树满目,黄橙压枝。熊伟躲在直播架后,右手挥舞切橙短刀,左手伸出三根指头,脸皱成菊花,弓腰屈膝,仿佛欲剁手指提振销量。远处峡江寂寂,近处枝丫掩映,每二十米左右站立一位网络主播,或顾盼生姿,或露脐舞动,或引项低唱,"橙心橙意"八小时直播带货,正在火热进行。

余燕原本网名玫瑰江上漂，粉丝送绰号鬼王小公主，是这次县里特邀的八位头部主播之一。经纪人熊伟签下直播合同，八小时带货保底八吨伦晚橙，每差一吨扣除出场费三分之一，每超过一吨另有奖励。助播安昕蹲在旁边树下，一排手机摆面前，不断拿起猛摁，顶着小号疯狂引流，将鬼王小公主平日直播平台的粉丝，煽风点火引来"橙心橙意"直播。八小时已过大半，离带货保底数还差三吨多，熊伟又耍起老伎俩，让安昕用小号不断刷屏，号召粉丝与鬼王小公主对赌，赌鬼王小公主直播连吃三十个橙，如果能够十分钟内不歇气吃完，粉丝们联手买下三吨橙，如果鬼王小公主到时吃不完，或者吐了拉了蔫了，这三吨橙免费送给所有直播在线粉丝。

来此之前，余燕已打算歇播，近三个月只是断断续续上线，大致维持基础粉丝流量。熊伟要捧一个刚出道的十七岁劈叉小妖，两腿能劈成二百五十度钝角，直播视角荤奇，粉丝流量正暴增。余燕郁闷小半年，火气正没地方撒，揍乌熊伟右眼圈，拽着这独眼熊猫，去民政局扯了离婚证，合法分割财产。熊伟说，欣欣向荣的网络事业让我们走到一起，现在为了网络事业进一步蓬勃发展，我们不得不分开营业。余燕说，拉闸，断网，死远些。去年余燕一跃成为头部主播后，熊伟还想维持过去他拿九成的成

镜中姐妹

例，余燕当然不干，要公平公正签合同，否则换平台换经纪人。熊伟说，法律合同签不得，有些收入见不得光，签了也白签，到时候反而惹官司，给同行带来麻烦。余燕说，我九你一，你干不干？熊伟说，这样不合适，我孵化培养你花了好多心血，有大把大把真金白银投入，你又不是不晓得，淘汰好多人，优中选优，才留下你这根独苗。余燕说，你投入个毛线，我不晓得你那些把戏？骗了我们好多女同学，你这钱赚得缺德冒烟。两人争执不下，直播停了好几天，平台发来警告红牌，熊伟终于答应五五分成。余燕担心他又耍花招，两人协商良久，按照行内已有范式，领了结婚证加上财产公证，所得必须平分，未来分合看缘分。有些直播前辈往往领证领成真夫妻，余燕却不肯搬一起住，嫌弃熊伟招摇撞骗矮胖油滑，熊伟也乐得万花丛中过，不吊死在她这棵噎人树上。

分产离婚没过半月，上周熊伟接到余燕家乡县农办发来的邀请函，说今年是当地伦晚橙大丰收之年，量大质优，乡亲饱含期盼，却卖不起价，销不出去。眼看乡亲辛苦一年的收成要烂在山里，作为家乡走出去的网络人才，能眼睁睁看着父老乡亲为之落泪，为之痛惜？熊伟将电子函发给余燕，提醒她注意最末一段，出场费达到五位数，很对得起她这位濒临退休的前头部。余燕正打包行李，准备退租网红大厦直播单间,打算回家乡陪老妈住,休养一段时间再作打算,既然能让熊伟帮忙搬运行李,开车送自己荣休故里,这趟直播带货也无可无不可。

熊伟不断手起刀落,五个伦晚橙划成二十瓣,在长木板上摆成一线,从右侧推入直播镜头。余燕吞下第二十二个橙,塌肩弓背,双腿夹紧,瞪着刚入镜的这一溜橙瓣,抬手抹眼,梨花带雨,呜咽有声。助播安昕满头大汗,手指在连排手机上舞出残影,拼命煽动粉丝。熊伟编了段子传给安昕,让她顶小号马甲,在屏幕上花式刷屏:鬼哥快现身啊,小公主撑不住,万一尿裤子就糗大。余燕举起滴汁橙瓣,对着直播镜头凄凄惨惨,银牙紧咬,摇头垂泪。泪花溅到屏幕,闪烁珠光滑落。那显眼包,不会再现身了。余燕跺脚张嘴,吞下第二十三个橙。

安昕躲在树荫下,冲余燕不断挥手,表示她在努力召唤。余燕在心里将熊伟骂了千百遍,明明晓得那显眼包失踪三个多月,正是余燕不得不歇播的直接原因,这趟直播之前,她也再三叮嘱熊伟,现场不能再搞对赌,粉丝倒是开心看热闹,噌噌噌流量猛涨,但是榜一大哥不再现身接盘,不仅丢人现眼,搞不好会破财。没想到,熊伟眼见完不成带货保底数,还是祭出了这过期失效的撒手锏。

镜中姐妹

鬼王小公主的榜一大哥，网名人鬼情喂鸟，粉丝送绰号鬼哥。一年零十个月之前，余燕从经贸大学毕业，班主任肖老师说，我们正在经历新的破茧时刻，一旦破茧完成，人类将迎来生产力极大发展、拥有高度智能化技术的数字未来，所以同学们要自我革新，勇立茧破处，舍身抱未来，女生当上主播繁荣网络全家光荣，男生干物流拉动经济全家有功。全班五十四个毕业生，二十五个进入网络直播、快递运输行业。肖老师在毕业聚餐时，深情发表感言，因为指导大家圆满完成就业指标，她自己获评毕业即就业模范导师。熊伟是肖老师成天挂在嘴角的熊总，极力推荐给毕业生的网络孵化公司负责人，他开辆凌空灰款帕拉梅拉到校，一口气签下班上十多名女生。余燕打小没觉得自己漂亮，一起毕业入职的同班女生环肥燕瘦、高矮不同，虽然有好几个白皮肤巴掌脸水灵眼睛，但大多数确实和自己一样不出众。熊伟培训第一课：正视直播镜头，他说只要开了美颜滤镜，就如大师兄施七十二变，八戒能变嫦娥，沙僧能变观音，绝对不要有容貌焦虑，关键是胆大心细反应快，嘴巴要利索，如何做到反应快嘴巴利索，关键是把公司下发的直播用语手册背得滚瓜烂熟。直播用语手册厚达四百八十五页，像街头拐子互殴所用的板砖，里面是各种网络语境下的话术集锦，专拍粉丝脑壳，拉低智商，拉高流量。熊伟对她们这些毕业生采用温水煮青蛙方法，或者说是钝刀子割肉之计，培训第一个月堆着笑说只交三百元化妆试镜费，第二个月板着脸说须交一千元妆容服装费，第三个月就恶狠狠吼必须交三千元直播设备购置费。十多个女生最初满怀就业的憧憬和兴奋，加上熊总对美好未来天花乱坠的描述，三百元不算多，齐齐都交了费，结果背手册这第一关就吓退了好几个女生。第二个月妆容上脸，各怀心思，六个人打了退堂鼓，另谋出路。第三个月有三个女生找熊总哀求哭诉，欲讨回前两个月缴费无果，反被律师要求兑现所签就业合同，逼她们交了一千元违约金才脱身。剩下余燕和另外五个女生，有的恍惚不太想事，有的胆怯不敢惹事，都乖乖交了费，熬到正式上镜直播。其中三个女生上岗游戏主播，相对吸粉容易，但变现漫长，余燕等另外三个选择了带货主播，变现较快，吸粉却不易。两个月直播下来，熊伟严格执行末位淘汰，只剩余燕这根独苗。余燕之所以能坚持，起因是她的一次直播事故，被鬼哥点送一艘糖果飞船，价值一万三千一百四十抖币，这算她有了第一笔直播收入。

当时余燕已经干不动，每天起早摸黑，八小时直播带货，喉咙冒烟，嘴唇肿翻，日活量不过万，日流水不过千。其他五个女同学全走了，熊伟也成天冷嘲热讽，说毕业季又快来，新鲜韭菜大把大把，既然网络这条路走不通，你重新择业、回家啃老、找人嫁了，都不失为出路，总好过在这里浪费电费、占着带宽不出米。这天，好不容易又接一单，让余燕带货拍卖青瓷茶具，其实和过去大街上摆摊卖花鸟瓷花瓶差不多，主打漫天喊价、艺术忽悠，直播五小时二十三分钟，卖出去七个单价十元的瓷茶杯，余燕看着熊伟在直播镜头后进进出出，不断发出冷笑，再加上早晨起迟了差点误播，匆匆忙忙赶到直播间，滴水未进粒米未沾，一口气讲到这下午，头晕目眩，一时手软，一套喊价两万五千四百三十八元的轻奢青瓷冰裂釉套装茶具被她直接摔地上，恰如冰凌崩裂，瓷片溅得直播间满地，余燕左脸也被划出一道血痕。她自己一时张皇失措，直播屏上倒是纷纷叫好，疯狂刷屏，各路网友闻讯蜂拥而来，争相来看出道主播血溅直播间，粉脸挂彩，哑口无言的狼狈模样，刷屏最多的讨论是：两万五千四百三十八元，主播掏不掏得起？有的下流痞还发起包夜竞价，说是为主播还债赎身出一份力。接着，按照熊伟的说法，那就是，兵荒马乱之时，会有一个盖世英雄身披金甲圣衣，脚踏七彩祥云来搭救你。余燕正不断揪卷筒纸擦拭左脸血迹，眼泪忍不住夺眶而出，直播屏上突然粉红光芒四射，一艘巨大的糖果飞船缓缓驶来，满屏浪漫泡泡直飞。人鬼情喂鸟从天而降，不仅送出价值一万多抖币的糖果飞船，还揭了竞价牌，花两万五千四百三十八元买下了那堆轻奢青瓷冰裂碎渣渣，只留下一句：又没破相，有啥好哭？一时震动全网，也让余燕被粉丝赐名鬼王小公主，由此一炮而红，走向头部主播之路。

吞橙对赌一旦被煽风点火撩起，粉丝热情上头，网友攒动而至，就很难再把控，想浇水降温，也无计可施。助播安昕此时失去功用，一门心思满网找人，掘网三尺联系人鬼情喂鸟，哀求这榜一大哥前来救驾。可她们掌握的联系方式不多：熊伟曾让余燕冒充公司财务，以扣税问题为由加上人鬼情喂鸟微信，这榜一大哥答话少，嗯啊为主，基本不回长句，但并不意味没看见，因为此前有三回也微信上套，在直播间粉丝群闪现，将余燕折腾几番，送出豪华礼物，买下大单货品，现场打赏粉丝，后来余燕不堪受辱，也曾上微信乱骂，发泄情绪，没有回应；经过熊伟反复分析论证，这鬼哥似乎还有一微博小号，隔三岔五会发璀璨星空、绿粉极光、无人雪夜之类美丽动图，外加天体物理、量子力学、薛定谔之猫等高深知识普及，他就让安昕没事就去点赞，先混个点熟，如今危难时刻，就在每条微博文字评论里，疯狂发鬼王小公主有难SOS呼救信号。

助播安昕不仅与余燕同乡，还是同校师妹。她们这一届有三十七个女生，同样被熊伟开着那辆租来的帕拉梅拉到校签约，进了他的主播孵化器，剩下两个半至今在线，安昕就是那半个。上岗培训之前，余燕在学校没见过安昕，与她并不相识。安昕自小生活在县城，父母都是一中老师，大抵家教严格，日常总低眉顺眼，话没张口就脸红。可能正因为踏实听话，她将直播用语手册背得滚瓜烂熟，该缴的费一分不少，培训期间熊伟想找理由开除她，却总开不掉。到最后试着上了直播，安昕双眼不瞅前方，面红耳赤盯双脚，说话声音比蚊子叫还小，关键是双手不敢抬起，货品无法亮相展示。熊伟抓住机会，让律师约见她，鉴于她直播违约，赔偿一万五千元商家损失，就可以直接走人。安昕不声不响躲进直播间洗手间，摔碎化妆用随身小圆镜，用玻璃碎片割腕，面池半池血红水，被余燕洗手时发现，背她送医院抢救，等她苏醒问起，两人不仅同乡，还是师姐妹。安昕说没路走了，活不下去。余燕说，死都不怕，还怕不能活，跟姐干倒狗日的。余燕找熊伟安排安昕当她助播，熊伟借坡下驴，答应了余燕，顺便从余燕直播收入中扣除了安昕的住院费和最后一期培训费。安昕说，我欠姐一条命，以后跟定姐了。

十分钟倒计时,数字飞快递减,余燕双手举橙瓣,左右开弓,塞进嘴里加速撕嚼,心里知道熊伟差遣安昕玩这套全网寻人呼救的招数,不会再灵光。当初鬼哥买下青瓷冰裂碎渣渣,并点送糖果飞船之后,熊伟立即发现这是暴利增长点,是值得引诱挖掘培养的榜一大哥人选。他请来网络友军务必跟踪暗查此人来历,尤其资金网上使用情况,网邀相识的各路头部经纪出谋划策,为鬼王小公主设下步步生怜意、惹英雄救美的连环直播计。按照他的设计,余燕是刚迈出大学校门的网络小白,从大山里乡村出来,像雏鸟出壳一样胆怯弱小,面对直播说话动作都要楚楚可怜,动不动就眼眶含泪,仅仅像林黛玉绝对不够,得往白毛女那个程度,就对路了。余燕依照他说的,直播了三回,那人鬼情喂鸟不知道飞哪儿去了,踪影全无。熊伟说应该惨得不够,得再加码,命令余燕在直播间又连续摔碎了琉璃花瓶、保温饭盒、情侣款漱口杯,这鸟照样没飞回来,反惹得客商生了意见,说粉丝反映产品耐用度堪忧。

虽然号称头部,但余燕直播一时陷入不温不火的境地,她倒是状态渐渐松弛,显现出打小在家跟她妈练就的话痨本色,带货间隙和粉丝闲扯聊天,讲段子说笑话,说些家乡记忆,也其乐融融。余燕家本在县城郊外务农,母亲种蔬菜，父亲栽柑橘，近五年父亲远赴巴基斯坦打工挣钱，母亲在家生活闲散，每日最爱提茶罐搬一把木椅，挨家挨户约嬢嬢们唠白聊天，从全球环境治理到二嫂喜得孙女，从柑橘树除蚜虫到同村走出的女厅官落马，天南地北身前身后无不在口，余燕自然深得家传。有一回她直播，和粉丝说到自己手长腰细，能反手摸肚脐，粉丝顿时刷屏，让鬼王小公主现场表演。余燕问，表演有什么回报？粉丝七嘴八舌，说不到关要。熊伟赶紧让安昕马甲煽动，说只要她摸到，在场粉丝一人买一件直播货品。当天货品是高档全自动扭腰瘦身机，价格高不实用，粉丝东扯西拉，不肯就范。熊伟眼见安昕嘴拙煽不动，顶马甲亲自下场，挑起粉丝口角内讧，又命安昕在其中不断拱火挑拨。点了粉丝炸药包，直播间顿时不安生，互相瞧不起贫贱，吵得一塌糊涂，余燕只能干瞪眼。闹得不可开交，余燕感觉再不停播，网警就要上门警告，一只巨大的紫蝴蝶忽然飞过直播屏，乳白色仙气弥漫，彩虹划过，流星飞舞，价值两万八千八百八十八抖币的浪漫马车降临直播间。熊伟朝思暮想的鬼哥，再度现身，提出要求，说只要鬼王小公主左右手臂同时从后背绕过能摸肚脐眼，就买下十台全自动扭腰瘦身机，抽奖送在线网友。粉丝欢呼雀跃，熊伟在直播屏后笑得捂后脑勺，双脚乱蹦乱跳，余燕不得不伸手稳住直播架。问题在于，左右手臂同时从后背绕过摸肚脐眼，这是根本无法完成的肢体动作。当她极力伸出单臂从后背绕过时，躯体会不由自主向一侧尽力拧转，现在要双臂从后背绕过，余燕只能拼命将躯体往后蜷曲，手指死死抓住腰侧，一指一指往前够，腰间撕裂般生疼，手指渐渐失血而苍白，她感到自己双眼发黑，眼球突出，口吐白沫，快要晕倒。这段直播视频，被不少粉丝录屏，小视频在网上疯传，被冠以各种耸人听闻的标题："头部主播大变小龙虾、头部主播向榜一大哥自虐求爱""直播现场美女突发牵机毒症状、美女直播自虐寻求性刺激"等等。事后余燕恼羞不已，气得猛摔鼠标，熊伟倒是自以为得计，余燕虽然双臂没有摸到肚脐眼，但是网络流量惊人，混得个爆红脸熟，头部主播地位进一步巩固，现场粉丝欢腾疯狂刷屏，鬼哥架不住熊伟煽动，大批粉丝不断哭求，还是买下五台扭腰瘦身机，打赏抽奖送给在线粉丝。

此后，鬼哥神出鬼没，又闪现了好几次。比如余燕带货纯钢进口全自动面条机，闲扯起港片里用鼻孔吸面条，粉丝赌现场谁来吸。本来吹牛闹着玩，鬼哥现身说只要鬼王小公主每吸一根，就买三台送粉丝。熊伟逼着余燕现场用鼻孔吸下三根面条，下播她就瘫倒，靠安昕搀扶去看耳鼻喉科。再比如余燕带货百元平价旅游鞋，介绍鞋底又软又稳,随口说穿在手上倒立能屹立半小时。鬼哥又出现说只要她双手穿这旅游鞋倒立,每坚持一分钟就买一双鞋打赏粉丝。熊伟又煽动粉丝挤爆直播间,余燕只好当场倒立,死命坚持了二十七分钟,让鬼哥买下二十七双鞋抽奖送粉丝。她的双臂肿疼得碗口粗,安昕帮忙又按又敷,三天后才抬得起胳膊。还比如有一次带货拌饭辣酱,余燕介绍说这酱开胃下饭,一勺酱能拌半斤饭,既节省又好吃,是打工人最好的下饭伴侣,结果不知道鬼哥啥时候又摸上来,开口就说两勺酱拌一斤饭,如果她直播二十分钟吃完,就下单一千瓶帮她打赏粉丝。眼见流量暴涨,粉丝蜂拥,熊伟立马递来盛满拌饭的大号铁锅,余燕只好埋头哼哧哼哧吃光小山堆一样的饭堆,还要不断咂嘴夸赞美味可口。直播完就又吐又拉,安昕买来胃药,余燕抚腹大骂。熊伟则再三警告余燕,这泼天的富贵,你再接不住,就跟着你那个二球助播一起割腕去,不要占着带宽不拉,白白浪费流量。

虽然给她送了大礼,买下货品打赏粉丝,榜一大哥风头亮瞎全网,但是余燕分明感觉到:这显眼包,就是想看她的笑话,总等对赌关键时刻出现,狠狠羞辱折腾她一番,才肯下场购物收手,闹得每次事后全网短视频疯传,都知道鬼王小公主是个二货大聪明,她的榜一大哥倒是出手大方，当她的粉丝还算比较幸福。助播安昕也劝过她无数次，直播时最好管一下嘴，不要信马由缰胡侃，尽量少拿自己说事，余燕线下答应好好，但是每次一上直播，进入粉丝叽叽喳喳闹腾环境下，她就又两眼放光，信口开河，什么事都要讲个一二三，说起自己长短就兴奋异常。安昕哭笑不得，余燕只好说这是家传，她母亲最爱搬木椅挨家挨户唠白聊天，唾沫横飞，手舞足蹈，满面赤红，炯炯有神，她应该与母亲说话神态同一个模子，这大概就是熊伟所说：老天爷赏饭的主播命。

住院第三天一大早，值班护士来催缴费，说再欠费就要停药。余燕只好给母亲打电话，让她上午来病房送鱼汤时，记得带家里银行卡过来。"橙心橙意"八小时直播带货，余燕与粉丝对赌十分钟内吃下三十个橙，硬塞进嘴第二十七个橙时，腹部剧疼，上吐下泻，晕倒现场，直播终止。网友顿时沸腾，流量暴增，直接拉动同场七位头部主播超额完成销售任务，赚得盆满钵满，唯独鬼王小公主离带货保底数还差三吨，本来她现场有承诺，吃不下三十个橙，这三吨橙免费送在线粉丝，结果她晕倒后被急救车拉走，熊伟趁乱直接断播黑屏，虽然送粉丝的三吨黄澄澄伦晚橙赖掉，但县里甲方兑现直播带货合同，扣完了出场费，白忙活一场。余燕住进县医院，熊伟就再没现身，她当晚苏醒过来，安昕守在病床旁，支支吾吾告诉她，鬼王小公主的大批粉丝拥到平台投诉，说她不守承诺、内容粗俗、虚假直播，熊伟正赶回公司，与平台方洽商解决。安昕抹泪说，姐，我们以后咋办，粉丝量唰唰唰直掉，网上留言尽是落井下石。第二天早上，余燕的母亲闻讯赶来医院，让安昕先回她自己一中父母家休息，安昕也就再没过来。这会儿护士来催缴费，余燕才觉悟，与熊伟分产离婚后，她的财务流水交给安昕打理，银行卡也在她手里，自己手机支付未绑定卡号，微信支付宝钱包里只余不足三千元零用。再联系安昕，手机忙音，微信不回。

上午七点四十五分，医生查完房，放家属进来，母亲穿明黄底大红花连衣裙，手提保温桶，第一个冲进病房。母亲盛碗肥鱼汤，汤里漂几缕薄面片，笑眯眯说，人是铁饭是钢，吃碗鱼汤面，就全好了。余燕说，妈，你这裙子真花。母亲说，网上抢的，三十五块钱，质量可好。余燕说，妈，你莫信网上这些，一分钱一分货，洗两水可能就崩。母亲转头问候左右病友，问吃了么，尝尝面片不错。病友亮出各自早餐，互相客气一番，又说起恢复状况。母亲再回到她床头，翻她两眼，低声说，你莫说话不过脑壳，爱岗敬业要有，你是头部主播，注意身份影响。

"橙心橙意"八小时直播带货,县里甲方为流量数据好看,发动街办镇村干部群众点赞观看,余燕直播事故大家看在眼里,模样狼狈,还唯一拖后腿,对家乡贡献不够。刚入院时,她时而清醒时而迷糊,但也听得医生护士窃窃私语,同房病友指指点点,安昕被病友家属嫌弃为难,数次发生口角,病房氛围更是生硬。母亲见惯邻里乡亲斗嘴下绊,一进病房就闻到味,所以赶紧让安昕先撤,她亮出碎嘴泼辣劲,脸上堆笑,语带锋芒,挨床说慰问话,实则递刀子:同病不相怜,只怕要折寿。说起自己女儿,必提几百万粉丝,网上一声召唤,唾沫水淹死你。余燕知道这是她打小听熟的母亲教诲:赢架赢在气势,输人绝不输阵。余燕说,妈,你帮我补缴一下住院费,我出院就还。母亲说,这什么话,和你妈还明算账,我上楼前已办妥了,直播遇上不舒服,少卖几个橙子,没得关系,身体养好重要。余燕低头喝肥鱼汤,眼泪落到汤碗里。母亲伸手抚摸她腹部,眼望墙角,嘴里只管与病友唠叨。两瓶药水挂上后,母亲盯着输液管里点滴速度,不停拨弄控速轮。余燕说,妈,你就拨到最快,我早点打完,下午想出院。母亲说,今天钱都缴了,住过今晚再说,听医生的话,少想七想八。余燕双眼渐渐蒙眬,陷入瞌睡状态。先是梦见一只垂头丧气的鸟在高低翻飞,不断将黑夜啄出一个个孔洞，透出点点光，恍如星子，漫天漏风。接着她感到自己不断旋转，似乎与鸟合体，又仿佛坐上了下旋钻塔，前端已沉入地底，她还在地面回旋，被茂密树林缠绕，柑橘如子弹密集朝钻塔射来，她唯有伸手蒙住面孔，假装都是在梦里。这时她忽然警醒，难道这不就是在梦里？耳边远远听得母亲说笑声，在与同房病友吹嘘，女儿有百万粉丝，在网上比好多明星都受欢迎。她心里恼羞，身体却仿佛被绑，左右动弹不得，再次沉睡过去。醒来时，母亲已洗净保温桶，问中午想吃什么，她这就回去做饭，马上又送过来。余燕说，妈，你回去路上，绕路去趟一中安老师家，看看安昕在不在。母亲嘴里答应，与左右病友家属又热聊几句，出门按电梯，没了声息。父亲出国务工之后，母亲每日在家活动固定，早上去留下的几分菜地转，回来在家上网QQ种花偷菜，然后网上斗地主，中午吃完饭，就提茶罐搬木椅与嬢嬢们唠白，晚餐回来剩饭一热，又匆匆忙忙出门，约嬢嬢们边打小麻将，边继续唠白，到晚上十点回家，与父亲视频报平安。自从余燕去年当了带货主播后，母亲也成网购爱好者，舍不得花大钱，每日网络消费维持二十元上下，从针线酱油到灯泡剪刀，买得不亦乐乎。

　　近午时分，病房安静，病友吊瓶输液，家属各自刷手机。余燕待输完液拔了针，仰卧在床，心里想事。脱粉掉粉无所谓，自己本来打算歇播，可能此前只考虑自己，没为安昕仔细盘算，但也曾私下对她说过，趁机会脱离熊伟，以后自己联系平台，再一起创业。况且她心底明了，人鬼情喂鸟这显眼包偃旗息鼓，不会再出来抖机灵撒银子，鬼王小公主少了榜一大哥，粉丝也没了隔三岔五的福利，她留在头部，带货压力巨大，当下很难持续。余燕望向病房天花板，点点斑痕散落，它们的分布算不稳定规律？还是无序的混沌？显眼包大概又会写出玄而又玄的天体物理原理。熊伟当初请网络友军跟踪暗查人鬼情喂鸟来历，发现此人资金来源复杂，网购所刷资金或来自广东东莞，或来自辽宁大连，或来自山西大同，有两次甚至来自海外账户，再跟踪此人IP：代理服务器不断跳转，从本省到外省，从伊斯坦布尔到伦敦，从阿姆斯特丹到雷克雅未克，结论是此人是巨有钱的网络高手，身份隐藏，来源不详。熊伟拽住下播后疲惫不堪的余燕，开了好些次碰头会，要总结她的头部规律，以便复制经验，翻来覆去琢磨，这榜一大哥人鬼情喂鸟为何要捧鬼王小公主的场？按照熊伟援引专家说法，这叫头部主播自我表露对粉丝感知的人际吸引和持久参与的贡献，简单来说，就是鬼王小公主的吸引点在哪里。安昕怯生生总结：姐就是嘴特别碎，说话不过脑，神经大条，啥赌约都能接，不羞不臊，没脸没皮。余燕听着就木了脸，借故出门抹了抹眼角，她知道自己只不过从小学她母亲嘴巴利索，长大遇事多了，敏感没出路，情绪愈发钝感，遇上事情她催眠般没有感觉，只想赶紧完事，赶紧清货，赶紧下播收工，别给自己找麻烦，也别给人添麻烦，哪顾得上面子与身体。她倒是也在网络追踪观察过人鬼情喂鸟这显眼包，找到一点蛛丝马迹，比如微博有一张角度剪裁过的图片，隐约好像余燕家乡后山的柑橘林，但是这显眼包明显隐藏太严实，很难进一步查证。至于为何上她直播间瞎折腾撒银子，显眼包大概醉酒后五迷三道，曾经没头没尾留下过一句诗：我的痛苦如此黑暗而又死一般缄默，你站在它的对面。

中午母亲送饭来迟，左右病友已渐次午睡。母亲貌似打扫卫生被迎头兜了灰，右手提饭盒，左手却拎一小袋橙。她将饭盒重重放床头，余燕眼瞪那袋橙捂嘴作呕，母亲似乎这才发现手里拎着橙，嘴里连说扔了扔了，满脸嫌弃提袋而出。余燕吃饭时，母亲在走神，也不同病友家属聊天，默默看她一勺菜一勺饭。余燕问，没见到安昕？母亲恍如醒悟般拍手，说，哎呀，忘了去一中，我下午记得去。余燕心知母亲大概遇了波折，过去类似这样佯装无事，她一眼能猜到有麻烦。母亲心事重重地洗碗，余燕独自到走廊遛弯，经过护士站，看见那袋橙挤在桌角，还剩几个皱巴巴的模样。母亲一辈子惜物，舍不得扔弃，还是借花献佛。再等得母亲送晚饭来时，头发分外凌乱，上衣领被扯歪，随饭盒将折叠塑料袋交余燕，里面装银行卡存折账本以及余燕私章。母亲说，钱被那丫头分了一部分，她爹妈上午死活不依，塞我一袋橙妄想打发，我下午找一中校领导，请派出所你二表哥一道，才拿回来这大部分，你以后也长点记性，钱财不要轻易托人。余燕低头扒饭，一言不吭，此前已收到安昕短信，说对不起姐，熊伟哥答应捧她当头部，她需要启动资金，她有信心，一定行，谢谢姐一直以来的培养照顾。

余燕上大学时热衷于考证打工，毕业后又忙于直播，每年过年才匆忙回几天，这次准备在家常住，才发现自从父亲往巴基斯坦打工之后，家里就几乎没有变化，母亲大概是有意如此，余燕恍惚又回到高三暑假。母亲仿佛没有老去，帮余燕梳头洗衣，容她穿旧粉花睡衣歪沙发上，饭茶端跟前，整日不挪窝，看《陀枪师姐》一二三。母亲忙过家务，依旧搬木椅端茶出门唠白，到饭点自会提前回家做饭。到了傍晚，母亲像五年前一样，拉拽她从沙发起身，催她陪着去江边散步，说再窝着不动，骨头都酥软，没了人形。

山坳里,两三层民房散落分布,昏黄灯光次第亮起,母亲牵她手缓步慢行,偶有熟人经过,微笑寒暄。有狗从草丛探出头,张望片刻,又自顾自寻食。沿白色水泥路,往后山脚去,柑橘树漫山遍野,夜色中舒展枝丫,清气弥散,待摘果实泛着幽光,如颗颗流星划过大气层。近旁不远,工厂厂房无人喑哑,黑魆魆遁形不得。母亲曾跟她讲过多次,此处饮料厂产销两旺,橘子汁曾行销各地,女厂长与母亲是中学同桌,敢立时代潮头,将饮料厂一再盘大,从食品集团到房地产公司到打包上市,得提拔后一路升迁,是当地人的骄傲。余燕还记得她八九岁时爸妈卖柑橘的收入被厂家用橘子汁抵账,家里整箱整箱地靠墙垒满,爸妈出门四处找小卖部推销。她问,我一年多没回,这厂子怎就破败了?母亲说,世事变幻,这两年上市集团资金链断裂,饮料厂也受牵连倒闭,工人们不断反映举报,已任外省农业厅官的女同桌,一年多以前被调查,三个月前彻底落马,追缴家中不明巨款,此厂暂无人接手,一时荒废。母亲摇头叹息,说起十多年前,女同桌带领工人来村里收柑橘,她女儿还跟余燕玩耍整日,下河摸虾,上山摘橘,余燕如今已完全不记得。母亲说,当时余燕刚满十岁,那女儿比她小两岁,她爹因车祸去世未久,想来如今也像根草，不晓得流落在何方。

余燕仰望星空，恍然大悟，明白了那显眼包连篇醉话的应有之义。半年前她又一次直播对赌被羞辱，晚上忍不住又冲到人鬼情喂鸟微信，照旧一通乱骂，依然没有回应，凌晨五点多她梦中醒来，发现手机微信睡前没退，停留在那显眼包的对话框，有话语不断闪现，不带标点往手机屏上蹦：妈你让我们暂时不要联系女儿我一个人在这边念书太孤独啊我想回家妈你到底怎么了你什么时候不再忙你给我挣这多钱有什么用啊我想回家想和妈妈在一起啊去年七月妈你送我出国留学说担心迟了就走不了说你走了夜路随时会踏空说送我去一个昼夜分明的地方过好我的人生啊可是这里一天到晚亮光光女儿我睡不着啊我像当地人一样拼命喝酒也睡不着啊。余燕握着手机左思右想，在上午九点上岗之前，将这微信页面截屏保存，然后将这段留言删得一干二净。

凌晨五点三十分，犹如秘密约会时间，余燕定下闹钟看手机微信，幸灾乐祸旁观这显眼包耍酒疯丢人现眼，截屏存档后落了把柄在手里，以后找机会秋后算账，说不定能扳回一局。显眼包隔三岔五留言，很多时候就一句，妈，你在哪里呀。再就是满屏英汉诗歌、物理公式、计算方程，时常张贴当晚夜空图，星子密布，缀满天幕，左下角是年月日，右下角有经纬度，甚至有一次是尖厉女声醉醺醺荒腔走板唱了几句：If I didn't have you, Life would be dreary, I'd be string theory without any string, I'd be binary code without a one.（意为：若我没有你，生活多沉寂，我就像失了弦的弦理论，没有1的二进制）。更多时候大段大段文字倾诉，有抒情版：妈一直都听你的从计算机念到天体物理你问女儿我喜不喜欢我回答喜欢你将一大沓银行卡塞给女儿我问我幸福不幸福我回答幸福你让我游学异国问女儿我激动不激动我回答激动，有抱怨版：妈我把钱捐出去行不行女儿我在网上看见那些人既想拿钱砸他们又想帮他们又想羞辱他们，直至三个多月前留下哀伤版：妈我接到银行通知所有卡都被封了妈你是不是出事了听说罚没财产才会这样啊女儿我想看看你啊……

绕过山脚，眼前顿时亮堂，大江波澜不惊，平滑往下，县城灯光璀璨，七彩躁动。母亲说，在家多好，我也有伴，在外空忙，房子买不到。余燕说，总不能靠妈你养一辈子呀。母亲说，就你这一个闺女，爸妈不养你养谁呢。余燕不接话，只顾缓行，抬眼望天。母亲说，头部啊，网红啊，不做也罢，妈悄悄看过你直播，看两场再不敢看，心疼，遭罪。江边路旁，仍有农家搭棚守夜卖橘，冲她们叫卖吆喝。母亲叹息说，饮料厂停摆，影响了柑橘销路，大家真是想办法求销路。余燕说，妈，你说重新盘活饮料厂，需要多少启动资金？母亲不开口，上下打量她，仿佛看陌生人。余燕说，我是想我待家反正没事，这两年挣了些糟心钱，投到饮料厂，让它赶紧复工。母亲说，只怕不容易，你要想清楚。母女二人沉默一会儿，余燕说，妈，你莫想多了，如今干哪行都不易，我们大学女同学群名字都改了，以前叫花样年华正青春，现在叫条条蛇咬人。我直播都能搞好，饮料厂现成的，就缺现金流，想来也不算啥。绕山脚再转，离了县城喧嚣，大江在此折流，远近静谧，星斗满天，涛声渐起。灰白护坡下端，三五人乘凉戏水，江心浮着黑泳圈，有人劈波斩浪，荡开白沫，朝对岸游。母亲摸出两张纸巾垫地，拉余燕下护坡，坐江边吹风。近处波浪不兴，隐约倒映几颗星光。余燕脱了凉鞋，伸脚够着踢水，那星光荡开不见。母亲面朝江面，低声说，你回家办厂，至少在妈身边，可以照顾你生活。昨天到安家解决问题，那丫头左右推脱，说是因为榜一大哥不见了，你也很难再干下去，我这两天在网上补看好多视频，有些榜一大哥尽想着占主播便宜，不见了是好事，免得你早晚吃亏。余燕只管抬头望天，她指着那北方最亮的星子，告诉母亲那是北极星，往下找到北斗七星，就可以确定大熊座、小熊座的位置，当北斗勺把指向西方，围绕天空正中心的三颗最亮的星子，组成夏日大三角，就可以慢慢继续找，找到天琴座、天鹅座、天鹰座、武仙座……母亲不断仰望，手指数星，乐呵呵问，什么时候开了天眼懂了星象？余燕不回答，她只是记住了微信里那星空图的分布，想着那显眼包大概正躺在遥远的雷克雅未克，极昼笼罩之下，天空唯有亮光光，看不到万千星辰，夜空如镜，有所映照。

# 一念无明

那时江河尚未上升，大多数人抵岸而居。熊白万年满十九，大我三岁，我俩同班，念高一。九月一日早晨，他反锁了网吧门，手戳显示器，对我说，五百字缝小扣，一千字缝大扣，紧紧扣上，再挨个解，跟巧八姐撩人一样，撩到非看不可。我说，你懂你写。他说，我爱吃卤猪脚，也没去养猪。我说，我只会写作文。他说，一样写，网上写，来钱。室内昏暗，十二台奔腾台式机幽光频闪，嗡嗡低鸣，卷闸门被擂山响，兰矿待岗青工着急进来，联机打三角洲部队。旁边休闲发屋，巧八姐隔墙叫，吵死人哒，快开门唦，北极熊你又在搞么事。

北极熊是网吧店名，也是熊白万绰号，因他白皙浑圆。他满意这名号，北极邈远，熊浑身是宝。熊白万和我是拐弯亲戚，算得上表兄弟。他年龄比我大，个头比我矮，吨位足，下手狠，我被他开过瓢，半截红砖擂在右耳靠上三厘米，镇卫生院缝五针，还能摸到蜈蚣形疤痕。往年此时，熊白万都躲我家，急抄我暑假作业，学校大喇叭开播《运动员进行曲》。2002这年不同，峡江决定筑大坝，一道石灰白蟒线，划出先期淹没线，沿河公路排满搬家车辆。兰溪中学永久放假，两千八百六十一名学生作鸟兽散，高一（三）班在内，同学们随父母黑蚂蚁一样搬家，听说班花万小寒已在崇明岛报名上学。我和熊白万暂不在首批搬迁之列，成天躲在他开的网吧打红警传奇，没想到他急赤白脸，跳脚反锁卷闸门，摁停主机翻老账，非要逼我合伙写网络小说，说要帮我迈向人生巅峰。我大概知道他心里小算盘，架不住巧八姐日日撩拨，他想搬去她老家成都开连锁网吧，手头资金缺乏，挖空心思找钱。

熊白万左手戳屏幕，右手拿网吧账本，我名字后一串数字：上网三百八十一小时，欠账计七百六十二元。我说，你当初拉我来凑人气，说好上网免费。熊白万说，前二十四个小时给你免，没入账。你只要现在开写，就免上网费。熊白万要我写网络小说，主要因为我爹搞了项明史研究。我爹实地查勘，搜集资料，闷家里两个月，将窗帘拉得严实，就着那盏有两个绿玻璃灯罩的双头台灯，写论文到处发表，参加学术会议，考证成果为：兰溪中学附近山冈，明代最后一支军队在此坚持，直到清康熙调遣二十万大军围剿，他们举火自焚，至此明代彻底完结。按照熊白万的说法，他爷爷将那块石碑砌在堂屋前，藏了三十几年，如不告诉我爹，我爹不可能知晓这事。熊白万说，你爹给我爷爷讲，最后一个皇帝被绞死，兰溪这角落还躲藏几万兵死战，写《寻秦记》那样穿越类型的小说，必成网上爆款，点击量猛涨，能挣大钱。

熊白万他爷爷，形貌纯一老农，不像兰溪首富。每天上午他穿四兜蓝中山装，从熊家祖屋下来，让剃头匠刮光头，灯泡一样在镇上晃，见人就点头掏烟，晚上到中学门口，捋着八字须不说话，从黑压压学生群一眼认出熊白万，接过书包一路回屋。到了周末，他提酒瓶，又来中学，到我家找我爹，两人就卤菜喝小酒，吩白唠天。据说熊白万出生时，熊家父辈商议取名百万，熊家爷爷抹去百字上一横，说：要想惜福保泰，花未全开月未圆。熊家爷爷和我爹好几次喝多酒，两人面如重枣，互搂肩膀，熊家爷爷摇头晃脑指我说，学习上白万要听这个娃娃的，我爹指着熊白万口齿不清说，除了学习，其他事情，你都要听白万的。

写网络小说算是学习？还是其他事情？反正熊白万已经煽了七八天，说网络小说刚起步，正当红只有痞子蔡、

一念无明

今何在等几个名字，有本《悟空传》得了奖，天涯论坛上连载的《成都，今夜请将我遗忘》成热点，只要埋头写下去，能写出好几个百万。熊白万的话，确实不听也不行。学校里口口相传，熊白万他家都是端公，就是过去山里未卜先知、驱邪除鬼的巫人。我爹当了大半辈子历史老师，喜欢对事物进行历史规律总结，照他开玩笑的说法，熊白万家都是先知。

先从熊家爷爷说起。八十年代初他爷爷偷偷收木耳香菇茶叶，拖麻布口袋乘船坐车，辗转几百公里到江城，贩卖山货给码头车站餐馆商店，又远跑到广州等沿海贩货，倒小日用品和衣服回来，在兰矿桥头摆摊卖。兰溪镇派出所抓他，拘留罚款好几回，一放出来，照搞无误。不久镇政府敲锣打鼓，上门送锦旗，熊家爷爷成为本地首个万元户。到熊家爸爸这辈，兄弟二人从兰溪中学辍学，老师在课堂红脸大骂，两个熊包，不读书不成器，败光他们老爹的家产。不久这大熊、二熊报名考了驾照，开大货和中巴，各自成立客运队货运队，与同行砖头斧头横飞，气枪鸟铳乱放，五年间控制上到老县城下至峡江口公路运输。本地人正开始流动打工做买卖，熊家兄弟人歇车不歇，等到车快跑散架，将车低价转手，退出运输市场。不久县公安局交通局联合执法，打击车匪路霸，整顿中短途交运市场，大批非法运营车辆没收淘汰。接着，大熊、二熊设法拷贝到国营兰矿勘探图纸，高薪挖走技术人员，半抢半买机械设备，先开挖磷矿，再陆续建起水泥厂、大理石厂和纸厂。适逢各地大上企业，不断冒起新厂子，建筑材料俏销，包装瓦楞纸抢手，大熊、二熊不断扩产。我们天天吃灰，四处铺满粉尘，所有人都不再开窗，出入赶紧锁门，门缝窗缝流行钉裙套，兰溪河漂满白泡沫。直到国家卫星观测到峡江中游有条白惨惨支流，大熊、二熊迅速调整工厂作息，白天休息，夜晚开工。三年前，他们积极响应号召，关闭所有污染工厂，磷矿高价回卖国营兰矿，设备转卖外地，积聚资金进入县市，大量购买闲置土地，开建楼盘，闯入房地产。当时房改推行不久，县里还没动静，大拆大建没开始，仅有两处楼盘尚在滞销。到去年秋天，兰溪沿岸划在先期淹没线下，白线之下，一切化为乌有，市县楼盘随即暴涨。

至于熊白万，因他妈操劳早逝，他爹二熊续弦县歌舞团女演员，给他添了三个弟弟一个妹妹。他成天与弟弟妹妹干架，和后妈也斗鸡一样扑腾，被二熊赶回兰溪镇，断了大额零用，跟爷爷留守祖屋。他在兰溪中学蹲班，常掏餐票请同学加菜，比如下午要考数学，他必能找到允他抄袭又数学不错的同学，中午与其勾肩搭背，食堂加菜共餐,各科考轮番换人加菜,保证及格,眼光奇准。前年他花光零花钱存积,从市里弄来十几台组装电脑,拉条网络专线,开张兰溪镇唯一一家网吧,磁石一样将兰矿青工镇上伢吸住,两年赚了三万多元。不久,他还买辆军绿色边三轮,时常拉巧八姐去县城兜风,气得他爹二熊驾车追着骂。

我应了熊白万,他才拉起卷闸门,晨雾直涌而入,青工们争先恐后抢电脑。兰溪河雾气蒸腾,像满勺盐刚丢水里,乳白颗粒缭绕飞散,右岸兰溪镇左岸兰矿矿区,五米开外看不见人。我冲进浓雾,被网吧门口边三轮绊倒,一头栽进挎斗,巧八姐穿蕾丝睡衣蹲门口刷牙,满口喷白沫喊,撞坏我家坐骑,要赔钱啊。我一瘸一拐跑过沿河公路,爬上长长石梯,迈过石灰淹没线,赶在六点之前,偷偷溜进家门,假装整夜安睡。

说起那块石碑,还是我帮我爹拉卷尺量的尺寸。碑高4.48米,宽0.96米,厚0.2米,砌在熊家祖屋门口石阶里。去年九月十四日星期五,熊家爷爷掐指一算说,丁酉月庚辰日,宜入宅动土。晚饭后,我爹和我去熊家回礼,叮嘱我带上卷尺。那种锃亮把脸照变形、带红圆心的铁皮卷尺,三天前熊白万为这把铁皮卷尺擂破了我右脑壳,他爷爷左手揪他耳朵、右手提两条双喜烟、两瓶三游春酒上门赔罪，我爹非要将烟酒一道送回。

夕阳斜照，我躲在我爹身后，遮遮掩掩出门。伤口缝合时剃光我右侧头发，包扎白纱布，戴上白网兜，脑壳活像装兜里的足球。一出校门口，迎面撞见食堂司务长钟红霞，带着一帮女师生，在门前空地跳广场舞，班花万小寒正站在首排伸展腰肢。我往我爹身后挤，拼命耸肩膀，尽量把头往脖子里缩。钟红霞远远看见，摁停录音机，音乐声歇，只听她喊，这下手也太狠了，屈老师你心太软，我去告曾校长，把熊白万那小东西开除。万小寒双手捂嘴，睁大眼睛，做出电视上女明星常见的惊吓表情。我爹推了推眼镜，拦住钟红霞，低声劝解。我右手紧攥铁皮卷尺，扭头望落日，手心、后背冒汗：砸我那半块红砖，就是为钟红霞背锅，想起来就糟心。自从新学期开学，同学们就对食堂伙食议论纷纷，味道倒在其次，关键是分量减少，上学期二两饭票能打一平碗米饭，这学期只能打三分之二，离碗沿差了小半截指头。钟红霞解释因换新蒸笼，蒸饭放水少，饭比以前压实。同学们只会起哄，反正无可奈何，唯有熊白万非要生事，找我借铁皮卷尺，准备清晨溜进食堂，偷看厨师放米实情，测量新旧蒸笼体积及水位，找出事实真相，逼钟红霞退他全年餐费。我当然不借，我本是教工子弟，况且钟红霞三天两头给我爸送菜。我说，莫惹麻烦，你不差这口米，万一吃不饱，少请同学加个菜，多买二两饭就是。熊白万脸红脖子粗，揪我衣领说，就晓得你不会帮忙，钟红霞尽往你爹跟前凑，你这是帮后妈不帮表兄弟。我伸手薅他头发说，北极熊你胡说，撕你臭嘴。两人扭来搡去，跌倒在地，他反手摸红砖，擂我脑壳上。

落日照得我目眩。就听钟红霞说，后山天黑飘鬼火，小心点，莫乱跑。我爹在我身后催，快走，一会儿天就黑。广场舞音乐再响，我不敢回头，紧随我爹疾走。熊家爷爷不肯进城，说要守住旺地，一直住在山腰祖屋，泥草砖垒青瓦老屋，四周层层叠叠柑橘林，间有麦子、土豆和油菜花，羊肠小道指引方向。红日厌厌坠山冈，我爹眼镜闪烁光芒，脚步极快，我紧赶，浑身汗。不用攀得很高，就能看见山下全貌，兰溪河水渐渐黝黑，两岸灯光次第亮起。对岸，兰矿灯光漫延，矿工陆续上下交班，家属从食堂打回饭菜，拖矿大货驶过跨河石桥，雪亮车灯随公路扭动，偶有磷矿屑落下，燃起道道黄焰，火电厂烟囱高耸，灯光球场放露天电影。我辨认银幕上变幻光影，眼睛刺痛。山下，兰溪镇街头，有人不断泼水，打开折叠餐桌，摆放电视机，端饭碗走东窜西，有母亲呼喊、男人大笑，融入河风鼓荡里。天渐次黑定,我们经过之处,柑橘林间,麦田里,土豆油菜花地,黄绿磷火不断明灭,此起彼伏。我司空见惯,并不害怕。前些年我妈出差多,刚回三五天,躺床上喊累,转头又出门。我爹找熊家爷爷喝酒,次数频繁。我妈我爹见面不多,抬杠不少。我爹经常醉酒后,晚上打手电在后山转圈,说要找东西,我妈总让我把他捡回来,我就沿小路,分辨磷火和手电,把我爹搀回。黄绿磷火明灭,镇上矿里有人说是磷矿石,有人说是亡灵,谁也说不清,谁也不在乎。

我爹一声不吭,手提烟酒只顾埋头走。自从前年我妈远走山西,我爹在家时常沉默,从县图书馆借黄霉旧书,门窗关严实,拉上厚窗帘,坐那盏双头台灯旁一直读,绿玻璃灯罩映出交错光影,让我憋闷,在家待不住。以前,我爹会在饭桌上,嘬口小酒,翻开书本,给我妈和我读书讲笑话。听我妈常说,她是熊家爷爷的远房侄女,由他居中撮合,我爸和我妈结婚,做了上门女婿,那时我爹刚转公办教师,我妈还是兰矿洗煤工。到我妈走之前,她已是兰矿销售公司副经理,常年走南闯北卖矿买设备,听说我妈在外边酒量惊人,两斤半酒不在话下,总能放倒对方老板签下订单,不过我从没见过她喝酒,只是她走的那天,她摸了摸我的头,转身时踉踉跄跄,仿佛醉酒。

我们到达熊家祖屋,军绿色边三轮停门侧,熊白万已从后山机耕路赶回,正跟他爷爷操弄挖锄,撮箕担土,将石碑刨出大半。堂屋内,灯光大亮,四方木桌摆中央,腊麂肉火锅、香菌炖土鸡、榨广椒炒肥肠、卤猪脚已上桌。我爹将烟酒退还熊家爷爷,他话不多说,当即开瓶斟酒。我爹说,先看了碑,再喝不迟。熊白万和我举两支手电,将横倒石碑照得雪亮。我爹趴地上,眼镜凑到碑跟前,抚摸碑身时手在抖,碑上字迹曲里拐弯,我看不懂。熊家爷爷搬把木椅坐门口,给我们打蒲扇说,当年娃子们从山顶将石碑推倒,滚进旁边荒草洼,我跪在旁边看,皮带扣像雨点落背上。我爹说,该早告诉我,以前没听你说。熊家爷爷说,你来我家下乡落户前一年的事,我老四旧,又脏又臭,无人理睬,背篓把它背回来,砌进石阶,想给祖屋抬一抬火,求个吉。我爹说,我一直在找此物,不仅仅是我在找。熊家爷爷说,我琢磨过,都是篆书,认不全,碑上六个大字是"圣帝行宫之碑"。既然有圣帝,埋我家门口,总能起作用。我爹嘴里应两声,手摸碑文,一字一字缓缓念:圣帝行宫之碑,临国李公鼎建圣帝行宫碑记,天也而衷天人,唯其正正者天之属也,天斯神矣。然诚而一者,其神也。恒大而久,故劝人以天也,有自正唯以诚,斯以神矣,是道也……

熊家爷爷说，大熊、二熊已拿准内部消息，第一道淹没红线，划定在海拔135米，雇人测量过，要淹过祖屋，担心碑保不住，刨起来再安置。我爹指落款说，皇明永历十七年（1663年）岁在癸卯季冬之吉，永历是南明最后一个皇帝年号，止于十六年。在立碑前一年，永历帝父子在昆明篦子坡，被吴三桂用弓弦勒死，石碑上这些人坚持用永历十七年，了不起。熊家爷爷说，后面列出不少人名，都模糊，看不清。我爹一字一顿，努力认出打头两人：钦命东阁□□□加太子太保兼吏兵二部尚书，总督川湖军务，文□□□文□大将军印，太子少保临□□清涧□□□鼎建。熊家爷爷说，两个太子少保，顶大的官，够抬门楣，家门有幸。

熊家爷爷端脸盆热水，让熊白万取毛巾香皂，请我爹和我洗脸净手，上座开饭。门外磷火飘飞，夜虫吟唱，堂屋三面墙，中间高挂元帅骑马巨画，下方大彩电播放新闻，左边墙挂一排报夹，露出一溜红黑报头，右边墙挂牛角、师刀、令旗、裣冠、面具、七星剑等端公法器。我和熊白万各啃半只卤猪脚，听熊家爷爷和爹喝酒吩白。我爹说，你瞒我这久，这事不合适。熊家爷爷说，过去听老辈子说，我们这闹过闯，很多家绝户，闯王推翻了明代，和这碑能扯上？我爹说，南明和闯王余部有联系，碑上这个临国李公，籍贯陕西清涧，肯定有关。我爹又问，我下乡住你家，这碑就一直在门口？熊家爷爷说，你来落户时，一个外地伢全国跑，不知底细，哪能告诉你。熊白万边啃猪脚，边冲我网兜套头窃笑，我忍不住插嘴问，为啥到处跑？熊家爷爷说，大串联吃住有人管，不花钱见世面。我爹说，当时挤火车去了北京三天，想去故宫看明清宫殿，只能排队看里面的《收租院》泥塑展，后来挤进景山公园，看了崇祯吊死在上面的歪脖子树；第二天，几十万人挤在广场，看伟人冲我们挥手，我鞋子都踩掉了；第三天金水河前摆了万把双鞋子，我找了大半天，眼睛发花，各式各样都有，到广场亮灯时，找到那双旧解放鞋，鞋帮内我用圆珠笔写"破旧""立新"，当晚挤上火车去了山海关。

我从北极熊网吧回家，屋里黑咕隆咚，摸到客厅沙发床正睡，有人敲门。墙上石英钟指向六点三十五分，又是钟红霞来了，要是食堂包子肉新鲜，她会早早给我爹送来。我头埋被子，假装没听见，我爹从里屋出来，穿白背心趿拉拖鞋开门。门外透进光线，钟红霞端筲箕盛包子，边往我爹手里送，边说，怎么还睡得着，钟老师杨老师带队，都去县教育局坐好几天，火烧眉毛都不急？我爹说，看书正到关要,多我个把人,不起作用。钟红霞说,屈立新,你个迂夫子,我去助阵。

学校放了假,我爹更加不出门,整日关门闭户,就着双头台灯翻书,床端码满泛黄书本,明史、清史、通志、府志、县志,《永历实录》《明季南略》《小腆纪年附考》《蜀碧》等等,日渐消瘦。去年九月后,那块石碑被熊家爷爷藏进祖屋,我爹想将碑文拓下来研究,求了好多次,熊家爷爷只管好酒好肉,连打哈哈,总不接话。如果我妈还在家,拽着熊家爷爷说几顿孝敬话,再让我爹提几瓶好酒,拓碑文的事说不定能成,我爹嘴笨不会讨好,直来直去,我看着干着急。我打小没见过外公外婆,听我妈说他们是国营兰矿最早招的本地工,当年让镇上乡邻羡慕之极。后来外公死在井下,外婆死于肺病,我妈算是照顾接了班。我七岁那年春节拜年,我妈摁着我给熊家爷爷磕头,要认他作爷爷,被大熊、二熊生拽起来,我爹喝醉与我妈当场翻脸开吵,羞得我脸红脖子粗,记得大家都很难堪。

听我爹酒后咕叨,上次论文发表后,引起几位明清史学者关注,与他论战,手头没有物证,让他焦虑难安,更加埋头书中。我睡了客厅沙发,晚上溜去网吧,我爹也视而不见,只管每天摇醒我,一起吃饭。我躺床上半梦半醒,脑里绕来绕去想小说,皇帝死了,兰溪河畔,山上数万人,披麻戴孝,一会儿刀光剑影,一会儿杀来杀去,反正想着激动,再具体就满脑糨糊。午饭是钟红霞端来的冷包子,我爹另外煮一锅稀饭,我稀里呼噜填饱,正要倒头又睡,我爹递给我叠好的两张稿纸,让我给熊家爷爷送去。我说,跑腿有交换条件。我爹一愣说,还有这说法?我说,正经事,对研究有帮助。我爹推了推眼镜说,出息了,说来听听。我说,就是把你研究这事,写个小说,发在网上,扩大影响。我爹又一愣说,你也想掺和掺和?我说,我不太会写,就像你以前辅导我作文,帮我先写个开头。我爹说,哦,你知道你爷爷奶奶是谁?我说,你打小就教我,爷爷叫屈金诚,诚实的诚,奶奶叫余兰竺,竺是竹字头加两横。我爹又哦了一声,扭开双头台灯,埋头看书,不再搭理我。我知道双头台灯的来历,这是爷爷奶奶唯一遗物,两个绿玻璃灯罩灯光,总让我心里发堵。我在网上搜到过一篇关于爷爷的旧文,文内写道:向阳湖炎热多雨,夏季气温多在摄氏38度至40度,他们的任务是种水稻。在一个高温的三伏天,劳累过度的明史学者屈金诚脑出血猝发。这消息没有向连队其他人公布,大家上午照常出工,只留下两人,把遗体搬上一辆载重车后敞篷,送到江城火化。不久,屈的夫人余兰竺也死于疟疾。

河雾散尽，太阳当头，我将我爹的信揣裤口袋，往后山熊家祖屋去。我穿过石灰淹没线，曾经她们跳广场舞的平台，像豆腐一样被划开，白蟒线将兰溪中学剖为两半，前后望不到头，沿山腰蜿蜒。对岸，过去兰矿火电厂高耸入云的烟囱，已经断成三截，栽倒废墟里，工人宿舍陆续搬空，灯光球场堆满破旧，厂房已拆除大半，废锈钢筋像钢针密集扎入地表；山下兰溪镇，搬家货车不断驶出，房屋被收破烂队伍拆去门窗，空洞布满，张口无声。离熊家祖屋不远，我大汗淋漓，一摸裤口袋，稿纸已洇湿，在路边大石上摊开，先晾干再走。两张稿纸上，字迹长了毛，我挨个辨认，还能依稀看清——

熊丈，石碑非私物，于我尤重要，当面反复啰唆，您左右搪塞。写两条理由，您高人高见，望能理解。一，历史自有其逻辑。与您读过27册连环画与多卷小说不同，您所熟悉的名字：闯王之后李来亨、粗犷忠心郝摇旗、武艺超群袁宗第、精明能干刘体纯。这些推翻明代的义军将帅，历尽无数血战，最终都选择了尽忠明代，在峡江两岸坚守最后，战死在我们周围山冈。袁宗第跳崖，刘体纯自缢，郝摇旗投尸峡中，李来亨全家自焚，皆惨烈而死，石碑是他们的唯一见证。二，先人自有其交代。您撮合我和桂芬成婚，我至今记得，您看重我家传史学，您说听老辈子的话，要想鉴往知来，懂历史能知大势。当然后来桂芬经历，说明也没什么现实大用。家父一辈子专研明清易代史，住北京、去南京、下广西、到湖北，四处寻找明灭的踪迹。明代延续何时，有多种说法，家父去世前曾写信给我说：李来亨举火自焚，三峡（夔东）抗清基地被摧毁，应视为南明终止，明彻底覆灭，让我趁机游历，多加留意明清遗迹。石碑之上，大将军印太子少保临国公，即为小闯王李来亨，另一位太子少保，为永历帝派来的东阁大学士兼吏兵二部尚书文安之，我于论文中都有细考，石碑是这段历史终结的唯一见证。兰溪将迎巨变，桑田变了沧海，然历史不沉，重现石碑，向您致敬！

屈立新

夏日曝晒，石面炙手，稿纸不一会儿就干硬，我生怕一折叠就脆碎满地，拇指、食指捻起纸角，一步一步往熊家祖屋走。白蟒线在我脚下穿行，逐渐向冈下延伸，变成顺滑弧线，将熊家祖屋盛在上面。我登上石阶，摩托轰鸣声响，熊白万皱眉咧嘴，正猛拧军绿边三轮油门，排气管直冒黑烟。堂屋门口,熊家爷爷冲出来,他头戴毗卢帽,斜披法衣,手拿七星剑,冲熊白万大叫大嚷。熊白万双脚一蹬,边三轮直冲后山机耕路,绿影一晃,融入柑橘林。

傍晚时分,赶在磷火未起,我回到兰溪中学。教工宿舍一楼,我家房门洞开,几个中老年妇女挤在一起,目光慌乱,嘴里叨咕。我再走近,听见钟红霞撕心裂肺的哭声,那些教工家属们堵在门口,对我视而不见。我从她们松弛的身躯间挤过,看见双头台灯未关,灯光透过绿玻璃灯罩,从里屋溢出。钟红霞坐在我睡觉的沙发床上,双手拽我爹右臂,仰脸号哭。我爹不断举左手,捋头发抬眼镜,见我挤进门,如见到救星。钟红霞眉目微动,哭声顿时小下来,我走到沙发床,一屁股坐她旁边。钟红霞放开我爹手臂,轻拍我膝盖,带哭腔说,钟老师杨老师被打了,一群县职高车工班娃子,土匪一样冲过来,说天天站那里影响他们放学心情,办公楼里保安咧嘴笑,我跑到派出所报警,说双方聚众斗殴都要拘留,我一个人回来报信,学校现在就剩你爸一个男人,要撑腰杆想办法啊。她话还没说完,门口嘤嘤嗡嗡也开始哭。这事只怪今年春天传出风声,白蟒线划定后,兰溪中学解散,教职工一分为

一念无明　173

三,学校顿时散了魂魄,教职工三天两头进城反映情况。

我爹看我,问,信送到了,他怎么说?我说,正火头上,熊白万找他要钱,他看了信什么都没说,拉我讲端公手艺,说是只能隔代传,熊白万不学,传给我正好。我爹如堕云雾,神情沮丧,钟红霞一弹而起,大叫,屈立新,你是不是男人,还扯这些野棉花。我爹转身进里屋,趴在双头台灯前,手握钢笔在稿纸写字。钟红霞望我两眼,跟进里屋,从我爹手里抽钢笔问,你这是写啥?我爹说,帮儿子写篇文章开头。钟红霞站我爹身边,豆大泪珠直落,桌上湿了大片。我爹慌不迭挪开书稿,手忙脚乱摸出手帕,往钟红霞手里塞,钟红霞紧握拳头,就是不接,胸脯起伏,哭到哽咽。我爹站她身旁,目光反复扫我,我坐在沙发床上,也不知如何是好。

窗外天黑定下来,门口家属们陆续散去,回家弄饭。钟红霞止了哽咽,木雕一样站立,我爹透过镜片,瞪着墙上某个点,脸色疲惫,呆坐不动。我想看我爹帮我写的开头,就是那个小说开头。我喊,饿哒,你们就不饿?我爹闻声站起,往阳台煤气灶走。钟红霞右臂拦他说,跟我去食堂,端点饭菜。我等他们一出门,就进里屋翻我爹桌上稿纸,东翻西翻也没找到他帮我写的开头。暗红色写字桌下方有三个抽屉,中间抽屉有圆形小锁,我爹认为重要的手稿,都会锁在里面。十分钟左右,我爹和钟红霞端饭盒回来,一进屋就听钟红霞说,这主意不会错,既解决大问题,也解决小问题,你听我的。我见她满面红光,跟没哭过一样,我爹倒是脸色惨白,仿佛已经投降。我和我爹各握饭盒,埋头吃饭,钟红霞将饭盒端来,坐在方桌另一首,边吃边伸长竹筷子,将其中肉菜往我爹和我饭盒里捡。我迅速扒净饭菜,去阳台龙头洗了饭盒,回到外屋见钟红霞往空饭盒里倒开水,边吹油花边喝,我爹仍在细嚼慢咽。钟红霞说,你就照我说的准备,我明天搭车去送,和你半点关系都没有,你放心。我爹说,我要帮儿子写开头。钟红霞说,没让你不写,我在这儿坐着等,你论文资料都现成,弄起来快,弄完我拿走,你继续写。我爹低头不吭声,我想去北极熊网吧打传奇,对我爹说去查学习资料,赶紧出门一溜小跑。

结果我在网吧也没打成游戏,当晚熊白万心急火燎,说是收到通知,沿街门面三天之内必须搬空,推土机等在街东口。巧八姐早联系好卖家,发屋用品已出手,收好行李箱,专等他带资去成都。熊白万打电话找他爹二熊借钱,被二熊骂个狗血淋头。中午回祖屋找爷爷商量,爷爷说他只管一代人,早年挣的钱,给两个儿子作了本,现在每月靠大熊、二熊固定打钱养老,逢年过节还孝敬大红包，没有能力再为熊白万出本钱。反而劝他留在祖屋，学好全套端公，镇住风水，不怕他爹二熊不来求。急得熊白万骑边三轮，载巧八姐到处打转，找熟人求门路借钱。傍晚回网吧，他口袋空空，一气之下在榕树下、天涯等网站换着马甲，注册了五六个网名，取了三四个小说篇名，包括《第三次的亲密接触》《八戒传》《江城明晚请将我遗忘》等，逼着我当晚连番开写，说就算先练手也好。我再三推脱，说容我先学习，死盯屏幕读了通宵网络小说。次日清早，我向熊白万打包票，一定写出精彩开头，他才肯放我走人。临走时，他说已联系到卖家，卖掉这批电脑，会暂留一台，网线也留两天，等我晚上过来敲字用。

弥天大雾里，我隐约看见钟红霞挤上去市里的客运班车，她手提我爹的深蓝资料包，就是上面印半圆形白字"××研讨会"的尼龙手提包，装啥都鼓鼓囊囊。等我回到家，我爹正在不断转圈，见我进门，他说，你不要到处乱跑，外边事多，在家复习，下学期转学，小心跟不上。我哦了一声，倒进沙发床，迅速睡去。

我被钟红霞吵醒时，已是下午一点多。此前，我饿醒过一小会儿，我爹依然在转圈，没叫我吃午饭，我睡眼惺忪，看桌上空空，只好蒙头又睡。再醒来时，钟红霞站在我爹跟前嚷嚷，满脸通红，指手画脚。钟红霞说，把材料送到文物主管部门，正召开淹没区文物抢救推进会，时间紧，任务重，一百多支考古队马上开进，我们这片山冈已划入范围。当天晚上，我爹坐在门口，拿出瓶白酒慢慢喝，钟红霞从食堂捎来盐炒花生。我剥花生吃，我爹默默喝酒，钟红霞进进出出。我又央求我爹写小说开头，他端着酒杯满口答应，一直喝到半夜。我爹赶我到里屋睡，不知道钟红霞啥时候走的，第二天早晨我爹睡在沙发床上，鼾声如雷。

发掘队到达现场，首先张贴文物保护告示，再用警戒线将中学背后山冈围住。学校家属们乐呵呵看热闹，熊家爷爷的光头，也在人群里灯泡一样闪过。我看见他背着手跨过警戒线，根本不睬发掘队员吆喝，自顾自往山上走。据钟红霞的说法，发掘队专程到熊家祖屋，向熊家爷爷宣讲政策，限期要求他交出相关文物。钟红霞告诉我爹，石碑早晚要交出来，发掘队还会发现这段淹没线曲里拐弯，一定会汇报到上面，就算学校保不住，也不会让他熊家祖屋讨到便宜。

后山发掘，很快出现成果。层层叠叠柑橘林，麦子土豆和油菜花，魔术般一夜之间全都移走。泥土被一层一层翻起，先是大量锈如土石的箭镞，再是断裂缺口的刀剑矛叉，然后是遍布整个山冈的旧尸骨。兰溪镇和兰矿还没搬走的人，闻讯赶来，站在警戒线外，看着这片曾经磷火飘飞的土地，沉默不语，神色不安。我爹从来没有像现在这样拼命说话，他挤在人群最前面，不断重复讲解：这是明代最后一支军队的遗骨，在他们的皇帝被抓住绞死之后，他们被二十万清军围剿，拒不投降，举火自焚，明代在此彻底完结。人们围观几天后，逐渐散去，着急搬迁，不再感兴趣。

晨雾还未散尽，发掘队运来堆积如小山的麻布口袋，将用来装走这些尸骨，运往合适地点处理。雨随薄雾落下，我爹拉着我，共一把大黑伞，紧挨警戒线站立。这些躺倒在地的骨骼，姿势各异，拼死挣扎。牛角号从半山响起，熊家爷爷站在祖屋前，也紧挨警戒线。他头戴毗卢帽，斜披法衣，放下牛角，高举七星剑，脚踩八卦，旋地穿梭，嘴里哼唱，跳起了端公舞，他要招魂送神。

我隐约听见中学门口马达声，悄悄从我爹身边溜走，冒雨循声奔去。熊白万穿黑衣，叉开双脚，胯下军绿边三轮未熄火，挎斗里没载巧八姐，斜靠一方用油布包扎严实的长方形巨物，还有透明塑料袋裹着一台电脑。他掀起头盔，冲电脑伸下巴，示意我抱走电脑。熊白万说，老弟，电脑送你，得还我一部小说，我记在账本上。我还没点头,他猛拧边三轮油门,排气管黑烟直喷,沿路直冲,雨水飞溅处,山下兰溪东流。

我回到家,将电脑摆放好,找来起子撬开我爹写字桌抽屉,翻出他帮我写了一半的小说开头。我面对嗡嗡作响的破旧台式机,先照那页稿纸开始敲字——

多年以后,东阁大学士文安之面对两军对阵时刻,依然会想起柳如是带他听三国关公书的那个芳香弥漫的薄暮时分。

当时,南京秦淮河畔,雕栏画槛,绮窗丝帐,十里珠帘,河中灯船密密麻麻,光耀水天,活像蜿蜒的火龙。他被柳如是的纤纤柔荑相牵,尝过佳肴美酒,穿过争妍献媚的艳姬,略过箫管琴瑟之声,来到一处静室。这静室内,黑压压坐满数十人,居然鸦雀无声,单等那位瘦黑的柳敬亭柳麻子,将惊堂木一拍,说一段关公过五关斩六将的传奇。

而此时,文安之正勒马压阵长江西陵峡口,眼前南明忠贞营正与清人八旗兵在江畔厮杀激战,一江春水已尽染血色。忠贞营将士操着陕西方言,不断呼喊冲杀,又不断倒下。

文安之忆起在南京与柳如是相对之时,曾多次义愤填膺地说，与逼死先皇的"闯贼"不共戴天，对入关"讨贼"的满族铁骑心怀感恩。不承想如今最后依然拥立大明的这支军队，来自当年"闯贼"余脉。而最终夺走江山的却是满人。

弩箭已密集射来，八旗兵离文安之压阵的后山越来越近，他还沉浸在过往追忆之中，有人声嘶力竭地将他唤醒。文安之抬头端详，如同血人般杀回的忠贞营大帅，正是当年"闯贼"李自成的义孙、如今人称"小闯王"的李来亨。

文安之正欲开口，数支清兵弩箭，已没入他的胸脯。

敲完这段四百多字的小说开头，我已经想好，这部网络小说题目，就叫《寻明》。我会穿越到这血肉横飞的修罗场，潜入文安之躯体，带领这支残存之师，改写历史。我紧盯屏幕，不断敲击键盘，一个字一个字跳上屏幕。我想象熊白万站在身后，嘴巴半张，烟卷停留下嘴唇中央，表情惊讶。当然，我还要写到那块石碑，如何处理它，还没想好。

# 濯足濯缨

水陆派出所来电话前,屈途正坐在江坡上晒太阳。坡石巨大而平整,十月午后阳光下,如豆腐般洁白而爽滑。屈途遥望江面起伏的金鳞,想象了一会儿耀眼星云在逼近,又忆起母亲以前常烧的鲫鱼豆腐汤,咂咂嘴记起丰蕾中午微信留言说,女儿幼儿园中班不少同学在上游泳课,让他准备八百块报名费。屈途着实郁闷,自己祖辈江上船家,以前都没听说过,游泳还需要学,只要家里人没意见,都是被船家扔进江里,扒拉扒拉就会了,况且实话实说,不会水还安稳些。他从石缝里抠出一块扁卵石,偏着头朝江面瞄,石子脱手而去,如恒星撞向星云,在水面蹦跳,被江心吸入,瞬息不见。这时,手机响动,屈途低头一看号码,是水陆派出所座机。

屈途脑海里迅即过电影,半小时前从家里出门时,九米多高竹竿撑起的手抛旋网,斜在单元楼外墙一动不动,锡坠砣子又黑又脆,竹竿已是斑驳灰白,比周遭的梧桐树更早迈入残冬,至于那柄十一米五的钓竿,上次不是已劈成碎柴,送给五楼二姨家生火发炉子了?家里工具都没动,也没见他下过江,进进出出总说在育鱼苗。屈途心里略微踏实,铃声响过六下前,摁通了手机。副所长肖崎是老熟人,喊他赶紧来所里一趟。屈途佯装不耐烦说,我忙得很,又搞么事?肖崎在那头猛哼一声答,还有么事,还不是你老爹,快来快来,早点解决问题,早点领回去。屈途收好手机,缓缓往坡顶走,脚下踢到纸烬,赶忙闪一旁,盯着地上白灰画出的不规则圆形,他心里恻然:丰蔷留言说的事,还是能拖就拖,拖黄了算逑。

屈途将踏板车停好,不少爹爹婆婆指指点点,又有警车拉笛出警,心里有些发怵,甩胳膊往里闯。他爹屈项波和江水打一辈子交道,退休后却成了水陆派出所的常客。水陆派出所全称兰港公安分局水陆派出所,最早就是他爹单位的码头保卫科,他爹屈项波当年以船队队长的身份,还兼任过保卫科副科长。后来单位划转分流,此地正式挂牌兰溪水陆派出所,他爹屈项波则拗着家人将岸上家当变卖,买下那艘旧机动驳船,带帮老弟兄,江上跑货运。后来,因船吨位小,实在赚不到钱,改在江面搞网箱养鲟鱼，没两年就因污染水质，又被限期取缔。再后来，兰港公安分局挂牌，水陆派出所成了下属机构，除了副所长肖崎还是以前单位子弟，全换了不认识的生面孔。他爹的老兄弟凋零，时常独自下江，撒网打鱼。前三年长江禁渔，他爹赶上渔民上岸政策，上缴驳船补社保，每月领几百元养老，屈途也进了船厂上班，可惜母亲病逝没享到福。他爹屈项波虽是江里泡出的水骨头，也不再下江，成天在码头上下晃悠，盯着来往人脸看。

肖崎坐在门侧长椅抽烟，看见屈途，掐了烟头，眉头一松说，在后面篮球场，正嘚瑟他养的什么鱼，给我连人带鱼，赶紧请回家。屈途跟随肖崎往后走，问，又为么事进来？肖崎翻他一眼说，都六七十岁的人哒，两男一女惹纠纷，你老爹把人鼻子擂得血直喷，浪奔浪流，万里滔滔江水流，浇不熄他舵把子脾气。

穿过派出所办公楼，是内部篮球场。阳光刺眼，篮球架拉长阴影，横竖柱影下躺着蓝塑料布鱼池，池里水花盈盈，增氧机马达轻响，铁支架可收缩轻折，长三米五，宽两米三，是屈途拗不过他爹四处惹事，捡厂里废料焊接而成。屈项波斜靠篮球架底座，正指着池中鱼，跟女辅警说话。二姨甄红缨蹲一旁，被晒出满面红光，手捏金丝绣花薄袄下摆不断搓，盯住鱼池，嘴里低唤，语意丰富。旁边屋檐阴凉处，长铁皮椅上仰躺着二姨爹郝辛远，额头搭块湿毛巾，鼻孔里塞着两卷红白相间的细长纸筒，时哼时叹。

屈途与二姨甄红缨大半个月不见，她愈发显富态，像尊白瓷菩萨，双目直视，面容慈祥。屈途想起家里那本蓝底红花的旧相簿里，母亲与二姨年轻时的泛黄照片，系红头巾的母亲微胖，花衣绿裤的二姨清瘦。不承想活着活着，两姐妹不知不觉调个儿，母亲临终前三年开始消瘦，到去世前只剩六十七斤；二姨近些年被二姨爹伺候周到，眼见着像白面馒头一样发起来。

甄红缨双眼渐渐聚焦，盯住越走越近的屈途，高抬双臂抖动，冲屈途直喊，梦伢子，你来哒，你爸他们又扯皮啊。屈途最怕二姨叫他梦伢子，浑身一激灵，赶紧扶住她，安慰说，没事没事，待会儿我们一起回去。甄红缨挽他臂弯，摸他脑勺，手指蓝鱼池，笑吟吟说，梦伢子，你们最喜欢在江边上翻寻的，那种石扒子，不用翻石头，这里有好多。

塑料鱼池里，分成六格，有桃花鱼、小鲤鱼、小鲢鱼、小鲫鱼、小金鱼，靠右上格里，成群褐色小游物不断攒动水泡。屈途走近，水中那一颗颗褐头似豆、尖尾如刀的宽扁小鱼，双目圆睁于背，鱼纹斑驳间，依稀可见如鬼魅般鼻口图形，两侧吻鳍犹如须髯，这副凶恶面容会越看越栩栩如生，无数次潜入屈途梦里，让他魇内翻滚，哭喊无声，脱身不得。

屈途目瞪口呆，他爹屈项波说，上夜班不在家补觉，跑这儿干啥？屈途连咽唾沫，手指长铁皮椅上一直哼哈的二姨爹，问又为么事。屈项波摆摆手说，老辈子的事情，小辈子不要管。肖崎咳嗽两声说，老屈头，您认错态度还是好一些，人家都打110，叫我们出警了，莫搞得事态更严重。屈项波翻他一眼说，清官不断家务事，你出警就是浪费警力，把熊家全给我叫来，我给他摆茶咡白。肖崎赶紧拉屈途到一边说话，女辅警左一言右一语，说马上就给熊局打电话，一个劲夸屈师傅这鱼养得好，都是金贵鱼。

肖崎说，事情不大，同意调解，你去签字画押，赶紧领回家。屈途忙说，对不起啊，我爹一辈子江上粗声大气惯了。肖崎摆手说，不多话不多话，我还不晓得，你老爹这些年进出局里多少回，他大风大浪里闯出来的，动不动说熊局当年都是他徒弟。不过你回去还是好好劝哈，都这把年纪了，老同志公开场合动拳脚，又有女同志在，确实该注意些影响。

一说可以走，屈项波手脚麻利，将鱼池铁支架略微收拢，兜住塑料布，和屈途各抬一边，却空出右手一伸，挽起甄红缨。郝辛远从长椅上弹起，左手摁额头湿毛巾，右手拽住甄红缨袖口。屈项波嘿嘿两声，松了右手，抬着鱼池，出了派出所。门口那些爹爹婆婆还没散，见他们一出来，嘤嘤嗡嗡议论四起。

屈项波让屈途仔细照看二姨，他斜刺里骑出拖斗三轮，作势朝爹爹婆婆疾冲，众人一哄而散。他催屈途将鱼池抬上拖斗，冲郝辛远点头咂嘴，示意上车。两老汉挤在驾驶座椅，郝辛远鼻孔里纸卷掉落，又有鼻血渗出，只好抬头望天，三轮吱呀，一蹿而出。

屈途搀扶二姨坐稳踏板车后座，用布带照旧将她缚在背后，缓缓发动，沿江坡慢行。此时，斜阳泛江，波澜不惊，放眼无船，先是如低频噪音，令人耳鸣如针刺般，渐渐听出是有人拉长腔叫魂，裹在江风里，刮得面颊生疼。屈途见前方三轮小拖刹停，他爹屈项波跳下车，指手画脚说话，郝辛远连拍他爹肩膀，屈项波嘴里咕叨不停，跳上三轮又起步。屈途不敢骑行过快，二姨双臂紧搂他，靠在他背后似睡似醒。他听出喊声由江边传来，几个身影蹲跪滩涂，用白灰画出圆圈，烟火缭绕间，拉长声调喊：回来哟……回来哟……屈途打摆子一样，浑身止不住颤抖，双臂尽力稳住踏板车，加速前行。幸亏二姨没听见，她只顾双手环抱，像抱着两个小宝，在他耳畔轻哼《峡江谣》。

三轮小拖又刹停，屈途只好赶上前。身后二姨渐无声息，应已睡着。他爹揪住二姨爹郝辛远的衣领，推来搡去，赶人下车。屈途叉住脚，低叫道，二姨睡了。他爹停手推搡，又从拖斗里翻出化肥口袋，塞进郝辛远怀里，将人往坎下赶。屈途伸臂拦住问，又扯么皮？他爹压低嗓门说，小事一桩，诗祖祠旁旧窑，装袋白灰上来。屈途解开布带，扶住二姨，将踏板车交二姨爹，拽过化肥口袋，跳下路边石坎。

大江澄澈，绿树掩映，伸出旧檐翘角，红瓦片片脱落，如瘪嘴缺牙。铜像搬走后，老诗祖祠空空荡荡，迅即失修破败。屈途知晓他爹不肯下来的缘由。过去每年端午祭江，二姨爹郝辛远会被码头推举，穿白袍、戴长剑、戴高冠，扮演屈老夫子在招魂，因为只有他能顺畅背诵那些艰深晦涩的辞章，屈途至今也只听懂一句：归来兮，不可以久些。这算是二姨爹的风光之地，他爹从来嗤之以鼻，绝不会踏进半步。屈途提化肥口袋往祠旁，此地有一石灰窑，传说窑火已烧千年。他绕祠转了两圈，找不到窑的位置。往江面看，水底两百多米，应是旧日的九龙奔江，九条石龙齐齐扎入江心，涛声如雷，人声鼎沸，上下船只密集，木船桅杆如林，轮船烟尘飘荡；如今大江高起，俱没深流，碧波安息，人迹寥寥。屈途望江辨方位，古窑应在此，左右寻不着，恍如虫洞行进，不知出口在过往，还是未来。

屈途腰眼被戳，回头看时，独腿立着一瘦高老头，发如刺猬，眼凸颊陷，左腋夹拐指他手里口袋，嘴里直吼，狗日的死远点，没东西让你偷。屈途伸手欲拨开拐杖，独腿老头左跳右跳，指定他乱骂。屈途解释，不偷东西，找窑装灰。老头鼓眼瞪他，嘴里吧嗒，说，窑早就平了，水泥地封死，江边一公里内，污染源一律拆除，你不晓得？屈途转身欲走，老头亮出腰间法印，又说，如肯给两包烟钱，我端公自有办法。他往坎上爬，老头伸手扯化肥口袋，追问，你是哪家的白脸子，不答话是哑巴？屈途只管走，老头叫道，等一哈，你是项波哥的伢？你是途伢子？长这样大了。屈途回头时，只见口袋被扯展半面，上面有歪扭黑字：屈项波的。

独腿老头拄拐飞走，屈途在后紧赶。老头不停咕叨，你小时候在船上，我还抱过你，也怨我黄半仙生病三年多，左腿锯了，人也脱了相，不怪你不认得，项波哥还好吧，我就在这里守老祠，亏他还经常转钱接济老兄弟。屈途盯住他腰间法印，渐渐记起小学时还偷玩过，上面篆刻

"雷霆都司"四字,他爹说这是得了巫风真传的端公鉴证,这个经常在船上装神弄鬼的死胖子黄半仙,众人喝酒喝到兴头时,他会在船头蹦跳作法,裸身光脚上刀山过火海,祭夫子拜江神,没想到如今完全变了模样。行到老诗祖祠右侧,一片新植竹林前,黄半仙举起法印,嘴里念念有词,伸拐推开垃圾桶,露出四方坑,已被挖出半人深。他冲屈途说,虽然已被推平封死,只要我作法请巫兵,穿透水泥照样取灰土,我一般不告诉别人。屈途跳进坑,见底下窑灰已不纯,黄白黑混杂。黄半仙伸拐拦他说,你这伢急啥,先陪我唠几句。屈途说,我爹我二姨爹在路上等,我赶时间。黄半仙连声哈哈,说,项波哥和郝书生这对活冤家,峡江讲不完的故事,听不听?屈途不搭理,捧杂土入袋。黄半仙只管讲古,都是屈途耳朵起茧的陈年旧事,说是屈途他母亲甄江缨和二姨甄红缨,过去生活在青滩古镇,往来船家放言:双缨若在手、峡江横到走。屈途他外公、甄家大爷不简单,一九二几年英国人蒲兰田亲手教出的一代领江,江浪里纵横几十年的老舵把子,大小船只过峡穿江,皆由他外公看了船势辨清浪头,点头准了起舵,才能平安过峡,否则必遇漩流,触礁搁浅,搞不好船覆人亡。甄家大爷老来得女,不肯轻易托付,逢人求亲必摆三关。屈途忆起幼时随他爹行船,夜幕之下,驳船上,常听那些老兄弟围住他爹喝酒咵白，个个遍体赤红、酒气乱喷，对舵把子赞羡不已：能将甄家姐妹带出青滩、走出峡江，最终只有项波哥一人。而他爹总是放下酒碗摇头叹息说，那时总觉得要走出来，朗朗乾坤，开个眼界，见个世面，哪想到现今往后……

黄半仙又讲起闯三关。屈途埋头刨灰土，全身燥热，脑里憋闷，他儿时也曾听得神乎其神，长大后则半信半疑，现在纯当鬼扯淡。黄半仙说，项波哥当年威武得很，峡江儿郎数第一，他们先摆酒碗阵，九九八十一碗苞谷烧，从青滩码头起坡，每五级青石阶正中摆海碗酒，项波哥一路喝上来，不洒一滴酒，否则调头走。再摆峡江阵，不等项波哥歇口气，请出当地九位宿老，连番报出年月日时船号载货搭客情形，命其当场一一道出此船航行峡江将遇风浪几高暗礁几处，过峡须在几日几时几分。如，问乙丑年丁亥月甲寅日己巳时，有三艘运粮船从南津关起锚，沿途水情如何，须何时泊船扎雾，须何时请纤夫几人，过崆岭滩船头如何对，何月何日何时可达青滩北岸白骨塔。最后一关，摆出诸葛武侯八阵图，全镇两百余名青壮年锅底灰抹面，各巷设路障挖粪沟，布下休、生、伤、杜、景、死、惊、开八门，所谓：从生门、景门、开门而入则吉，从伤门、惊门、休门而入则伤，从杜门、死门而入则亡。项波哥有惊无险,闯下三关,赢得甄家大爷赞赏,允其带大女儿甄江缨离青滩,出峡江。

屈途装了半袋灰土,黑不黑,白不白,只能交差了事。他扔出化肥口袋,爬坐坑口,直喘粗气。黄半仙斜靠拐杖,手弄法印,唾沫四溅,不住嘴话当年,说项波哥在兰溪、青滩各摆三天流水席,船身披红戴绿,准备先顺江逛大汉口,再上水游重庆城。喜船起锚进峡,却发现二姨妹甄红缨藏身船舱,她舍不得大姐,非要随同出峡见世面。上水返程时,项波哥应人所托,在汉口捎上师范生郝辛远,二姨妹甄红缨与郝辛远船上一眼结缘定终身,项波哥不知如何向岳父交代,当时见郝辛远一次揍一次。郝辛远白脸子书生一个,听说迎娶甄红缨也要过三关,吓得半死。也是造化弄人,船过莲沱,下水船捎来消息,八十二岁甄家大爷却已羽化,端坐青滩望江而终。

屈途扛起盛灰口袋,只管往坡上爬,更加不想理睬这黄半仙。屈途心里知晓,她母亲大半生自责忏悔,总觉着因她只顾出嫁出峡,外公才望断峡江而逝,甄家随之被当地叔伯分产,嫁出去的姑娘如泼出去的水,多说一句就遭连番斥责,"双缨若在手,峡江横到走"的峡江豪言,如七彩肥皂泡一戳就破,关键是屈项波反而更要撑足舵把子体面,做人要四海,不念浅滩头,在码头为岳父风光江葬，流水席大摆三天，欠下一屁股债，在家与妻儿啃泡萝卜，在外则要呼朋唤友，更要意气风发，从此母亲对峡江渐渐失了依恋，对他爹这班老兄弟也失了热情。而他爹屈项波一直没觉着，执着于时时处处管教二姨父，觉得不辜负外公遗愿，就须管住郝辛远，照看幺妹甄红缨。黄半仙拄拐紧跟屈途，不住嘴说，问项波哥好，问郝书生好，这多年没少接济我，真是可惜那个伢，我也曾为他降坛祭起法印，他如活过关煞我就上刀山，他如亡人炼渡我就过火海，老兄弟们也各想办法，寻了这好些年，没有个下落，郝书生红缨妹子都是可怜人，途伢子你如今总应该会水吧……屈途忍无可忍，转头吼道，给我闭嘴，滚一边去！

屈途终究又被魇住，置身大江之下，双耳只闻水流如雷，口鼻连串冒泡，满眼银光刺耀，数不尽的石扒子席卷而来，如褐色龙卷水，将他往江流深处拉扯。闹钟循环作响，屈途艰难醒来，头闷如木器，脚底踩棉花，窗外黑夜深沉，离零时到岗，还有三十分钟。

门缝透来堂屋灯光，屈途跌跌撞撞出卧房。和他睡前没什么变化，他爹和二姨爹还在抽烟喝酽茶，盯着电视里反复播放的谍战剧，一言不发，只嗑瓜子。二姨甄红缨坐小板凳，双手撑头，盯住横摆中间的蓝色鱼池，喃喃自语，全身抖动。屈途换上灰色工作服，轻手轻脚，溜出家门。自他就业上班后，家里这两老汉当着他面，似乎不再扯皮拉筋，背地里其实还是照旧。就如今晚，屈途在堂屋，他们扮木头人看电视，屈途一进卧房上床，他们就叽里呱啦吵，开始还瓮声瓮气，渐渐惊天动地。屈途听得他们在争论。屈项波说，这十八年我不是没下得法，峡江上下找了几多回，我盯人脸都盯出讲究，就是没得着落，听黄半仙总在跟我讲，照屈老夫子传下来的巫风遗俗，凡被峡江里收了去，三六九十八可以招魂，第十八个年头是最后一次，魂兮归来，白圈烧纸，吉鱼入江，旧礼行事，不招就再没机会。郝辛远说，都看在眼里，确实劳烦了，现在都简化，心意到就行，安魂最重要。屈项波说，那怎么行，鱼我有法子培育，老祠灰下午也搞到，你们就负责打理黄纸，最后一次，简化不得……他说着说着，更是高声大嗓，屈途听不下去，只好咳一声，堂屋马上安静。

出航运新村，屈途循小路上江坡，往船厂骑行。每晚此时，大江之上，三艘巨型游轮成一线，结伴航行，在此泊岸。船上华灯璀璨，犹如一座小城，在江面浮动，倒映七彩波涛。屈途打小听母亲叮咛：江上讨生活的命苦，早点上岸，早点安稳。现今他是船厂焊工一名。这两年峡江上下，旅游生意火爆，船厂顺势接下好几单游轮升级改造业务，屈途连上了八个月的三班倒，看见游轮就心生厌烦。可是偏偏他一上晚班，总会遇见这三艘游轮，若隐若现的时髦曲，在峡江久久回荡，与他再三相望而过。

屈途骑车下坡，离船厂已不远。那些不属于他的热闹音乐，被阻隔在坡外。船厂围墙遮掩不住，黑黝黝的庞大裸船体，如太空怪物残骸，被剥去了几乎所有浮华饰物，江风在嶙峋骨架间刺穿而过，发出尖厉啸叫。工人们密集搭起船舶维修脚手架，如同星际联盟的黑牢狱，将船体固定其中，丝毫不得动弹。屈途每次看见这庞大船体，就恍惚觉得自己是那擒获天外怪物的铁郎，拯救了地球与人类，有种脱离了日常生活的浑身轻快。

屈途停好踏板车，去值班室摁指纹打卡，取晚班工单，再到设备库领取耗材。眼见工单上，活儿并不集中，相对较闲散，他心里一松。如今江轮大多朝绿色、低碳升级迭代，游轮改造主要是电力推进系统，同时要增加船舱可利用空间、敷设隔热隔音棉、配备新风系统等。屈途这晚班的活，主要在船舱布局重造焊接，不是高精尖技术活，算是轻车熟路操作，手到擒来。登上高耸的裸船，江风劲吹，四周漆黑，恍如登上联盟最后一艘星舰，驶向河外星系尽头。屈途戴上面罩，成为星舰仅存的守护者，缓慢进入另一个时空。轻挥焊枪，焊花不断起落，他的思绪时而顺流而下，在星际穿越，时而溯流而上，在旧日漫游。

有熟悉的歌声，在他脑海里萦绕。儿时二姨爱双臂搂住他们，轻声哼唱《峡江谣》，就像午后在江坡上一样，阳光耀眼，江声浩荡。二姨总会哼唱：青滩的姐儿，泄滩的妹儿，姐妹下河洗衣裳，清水洗来米汤浆，哥哥们穿起好赶场……患风湿病的母亲甄江缨，卧在躺椅上晒太阳，身裹棉被，脸色苍白，一言不发；他爹屈项波浑身通红、酒气四喷，揪住二姨爹郝辛远的中山装衣领，一通嬉笑怒骂，郝辛远略微挣扎，定会迎来拳脚推搡；二姨甄红缨花枝招展，先是站在一旁，搂住他两兄弟，事不关己看热闹，等真动起手来，就会滚倒在地，抱着他爹屈项波小腿，又哭又喊，母亲甄江缨总是撇过头去，面朝土墙，沉思默想。屈途汗津津紧攥表弟甄郝梦的小手，也想如母亲一样，像罩在玻璃罩里，活在自己的世界。直到甄郝梦五岁时随他爹郝辛远出差万州，在书店买到一套《银河铁道999》，从此表兄弟遇到了他们的梅蒂尔，两人不断循环讨论，将大江想象成银河，将鱼类想象成星际怪物，涵泳玩索，徜徉其间。他与表弟甄郝梦开启暗闇星之旅，他们听从梅蒂尔的呼唤，沿银河而上，捕获星际怪物，让暗闇星迎接光芒，他们需要采取行动。

焊花渐止，值班组长过来通知屈途，门口有人找。他感到诧异，远远看见厂门口立着独腿拄拐身影。见他走近，黄半仙冲保安说，来了，你问他，我是不是他叔？屈途将他拽到旁边，黄半仙不断抠鼻孔，凸眼乱转，腰间法印叮当作响，说话更是颠三倒四。他一会儿说，来讨要下午作法指路费用八百元，本来看项波哥情分，免费作法也无妨，但你小辈不懂尊老辈。一会儿又说，你爹这班船家兄弟都走了，就剩我一个，要做个监督，途伢子早该会水，江水里游两圈，钱就可以算哒。屈途让保安赶他走，只说不认识这老糊涂。

对他爹这班船家兄弟，屈途随年龄增长愈发厌烦。根本缘由在十八年前的十月，有一晚屈项波驾机动驳船，上水五十里到巴东，为老弟兄熊老五奔丧。守夜喝酒时，屈项波被船家老兄弟们围住，七嘴八舌议论，说他儿子屈途居然不会水，老舵把子峡江威武的香火，只怕是要断了。屈项波反手揪住屈途右耳，让他跪在众人面前，问他怎么想。屈途边哭边说，只想抓星际怪物，要去挽救人类。老兄弟们听得云里雾里，都哈哈大笑说，不如去抓石扒子，船家打小都这样，跳到江水里扒拉，不晓得有几快活。屈项波也摇头晃脑，随口给他出主意，既然要抓什么星际怪物，就去抓一百只石扒子，让梦伢子在前面带头，你在后面跟到他，跟进江水里就是，万一梦伢子真被江水灌几口，正好让你二姨、二姨爹来堵你妈的口，让我光明正大教你们会水，这回你要是再不听，那堆乌七八糟画书，我全扔江里喂鱼去。屈项波通宵喝了三斤半苞谷烧，早上醉醺醺驾船回来，船靠码头，倒头就睡。当时，屈途心生畏惧，听了他爹主意，起坡上岸，找来表弟寻石扒子。屈途记得自己说，死绝了，我们救不了暗闇星，地球将永远黑漆漆，人类都瞎了，然后都死绝了。甄郝梦说，你饿不饿，我刚喝了半碗稀饭，就被你喊出来，肚里荡来荡去。屈途就说，饿个毛线，银河系还在等我们，我们要救人类。甄郝梦说，救银河系救人类，我就不饿了，我有力气得很，我可以继续航行。屈途说，对，听指令，往前行。他比表弟甄郝梦只大五天，那年两人同为六岁，都未学会水，抬着从码头垃圾堆捡来的缺口玻璃缸，翻开岸边卵石，从石底湿润处，搜寻怪物石扒子，渐渐往江水里去。

屈途右手扶踏板车龙头，左手不断揉眼，峡江雾气蒸腾，连带两岸患上了白内障。上午八点多，屈途从船厂下班，逆行江坡上，五米之外云山雾罩，不时有载着生猪、鲜蔬的电动三轮车，影影绰绰从雾障内冲来，驾车人连声咿呀，紧逼他把踏板车往坡沿靠。屈途顺势下坡，沿岸坡时上时下走S形，江岸寂寂，唯有涛声。自从水陆派出所安装了"天眼"全天候渔政监控，再加上人力巡查，江边钓鱼下网的人，就算在这种捕捞的上好天气，也销声匿迹了。

母亲甄江缨离开前的三年，他爹屈项波频繁下江，边寻人边捕鱼，基本每天早晚都去，每次一待两个多钟头，有时午饭刚放筷子，还要多下江一趟，念念不忘找鱼窝子，赶紧撒网下钩。彼时母亲风湿病日益严重，直至完全卧床，无法坐立。母亲一辈子除了食鱼，不沾其他荤腥，过去会换着花样烹鱼，屈项波就认为鱼在水中活灵活现，对症风湿，是味良药。

母亲总说，让他爹在家里寻件衣服，可能翻箱倒柜一天都找不到，去望江寻鱼窝子，比喝口水都容易。峡江两岸钓鱼撒网的人，成群结队跟着屈项波走。有一回，母亲不放心，让屈途跟在船上，眼见他爹驾旧机动驳船，在峡江穿梭纵横，泊在哪片江面下网，小木划子立即聚拢过来，沿江上下像鸦雀停满高压线，漫延近千米，都是捕捞人。大滩网放梢，小滩网上腰，屈项波先是盯着人脸看毕，再将手抛旋网一撒，锡坠坨子如银雨坠江，两条黝黑胳膊缠住索，拉动越来越快，网出江水，满是鱼身跳跃，鳞光波动。江水如高楼，层层有鱼游，有时屈项波也将船靠岸，走到浅水湾子，甩出他那柄十一米五长钓竿。他从来只要成年金贵鱼，比如白甲鱼、岩原鲤、胭脂鱼、倒刺青，其他鱼都瞧不上，转手倒回江里放生。旁边人开口讨要，他一概不搭理，如再多说两句，会被他一脚踹进江里。

水陆派出所频繁出警，撒网垂钓者太多，警力跟不上，搞得上头定性这是非法捕捞群体事件，调派分局及周边警力，联合治理。峡江人靠江吃江，开始还不当回事，照搞不误，结果拘留教育好几批。每次屈项波都是漏网之鱼，甚至比鱼还滑溜，想抓也抓不住。他下江不管冬夏，都是赤身裤衩，一见穿制服的靠近，将旧驳船顺流下锚，人已悄无声息入水，黑鲢子般江心一晃，再看时，他已在远处对岸晒太阳。

母亲甄江缨渐渐进食困难，鱼汤也难以下咽，更加整日沉默寡言，常常陷入惊恐，冷汗淋漓。屈项波大梦初醒，想起江上湿气太重，不能再常年住码头趸船上，天天闯航运公司总务科，抖舵爷狠气，摆茶哼白，嬉笑怒骂，揪人干架，要定新村单元房，结果因寻衅滋事连带非法捕捞，被水陆派出所拘禁三回。屈途遮遮掩掩，每次都没告诉母亲，但是甄江缨见不到屈项波，就滴水不进，粒米不沾，日夜不合眼，等他回家进门。二姨甄红缨闻讯赶来，抱住大姐，嘤嘤呜呜，泣不成声。屈途自己整日混沌，神游星际，不愿担事，就想隐身，一见二姨来家，更是唯恐避之不及。

二姨爹郝辛远在航运职中任教，平日沉默无言，那回写下申诉状，紧扣规章制度，引据法规条款，手抄状纸好多份，整齐叠放手提包，气宇轩昂出门。从兰港分局熊局到航运公司杨总，郝辛远过关斩将，闯办公室，拦小轿车，像在课堂上课一样慷慨陈词。可能是因为二姨爹得力，也可能是熊局念旧情，更可能是赶上渔民上岸政策，反正不久就接到通知，屈项波不仅拿到了新村一楼两居室钥匙，还上缴旧船拿了社保，屈途也得了船厂招工指标。

江边滩涂有火光，透过雾罩，影影绰绰。屈途想着他爹的峡江渔事，骑踏板车前行。斜刺里伸出一条拐杖，雾气里单腿蹦出黄半仙，手举法印，装神弄鬼，大呼小叫。屈途一通猛刹，还没反应过来，黄半仙已跳上后座。酒气从屈途后脑勺罩过来，他急问，你又想干啥？黄半仙说，屈老夫子托梦我，要去找项波哥吃他烧的鲟鱼豆腐火锅、剁椒蒸胭脂鱼，整宿提点我，非得大早去。屈途被他用拐杖锁住腰，法印硌得后背生疼，只得缓缓往前。

鲟鱼豆腐火锅、剁椒蒸胭脂鱼、香辣烤刀鱼、红烧鲈鲤，这都是在他母亲甄江缨指点下，他爹操持的江鲜现做，自从母亲走后，屈途再没吃过。这四道菜最后一次上桌，还是乔迁新村之后，加上榨广椒炒洋芋、清炒泥蒿、凉拌折耳根，屈项波整了满桌菜，又从酒厂打来头子酒，让屈途通知二姨爹二姨快来。筷子一举，酒杯一端，屈项波不会说感谢话，作了两个揖说，记在心上、都在酒里，就不断给郝辛远酌酒。结果，郝辛远酒量不行，开始提高嗓门说话，这是二姨爹上课养成的习惯，重点内容生怕学生听不懂。

屈途至今记忆深刻，两老汉一搭上火，闹得全家不安宁——

时代在进步，过去的事情，就让它翻篇，我们要一起跟时代进步。

进步个述。在船高头，我往前多进两步，就直接掉江里，喂王八，喂鱼虾。

今时不同往日，好多事情都变了。

变个毛线。江水倒流？从上海倒灌到重庆？你倒游给我看哈。江上不行船？江上开飞机？你开给我看哈。江里没得鱼？江里喂孔雀？你喂给我看哈。

你这个人就是守旧，你要见世面，你要往前走。

不要紧到说啊，我当初从汉口把你捡到船上，你个白脸子憨坨像，见过什么世面。你帮我家里的，尤其梦伢子的事，我刻在心里头，大水都冲不掉。你也不要总这样，趴桅杆顶上看人——把我看矮哒。我在峡江上下行船一辈子，哪个码头不给我脸面，哪条船不给我上敬，我要找个人一定能找到。不要动不动给我来上课，你不要想得。

你到底是睡着了，还是被眼屎迷糊了，你总在翻来覆去讲的，老丈人和你的那些过去事，你现在青天白日看一看，大坝建起后，青滩泄滩崆岭滩早就没得了，风平浪静，一湾清流，不是你讲的那些过去，要起坡、要看水、要扎雾、几门生几门死，都是老皇历翻篇了。你看你就是总想着江上讨生活，让大姐得上风湿，躺床上动不得，你总要讲个道理，总要顾个家吧。况且，我和红缨每天看着峡江，想到他一直就在身旁，陪着我们就好，也不需要你再找。

他爹摔了杯子，踢了椅子，说，你，你今天是烧坏脑壳哒，要来算翻天账，是不是？我家里的事，我自己罩得住。你不就是因为十八年前梦伢子的事，我没教他们会水，当时又不曾下江，你就一直堵在心里头。我这多年巴心巴肝到处找，难道是大江里撒把盐——管淡闲事？我起过誓的，有途途在，我们四个老的，一定有人送终，不送我们俩老，也要把你们两口子，照顾得妥妥帖帖……

里屋传来二姨甄红缨一声撕心裂肺的哭喊，母亲甄江缨开口道，你个砍脑壳的，你再不把嘴用针缝起，我爬都要爬到江边，跳水里死去，哪有脸活下去。

当时，屈途躲在阳台蜷坐，读租来的科幻小说，书里文字在眼前飞舞，化成无数褐色石扒子席卷而来，那一张张微缩的鼻口面容，怒目圆睁，虬须戟张。窒息感越来越强烈，双耳江声如雷，口鼻气泡直涌，他用尽全力掰开铝合金窗，将头探出，大口喘气，峡江潮气一拥而入。

像隔着焊工面罩的灯晃晃，一颗稀薄的白太阳被江雾包裹，露出恍恍惚惚的光照。两岸弥漫的乳白水汽，开始往江面收缩，江上白茫茫一片，与空中逐渐分出界限，如不明星体上的尘埃，足有几层楼高，看不到水，只有涛声。屈途骑踏板车，在岸坡忽上忽下，不敢赶黄半仙下车，想将他颠晕喊停。雾气从耳畔擦过，黄半仙神神道道，在他耳畔叫不停，杂七杂八问话。

项波哥酒量还像以前？三斤不倒，还能下江？母亲去世后，我爹就不再喝酒，也不再下江了，先是天天霸在台球棚子，和年轻伢子边戳球边问东问西，输了耍痞，欠着不给，催逼急了，抄起台球杆揍、台球狠砸，把好几个伢脑壳擂出了血包，又转战游戏机厅，专找年轻伢干聊，抬起锁死在地上的推币机狠命乱抖，硬币哗啦啦掉一地，捡起硬塞给愿意搭理他的年轻伢，成了别人嘴里的老撬死棍。

项波哥不下江？如今靠啥营生？我爹本来每月能领几百元养老，但是他根本闲不住，二姨爹和我商量让他依旧搞鱼生意，天天在码头广场摆鱼摊，吸引游客、孩童持短竿钓小鱼，算是增添峡江旅游体验的项目。钱挣不到多少，我爹算是又能盯人脸、吹江风、近水气，就是改不了舵爷脾气，隔三岔五惹是非。

项波哥当了一辈子舵把子，几进几出派出所的常客，能坐得下、忍得住？我爹哪憋得住火，明明六点就可收摊，非要摆到八点半，占据广场中央地势，只因二姨虽失忆，依然爱扮俏要出趟，要为她占住有利位置。爹爹婆婆缩手缩脚、跳舞比画不开，二姨来了又只管跳自己，既不听节拍指挥，也不按统一动作，爹爹婆婆怪话不断。昨天傍晚双方动了手，先是广场舞爹爹婆婆将我爹与鱼池包围，音箱音量扭到最大，围着广场跳舞，密集绕圈阻拦我二姨进场。我爹挥舞短鱼竿，四处抽打，爹爹婆婆乱了阵脚，几个泼辣婆婆踢了鱼池，骂我二姨克死儿子还不够，一个吊颈婆子，两个老撬死棍，还想搞么子双龙戏凤，谁碰谁倒霉。我爹铁青了脸，更是下力追打，爹爹婆婆东倒西歪。二姨爹生怕出意外，挤进去夺了鱼竿，爹爹婆婆抽冷子巴掌袭来，我爹转身挥拳，被二姨爹死死抱住，全擂在二姨爹口鼻脖颈，鼻血直飙，牙血四溅，周遭爹爹婆婆们呐喊一片，打了110、120、119。

你爹这回活该被你妈甄江缨骂！途伢子你被爹妈照顾着，过得可好？我母亲已走了三年，搬到新家没过半年，母亲睡着了，就再没醒。在殡仪馆里，二姨问我，待会儿你妈在火里会不会很疼？过了一会儿，二姨又说，大姐手冰凉，该加件棉袄。后来回到家，她就一直躲在家里哭，说没给大姐加件棉袄，后来她慢慢就糊涂了，只记得她愿意记的事。我自己结婚也快三年，我与老婆丰蕾在网吧联网打星际混熟的，稀里糊涂怀了孕。婚宴现场，二姨、二姨爹坐了首桌，二姨打扮得花枝招展，拽着丰蕾看了又看，盯着我说，梦伢子，可不要娶了媳妇忘了娘哦，等到抱乖孙孙，一家三代过好日子呢。忆到这里，屈途渐渐哽咽，眼前褐鱼乱飞，呼吸急迫，被漩流拉扯的沉沦感不断袭来。

黄半仙眼见踏板车乱晃，抄起拐杖，照屈途大腿一通乱敲。屈途稳住车龙头，黄半仙嘴里不停咕叨，说摔断了他剩下这条腿，途伢子就该给他养老了。屈途更是烦躁，他曾在航运新村家里翻箱倒柜，盘算过家中财务。前年他结婚，新房是二姨、二姨爹买的，婚礼前后他爹总共给了他两千八百元，再没有支援，这也是丰薔父母对他心存轻视的原因，总埋怨他夜班进出影响他们睡眠，逼得他独自搬回航运新村。他从家里木箱角落翻到一黑乎乎的旧本子，就是他上小学用过的作业本，页首写着"1997.9.17"，每页写着船家老兄弟的诨名，包括黄半仙、董歪嘴、熊老五、祝黑皮……后面跟着不断涂抹的数字，每个诨名下还歪歪斜斜写着：问清楚了不一样，有点像还看一看，问了几回对不上……他知道那串数字是某人的生日，也就猜得到家里没有积蓄的原因。

手机震动大响，屈途刹车叉腿，一看是丰薔手机号码，接听果然催促的语气，命令他立刻转八百元，女儿游泳班今天中午开课，报名费再不缴就赶不上。黄半仙趁停车歪了身子，埋头哇哇吐黄水，屈途举出手机转账，摁了八百整数字，想了想还是取消。从江面到江坡弥漫乳白，再往上雾气渐散，楼房车辆已隐约可见，屈途瞭望女儿所上幼儿园的方向，记得母亲甄江缨以前躺床上常念叨：江里淹死会水人，峡江出没命里苦，绝不会允许他爹将伢们带进江里教会水。屈途觉着，如今女儿不学游泳，今后生活更稳妥。

途伢子，凭啥你不会水，你丫头也不让会水？黄半仙翻下后座,单脚乱蹦,像弹簧越跳越高,举起拐杖,劈头就打。屈途左手护头,伸右手将他往坡下推。白雾笼罩江面,脚下滑溜,又湿又黏,感觉都是黄半仙吐的腌臜物,眼见他拖着拐杖,如躺在油锅里,蜷缩倾斜,不断盘旋,直往江水里去。江水拍岸,屈途隔着雾气,隐约望见黄半仙泅浮江面,双手推拐,单脚如鳍,向江心游去。

此时,从航运新村往江坡的小路上,屈项波赤着身,穿条蓝裤头,埋头骑三轮小拖斗从白雾中冲出来,努力往坡上蹬踏板,蓝塑料布鱼池躺在拖斗里,车身颠簸,水花微荡,池中无数褐影浮现,鱼尾频摆,吻鳍闪动。

> 中华间吸鳅,别名石扒子,属鲤形目,平鳍鳅科,平鳍鳅亚科,间吸鳅属的一种鱼类,适应大江急流生活,展开胸、腹鳍可将其扁平的身体吸附于石块而不被急流冲走,是长江上游的特有鱼类。水利枢纽工程将极大地改变其原有生活环境,并有可能危及其物种的生存。由于中华间吸鳅个体小、种群数量较少,过去鲜见有关其生物学的研究记录。

为化解困扰多年的梦魇,屈途曾在网上查找关于石扒子的正式说法,这段文字被他复制粘贴在手机备忘录。

石扒子命贱,既不能食用,又不能观赏,长年累月袒胸露腹,靠自己死死扒住江石,才不被江浪淘尽,最终还是抵不过大江起落,日月辗转,杳杳波涛莫知深浅。过去屈途只晓得,石扒子从来就是江上船家引伢下江、进而教伢会水的诱饵。世世代代峡江船家,大多是从一个个学步未久的伢,被长辈反复哄诱说,江岸边石头下,扒扒鱼几好玩。等伢摸鱼兴起沾了水,就会被长辈扔进江心,扒拉扒拉,浮上了漂泊生涯。如今每当噩梦来袭,屈途慌乱中会摁亮手机,翻出备忘录这页内容,不断重复默读,犹如儿时听爹讲过的定江符,滔天褐浪缓缓退去,窒息感会渐渐平复。

这天上午,屈途如每次下夜班一样,进新村路口,与出摊的屈项波擦身而过。躺在三轮小拖斗里的蓝塑料布鱼池,不见桃花鱼、小鲤鱼、小鲢鱼、小鲫鱼和小金鱼,满池水花翻腾处,浮游着无数椭圆尖尾的石扒子,褐色鱼纹斑驳间,目睁于背,吻鳍如戟,口鼻似鬼魅,水泡攒动,一张一翕,向他发出无声召唤。

包子稀饭在锅里热到在,你吃了赶紧睡觉。他爹屈项波扭头嚷着,朝他扔来一个信封,又丢下一句话,记得睡觉之前,给我孙女把游泳班报了。屈项波猛蹬三轮车,上了江坡,往前直冲。屈途眼见信封里一叠百元钞,忙将踏板车调头,紧随三轮车前行。屈项波裸身肌肉虬结,遍体如虫蠕动，边蹬车边回头说，你快回去睡觉，莫跟到我跑，我听到过你们电话里吵，峡江儿女世世代代，不会水只怕是不行的。屈途眼见满池石扒子，前座旁系化肥口袋。他喊，爹你又搞什么古怪。屈项波说，一大清早接到镇里电话，我最后那个老兄弟，守望老诗祖祠的黄半仙走了，得骨癌三年多，锯了腿也不成。屈途张口结舌，怔了一会儿，手指石扒子与化肥口袋，问，这，这怎么回事？屈项波说，费尽工夫培育的鱼苗，老祠旁古窑里的白灰，我们要祭江招魂，你不要跟到来。屈途松了把手，踏板车慢下来，屈项波在三轮车上一耸一耸，并未骑向码头广场，而是扎进江坡白雾。那如太空白噪音般尖厉声音再度传来，又有人拉长声调喊：回来哟……回来哟……

据说是屈老夫子传下来的习俗规矩。白圈烧纸，吉鱼入江，两千多年的峡江人在招魂，召唤逝去无踪的人、物、事，魂兮归来，大江重生。屈途感到自己被掀开了太空面罩，开始缺氧，呼吸急迫，思维混乱。两岸黛青交错压迫，树木、石头、虫鱼从远古浩荡而来，风声如雷，树摇如泣，巨石无言，鱼影皎然。刚才目力所及的楼人车，都恍然飞腾而去，不复存在。屈途两耳被虚无之物灌满，风声树声顿时哑然，他感到心脏轰鸣，鼻咽火烧火燎，腋下有湿漉漉风起，眼前不断旋转，乳白弥漫，万物遁形，不知置身于洪荒太古，还是河外恒星。

此时，有鸟鸣嘤嘤，穿破乳白湿气，屈途努力被唤醒，他不由自主转动把手，踏板车沿坡前行，不断加速，追赶他爹。江风扑面，如针如锥，屈项波骑三轮车的背影逐渐显影，雾气不再是星体尘埃，屈途失去了缥缈依托，无法再拥有守护者的身份。大坝高耸，大流升起，江河巨变，沧海桑田，褐色鬼魅般石扒子不复存在，他以为一切都已被遗忘，一切都未曾发生。他爹保持腰背一耸一耸的姿势，努力将三轮车蹬得飞快，屈途不断迫近，蓝色鱼池里那些怒目圆睁、吻鳍如戟的褐鱼面孔逐渐清晰，他思绪在沉沦，不得不再次沉没江底。他必须在心里再三复述，尽力还原，他以为已忘却，以为未发生的事。同是十月的早晨，不同的是，江上没有起雾，兄弟二人不顾甄江缨平日定下的规矩，脱了衣裤，甄郝梦有些犹豫，被屈途一脚踹进水，两人一前一后往江里蹚，趴在水面，摸索石块，猛然抱出，翻看石底，果然有收获，两人手捧褐色石扒子，不断交替返岸，送入玻璃鱼缸。

他爹骑三轮车的背影越来越近，屈途感到双手发麻，脸如刀割，江风裹在白雾里，刺骨而无形。他看见表弟甄郝梦在岸边，伸长手指，点数玻璃缸里的褐色颗粒。他拼力撑开发麻的双臂，从江底抱起一块大石。他看见甄郝梦在边蹦边数,九十,九十一,九十二。他咬牙闭气,将大石托到胸前,脖颈尽力低垂,眼睛够着看石底。满满一片褐色在蠕动,他慢慢腾出一只手,在石底一只一只抠。两岸黛青交错压迫,刚才目力所及的楼人车恍然离去。他感到身体在飞腾,两耳被虚无之物灌满,水声风声顿时哑然,胸口被大石压住,心脏轰鸣,鼻咽烧燎,腋下有湿漉漉涌起,白光在眼前不停旋转,江水将他包裹其中,温暖而混沌。他再度醒来,已被二姨爹郝辛远拽起,抱在怀里,江流奔腾,周遭仍在晃动。他眼角余光扫过二姨爹身后,甄郝梦满头大汗、不断喘气,叉着腰正咧嘴笑,周遭剧烈晃动不止,甄郝梦脚下一滑,没入江流,往下几米,小手伸出江面探了探,不见了。屈途喊了声二姨爹,指着江水,郝辛远死盯江面,不断转身,脸色煞白,目光渐渐涣散。屈途在他怀里,被滚烫泪水砸得脸生疼。据码头观江人事后讲述,甄郝梦在岸上玻璃鱼缸旁,眼见屈途被大石压在江底,朝停泊在咫尺的驳船里,连喊大姨爹、大姨爹,得不到回应。病卧在床的甄江缨滚下地,爬出半个身子,嘶声大叫,让他赶紧去岸上求救。甄郝梦转身往坡上跑,跑到码头租书摊,拽起他爹郝辛远下江。郝辛远蹚进江水里救起屈途,甄郝梦大概一松气,腿脚酸软,脚底一滑,反被江水冲走。当天上午,屈项波召来十七条大小船只,沿峡江搜了七天七夜,没见到甄郝梦的身影。后来,屈项波虔心去老诗祖庙,让端公黄半仙举印问屈老夫子,求江神指定方位。前者符语:白日迷路,应无所住。后者指江:随波逐流,生根开花。这十八年里,屈项波花钱买来各种消息:有人在九畹溪橘园,看见貌似甄郝梦的青年,在黄澄澄橘树间采摘;有人在大坝坛子岭,看见一个说普通话的青年导游,胸前导游证上出生年月,和甄郝梦完全一致;有人在兰溪长江大桥,看见一个开大货车的过路司机,走路姿势很像甄郝梦小时候;还有一次屈途在江边晒太阳,看见远处一尾长江鲟跃出江面,水花荡处,隐约显出一个男孩身形。这些消息被屈项波不断传递给郝辛远、甄红缨,犹如大大小小环环相套的漩涡,无论是峡江还是太空都存在的,将万物裹挟其中不断旋转的涡流,把郝辛远、甄红缨心头结痂的伤疤不断撕裂,显露出鲜红血肉、错乱肌理,不得止歇。

屈途紧跟屈项波的三轮车,在雾气里穿行。小拖斗里的蓝塑料布鱼池若隐若现,无数椭圆尖尾的石扒子,伸出口鼻,一张一翕。十八年久违的它们,依然如昨,离开江水,命在旦夕。屈项波三轮车拐出江坡,顺岸坡往江水扎去,屈途叫了声爹,随之驾车下坡。江水静流,不见船影，了无人烟。薄雾裹挟，江畔滩涂上，二姨、二姨爹解开化肥口袋，手执黄纸，蘸灰画圆。屈途知晓，老诗祖祠旁古窑已封平，余灰已不再纯白。眼见画出的圆圈，在滩涂犹如一团晕月，黑白参半，虔诚不再。二姨、二姨爹恍惚不知，只顾烧纸，面朝峡江，长跪不起。烟雾缭绕，混入江雾，包围他们孱弱的身体。他爹将三轮车刹住，伸臂从拖斗搬出蓝塑料布鱼池，踏进江水，双臂托住鱼池，直往江心游去。二姨爹站起，绕白圈急走，嘴里念念有词：魂兮归来，东方不可以讬些……魂兮归来，南方不可以止些……魂兮归来，西方之害流沙千里些……魂兮归来，北方不可以止些……二姨甄红缨赤脚没入江水，伸开双手，不住抖动，嘴里长声呼唤，她在为十八年未见的梦伢子，为一代又一代老船家，为巨浪滔天的峡江招魂。屈途扔下踏板车，往江水奔去，嘴里不断回应，我在，我在，我在。蓝色鱼池沉入江心，无数褐色鱼影浮沉，如波纹逐渐扩散，圈层与漩流如影随形，没入水底的奔江九龙，恍然破江而出，引领着船桅如林，人声鼎沸。此刻，峡江对峙，夹住天空，雾气散尽，江水从亘古而来，无所待而游无穷，无声无息之间，将他们环抱。

濯足濯缨　213

# 去消落带

船容与而不进兮,淹回水而疑滞。

——《九章·涉江》

一

鲍涛没穿制服,黑底花肩短袖扎牛仔裤,坐在门房里训话,保安队长站得笔直,点头如啄米。我起初没看见,周五下午四点半娃放学,班主任正忙,不得闲张望。大三班三十八个娃,小手牵小手排两队,我站最前,生活王老师压后,协管方老师居中。我和两保安把住幼儿园铁门,只留一人进出间距,必须认得来接的家长,才能交娃。娃们全都接完,又有两家长来说,昨晚娃回家有点流鼻涕,睡午觉请屈老师把空调温度打高点。我说好,心想只能把娃毛巾被裹紧点，空调遥控器被罗园长统一管理，开一会儿关一会儿，完全看她自己体温。门房里猛咳两声，一见是鲍涛，我心里不待见。队长冲他立正敬礼，他板着脸出门房，靠近我说，车停在广场，晚上一起去吃喜酒。我说，谁的喜酒，我都不去。鲍涛说，兰溪码头向三哥，在新开的罗浮宫开五百二十桌婚宴，席开在船上，吃喝唱歌，行到峡江兜风，周末去透个气嘛。我说，他都几婚了，怪不得向小多在我班上最近成了好哭包，说起她那个开宝马X五当导游的妈，好久没来接她放学。鲍涛说，不至于吧，向三哥这次新娘子好像又是导游，是吃了回头草？合并同类项，新婚走老路？我说，你不要东扯西拉，反正我不去，我是娃的阿姨，我要坚决站在娃这一边。鲍涛说，说不定是和好了，又复了婚，人家两口子床头打架床尾和，你也不要成天生我的气，走嘛，一起去。娃都走空了，园里安静得不习惯，保安在园门口，站成一排，鼓掌喊口号，兰博安保，安保"兰博碗"，欢迎鲍总队莅临指导工作！我扭头就往园里走，懒得理他，转过教室墙角，迎面撞见罗园长一只手撑墙，笑眯眯看着我说，屈老师辛苦了。我说园长好，心里想，老娘就不跟你儿子去。

晚上十点多，鲍涛开车往回走，车顶警灯不断闪。我说，能不能把你这假警灯关了？丢人现眼的。鲍涛脑壳跟着灯影晃,脸红脖子粗说,我帮向三哥挡了大半瓶白的,不开灯,被抓了,你肯送饭?我说,开灯更显眼。鲍涛说,安保的车开灯,属于执勤巡逻,直接放行的,你不懂不要嚼。我说,靠边停。鲍涛猛踩一脚刹车,我下车狠狠摔门,车轰一声跑了。我冲车灯影说,酒麻木,掉江里喂鱼去。我沿着码头起坡往上走,江风一吹,心里虽气,想到我妈教训少说晦气话,小心让屈老夫子听到,搞灵验了。我学我妈平日示范,朝草丛呸呸几声,表示刚才话不作数。本来不想来喝喜酒,下午放学后下班临走,被罗园长叫到办公室,她关了门窗,望了望左右,压低声音说,园班子成员认真讨论后,在你和詹晓莉之间权衡再三,决定让你代表全园,参加县里幼师优质课展示大赛,你一定要不负众望取得佳绩,为我园争得荣誉。办公室里就我们俩,园里老师也走得七七八八,不晓得她搞这么神秘有么意思,我答应说好,心里还是觉得解气,当即决定,晚上陪鲍涛赴婚宴,不负他妈的望。

  江上还在鬼哭狼嚎,伴郎们大概都喝高了,迟迟不愿意离开,在罗浮宫套间闹完婚房,又在甲板上放投影唱歌。整条船高五层,泊靠岸边,璀璨灯光逐次熄灭,只留船头聚集处,在灰褐江面上拉长光影。去年六月十八,我和鲍涛办婚礼时,比这闹得还凶,他的兄弟团租了峡江最大的游轮，半夜他们将船开到峡口，放了二十六分钟焰火，我们俩被他们扒了衣服扔江里，用被子捆成肉粽子，锁在游轮套房，我从舷窗望见两岸壁立，七彩火光迭现，江水随轰鸣不断起伏，炸裂声闷在峡江里，回声激荡，久久不息。今年三月，我妈才对我说，焰火飞得高，散得早，凉得快，她当时在百草园看见，就觉得兆头不好，怪不得我和鲍涛成天又吵又打，治不服他，瞅着难办了。我说，妈你少说两句，什么好事都被你说稀烂了。

夏至节气，江边舒爽，周五晚乘凉人不少，泳衣泳圈花花绿绿，长竹床支起来，搓麻的，烧烤的，灯影里晃动人肉阵。我喘着粗气，爬上码头广场。广场中央，黑黝黝剪影高耸，屈老夫子铜像依然垂首皱眉，底下石座四面雕刻——举臂补天的高挑女、带九个娃的蛇尾女、驾战车的铠甲女、手持仙丹的奔月女，可惜四女面容都有条条划痕。跳舞的爹爹婆婆已散了，我妈在角落里绕电源线，收拾大黑音箱。她见我走过去，说，以为你周末回自己家了，怎么这么晚还在打晃晃？我说，去江上喝了喜酒。她不吱声，背起碟片包，低头拉音箱，往黑巷子里走。我和鲍涛高中同桌，老师本意安排我先进带后进，结果我反被他纠缠得不轻，老师不便找他爹妈，三天两头让我请家长，我妈眼瞅着我成绩节节下降，冲进教室扇过鲍涛耳光，堵在兰溪幼儿园门口，骂过罗园长两个多钟头。结果高考我没上本科线，只录取了幼师，我妈说，她死都不瞑目。

我想从我妈手里接过音箱把手，她伸右手使劲拍打我手背，我说疼，手打乌了，被娃娃们笑，就上不成课了。我妈白我一眼说，你还怕打，你皮怕不早被打出老茧，都茧成蜗牛壳壳了。我不接话，只管伸手拽音箱把手，我妈跺脚摇头说，拿去拿去。我说，还不是想给老妈帮点忙，哪敢不孝敬我老妈。我妈咧咧嘴，说，虽然我不认这个女婿，但是你们小两口，要不就生个伢，拴牢了算哒，这样成天吵来打去，常言虽说打是亲骂是爱，那也不是个长久搞法。我只管拉着音箱往黑影里走，不想再说话。穿过窄巷子，两边屋前支了几架竹床，有人端盆泼洗脸水，给水泥路降温，公鸡啄食积水，我绕来绕去走，生怕音箱沾了湿气，我妈却在前边不时停脚，和人聊几句，她已经习惯被人叫作屈司令，昏暗灯光映照她的眉目，甚至有些得意在。

越往山后走，草的气息越浓，绿蝈蝈不断蹦出来，树上蝉鸣越发响亮。我教娃识字启蒙，娃们仰着小脸齐诵，太阳当头照，到处是花草的清香。我心里清楚，到处都是草，恐怕不是清香，闻多了鼻子冲，脑壳会发转，转到天上去。我妈掏出钥匙，开了百草园的锈铁门。音箱把勒手，我挤过我妈，快些往里走。我妈喊，看着点，别压了两边新培的香根草。我往小楼冲，懒得理睬，就算压坏几根，草命贱得很，又不是不会自己活，当真以为是草头司令，大惊小怪。

我在卫生间冲凉，我妈又非要来给我搓背。自从我三月右臂脱臼、四月胆囊切除后，我妈就恢复了这一中断十几年的育儿方式。她边捏湿毛巾在我背后擦，边反复打量我身体的每个角落。我最初也遮遮掩掩，现在也习惯了，大凡我回自己家住，就要坦然接受检查。我妈会指着我手腕上的淤青、腿上的划痕、背上的红印、脸上的褐斑，反复问我这是那个姓鲍的小浑蛋又施了什么毒招。我说没有、没有，我说我也不记得怎么搞的，大概上课时不小心被娃们掐了，或者被课桌撞了一下。我妈总会圆睁双目，将湿毛巾狠狠抽打淋浴架，吼叫，你还想哄骗我，你这个丫头，不争气啊。这声声叫唤，会像放大二十倍的铁铲刮锅声，划过乌漆麻黑的夜空，被江风一路吹送，越过周围二十三亩育草田，传到很远。

我妈平时说话就像唱歌一样，发起火来更是女高音，三分钟不换气，几乎能刺穿身边人的耳膜，幸亏我耳朵起茧，从小到大习惯了。按照她的说法，她屈翠芬这辈子没吃过一次亏,除了丫头不听话,不争气,找了鲍家小浑蛋。说实话,鲍涛真的人不坏,喝酒唱歌应酬多是身不由己,平时喜欢和我动手脚,也不是他单个人的原因。可是我妈平生没服过人,只见过她吼人揍人,没见人碰到她一根毫毛,她当然见不得自家女儿吃亏。其实,我也没吃什么亏。

我妈问,上次带回去的腊鸡腊鱼,做了吃了没有?我说,我天天上班,谁来做,做了谁吃?我妈又问,上次手把手教你那几招,有没有效果,他服没服?我有些烦,说,照您的搞法,打死了喂狗算哒,还在一起干啥。我妈一下子火大,猛甩卫生间门,噔噔噔去了二楼卧室。

冲完凉,我妈仍然气鼓鼓,躺在床上刷短视频,看网红讲解吵架技巧。我坐在小楼外凉椅上,等头发晾干,下弦月升在半空,眼前草地恍如银灰的头发,热风从峡江口吹来,银发不断拂动,仿佛我爹独立船头。我在相册里反复见过他,他的头发被江风吹成同样的姿态,背手站在船头,却是黑发中山装。我爹定格在我三岁懵懂时,现今我记忆深刻的事,是他闭目躺在灵床上,我外公披长袍、束法冠、戴面具,一手持师刀,一手摇法铃,跳起端公舞,我啼哭不止。后来,不少长辈见到我都夸,说我三岁就懂事知礼,是个哭父的孝顺女,只有我自己知道,我是被外公的奇形怪状给吓坏了，至今心里留下阴影。我想，我爹应该不会永远年轻，也会像我妈一样银发丛生吧。

四周竹篱笆高耸，这是我妈的杰作，防备牛羊溜进来偷草。竹篱笆靠近溪沟，地里种着暗绿蒿，这种植物个头不高、喜湿性，让过路牛羊垂涎，总尽可能伸长脖颈，妄图越过高高篱笆，嚼上两口。若我妈看见，必高声痛骂，捡卵石飞砸，吓得牛羊及主人抱头逃窜。往里一些，种的是狗牙根，小穗常带紫色，名字虽糙，但有些情调。再往里，种的是香根草、疏花水柏枝，前者根有奇香，后者花枝招展。草的气息混杂，盛夏里能把我冲晕，屡次三番令我昏睡不起。我妈想到以毒攻毒的法子，在两层小楼周围，又种了十几圈苦艾草、曼陀罗，这两类草气味霸道，压住其他草味，让小楼内外日夜氤氲，香气蒸腾，我妈这草头司令，被熏得满面红光，声如洪钟，举止飒爽，所向披靡。再过三五天，这些草类将被移植一空。大坝蓄水致江水变动，形成夏季出露、冬季淹水的反季节落差，夏秋季峡江岸线现出三十多米高黄澄澄消落带，如两条泥龙贯穿两岸。每到六月底、七月初，我妈就号令麾下三十六条哥叔伯姨，把草类装满小船，沿岸补栽植绿，修复峡江生态。

周遭安静，江浪尤显响亮，我躺在凉椅上，看一楼老挂钟缓缓转钟,指向零点十五分,想到我下车时鲍涛已喝高,该不会还被狐朋狗友拉出去,消夜唱歌?鲍涛他兄弟多、客户多,再加上他老爹的战友兄弟朋友,喝酒吃饭要排班,也是没办法的事,只盼他妈罗园长能像我一样,发出连环夺命呼,把鲍涛催回去醒酒睡觉。

别想小浑蛋了,喝了夫子汤,赶紧睡觉去。我妈端碗褐红汤水,站凉椅旁催我。上完高中后,我患上失眠,不喝我妈熬的汤,在家里就睡不着。熬汤、识草和缠丝拳,来自屈老夫子遗留的巫风余韵,峡江端公世家传至我外公,算是我妈祖传老三样。我一口气喝尽夫子汤,赶紧漱口刷牙,上楼进房关门,躺自己床上,苦艾草、曼陀罗交替作用,脑壳里在飞升,一路升到月球,俯瞰峡江口,涛声滚滚,一个面目模糊的男子站在船头,帽子高高,佩剑长长,背着双手,低头沉思,江风吹起须发。他的五官在不断变幻,一会儿是杳无音信的黑脸外公,一会儿是没有记忆的白脸父亲,一会儿是酒气四喷的红脸鲍涛。

## 二

鲍涛喜欢和我动手脚,也不是他单个人的原因,是因为,他和我第一次同桌,我就把他给揍翻了。

我们上高中那会儿，鲍涛在兰溪中学就是赫赫有名的风云人物。他的有名，首先在于，以全县中考第一名的成绩考入高中，高一上学期期末就考了全班倒数第一，然后一直到高三，成绩一直霸占年级倒数第一。班主任让他请家长，他爹妈从来不来，最多他妈罗园长会来电话，客客气气说，我儿很聪明，老师多费心。班主任如果赶他出教室，不让他上课，就会收到来自校长的忠告：不要过分，不要惹事。后来，学校里渐渐四处流传，鲍涛是兰博安保集团的少东家，而兰博鲍总是江上的舵把子，他成绩下滑，据说是因为鲍总和罗园长正闹离婚。他的有名，其次还在于，这身份被学生广泛知晓后，让鲍涛更加引人关注：成绩好的学生都对他横眉冷对、敬而远之，包括我在内；各年级的混混流仔儿，则鼓起初生牛犊不怕虎的胆气，纷纷叫嚣要为码头扛把子胡夔三守阵地，打的就是江上舵把子，都想找机会擂鲍涛一拳、踢鲍涛一脚，出名趁早，扬名立万。高一下学期开学后，鲍涛差不多每天鼻青脸肿上课，只要下课铃一响，他基本被堵在走廊或厕所，推来搡去，他反正不吱声，谁要动他，他必还手，直到班主任出来喝止。我当时也奇怪，鲍涛他那个威风爹好像也不过问，这个哈儿大概是被家里管狠了，也不吭声，上课就趴桌上，也不晓得是睡是醒。这种情况，持续时间不长，大概到国庆长假后，再在校园内和鲍涛动手的，就不多了，等到快过元旦时，他只要一出教室门，前呼后拥的班子就簇拥过来，据说是自封为他手下的四大天王、八大金刚。鲍涛倒是还像以前一样，爱理不理，沉默寡言，上课就睡，考试乱画。后来我听说，那些混混流仔儿眼瞅校内干他，没什么影响，也没什么后果，就放学路上拿板砖、举竹棍截住鲍涛擂肥，结果被他以一敌多，反夺了板砖棍棒，用江砣敲破了好几个人的脑壳，血糊淌流，哭爹喊妈。后来，鲍涛给我说，他爹给定下过规矩：出了家门，自己的事自己办；出了校门，该怎么办，就怎么办。他听了这规矩，就偷拿了他爹搁家里的江砣，就是那种峡江跑船测水深的尖铅锤，一直藏在裤口袋里防身。

　　混混流仔儿和鲍涛，容易绑成一块，倒也不奇怪。我打上小学起，我妈就经常警告我，不要掺和到江上船家、岸上码头两边伢的团团伙伙，江上和岸上自古喜欢分边，惹是撩非。远从明清开始，就码头抢船上，船上打码头，打打合合；近到六七十年代，两边甚至都跑到绵阳、涪陵，偷运来机枪和迫击炮，船头摆炮台，码头垒碉堡，对峙对轰。不过峡江人轻生死、讲信义，江上岸上总归一家，早死早投生，不打不相识，打了两餐酒，和气能生财，像我家这样大巴山里来的，不江不岸，遭了误伤，划不来。所以，我根本没有上学搭理鲍涛、和他讲上一句话的打算。可是，班主任不答应，高三有硬性指标，县教育局抓毕业率，会考一个都不能掉队，我被调换到倒数第一排，和鲍涛组成突击小组，共同学习，共同进步。

早自习晨读，他趴桌上睡觉，班主任批评我；第一、二节语文课，他继续趴桌上睡觉，班主任又批评我；第三节英语课，他还趴在桌上眯眼睛，我不管他是真睡还是假睡，必须把他给整醒了。鲍涛个子大，趴课桌上像沙丘一堆，我先用钝铅笔捅他手背，他把手收到胳膊弯，没反应；我再用钢笔尖戳他胳膊，他往课桌那边挪了挪，还是没反应；我真的恼火了，我妈遗传的火暴脾气直接冲到了天灵盖，我从桌兜里翻出圆规，朝他肉肩膀就是一锥。

鲍涛不仅有了反应，而且反应巨大，牛蛙一样鼓起眼睛离地三寸，左手掌大张，像蛙蹼裹住了我握圆规的右手。我感到又潮又腥，心口翻腾，本能反应，左手臂瞬间绕过他右臂，握住我自己的右手腕，反向一拧，鲍涛失去平衡，连人带凳轰然倒地。前排同学詹晓莉长声尖叫，刺得我耳膜生疼。全班师生止住了峡江腔的英语齐诵，齐齐望向教室最后。我和鲍涛的姿势定格为：他躺在地上目不转睛，我两手缠绕他右臂，形似搂抱，实为摁住，将他反擒在地，双方鼻尖距离三厘米。短暂鸦雀无声之后，白头翁陈老师说，你们哪个儿能这个儿呢，真是face to face，eye for eye呢。

　　下午四点多，我背着书包被堵在三尺巷。当天同学们都在指指点点议论，放学时我走出教室门，就被前后围住，迈不开步。我埋着头往前挪，前边的人也慢慢挪。出了校门，进了三尺巷，两边菜摊摆满，本来就拥堵，我前边的人渐渐不走，里三层外三层像胶水凝固。我也不着急，看有什么把戏。没过三分钟，我身后如开水沸腾，转头看时，人堆分开两股，鲍涛似走麦城的关老爷，赤着脸摇头晃脑走过来。忽然有人喊声，打一架。周遭喊口号一样，连菜农也加入，齐声呐喊，打一架，打一架。我觉得很好笑，忍不住嘴角上扬，咯咯笑出声。后来鲍涛说，就是我这惊魂一笑，让他心头咯噔猛拽，也让他当场下不了台，必须出手。他被左膀右臂卸下书包，推着走过来，我提醒一句，好男不和女斗哦。鲍涛脸更红，说，我让你一只手，一只脚，绝对不用江砣。结果，他又被我摁倒在地。这是当天的第二次鸦雀无声，然后又是詹晓莉尖厉的叫声，也不知道她又叫啥。我松了手，拍了拍灰，整理书包，转身就走。人堆让出一道缝，我听见旁边好几个人牙疼一样，嘶嘶嘶不断吸气。詹晓莉连抢几步，双颊赤红，挤着我，并排走。我看见远处摆小摊卖玩具的熊掰掰，左臂拄着独拐，右拳攥一簇气球线，正踮脚往这边望。十来只彩色气球在他头顶簇拥，一只绿气球线没揪牢，晃晃悠悠往天上飞。我心里也有点飘，打小我妈就在床上练我，拽住我扭来扭去的招数，原来真的管用。

我妈曾经说，那是我外公从大巴山里带来的家学，代代相传的端公防身技，缠丝拳讲的是出其不意、近身纠斗，狭路间船艄头碰面就干，像山间树藤、江里黄鳝，百折连腰尽无骨，螺旋缠绕皆是手。我以前根本不信，我妈这话和她压在箱底的牛角、师刀、法铃、法冠、面具一样，都是外公留下的端公遗传，按照戴厚酒瓶底的历史彭老师说法，都是迷信糟粕，信不得。

现在想来，我从小到大，见过我妈三次干架。一次是我小学三年级暑假，我妈带我去万州耍，去电影院看完《泰坦尼克号》出来，到码头上船路上，遇见几个穿制服的船员指指点点，说我爸死无对证，侵吞了兰溪移民款，我妈回头大吼，我老公清清白白，我老公是光荣殉职的。我还没反应过来，其中一个胖船员已被摁倒，在地上摩擦，被连扇了十几个耳光，脸红肿得像电影里罗丝的胸脯。第二次就是伤了熊掰掰，在我印象里，熊掰掰主业是破烂王，副业是早晚跑到学校门口，摆摊卖小玩具气球针线等，戴脱色蓝工人帽，走路像黄鼠狼一颠一蹦。我妈揍熊掰掰的原因，是我上小学三年级，九月刚开学大概一周时间，他每天放学塞我一张卡通贴纸，被我妈在书包里发现了。我也不晓得家长里早就在传，说熊掰掰送女生小东西，借机套近乎，进一步就要摸女生手，要耍流氓。我妈也不声张，没问我一句，就隐在街角观察，只等熊掰掰咧嘴又递我贴纸，她像一艘满速的靛蓝色货轮，嘴里拉着呼啸长笛，乳白蒸汽四溢，直驰而来。我吓得赶紧扔了贴纸，眼前我妈的蓝工作服猛晃，只听爆裂脆响，熊掰掰已满脸蜡黄，曲蟮般倒地翻滚，我妈保持半蹲姿势，右脚像挖掘机钻头一样，踩在熊掰掰左腿关节不断旋转，将他整个人死死钉牢在货摊。熊掰掰之前走路，只是左脚一颠一颠，之后左臂就多挂了一条独拐，左腿变成一拖一拖。第三次是我妈又揍了熊掰掰的幺儿熊二倔，当时我妈被镇里安抚安排，负责打理百草园，聚拢了三十六条哥叔伯姨，熊二倔后来候补进来，我一见他眼熟，想起高三时他哥坐我前排，心里难受，起意照顾，不料熊二倔见我冲他微笑，毛毛躁躁裤裆顶起，揪把草叼在嘴角，坐楼前阴凉处抖腿，冲我不断打流氓手势，我妈嘴里嘶吼，双臂交错，缠住他肩颈反向扯，膝盖朝他腰眼猛顶，熊二倔当场翻了白眼，躺泥地里快半个小时，我妈喷他满脸水才醒，以后就老实干活，再不敢耍横。

## 三

水声巨大，哗啦哗啦弥漫，一度让我以为自己泡在峡江中。我从梦里惊醒，望见窗外太阳渐烈，楼下又在浇水，草香透着湿气，我妈屈司令肯定是清晨五点吹哨集合，然后指挥那些哥叔伯姨上工，为园里百草松土保湿。我从床头柜摸来手机，已是上午九点二十五，周六不用上班，清早微信信息倒不少——

一点三十八分，鲍涛说：酒醒了。乌鸦嘴。少跟你妈学。学了又咋。老子不怕。老子不服。

五点四十二分，罗园长说：你们昨晚都没回家？小两口要和睦，莫听旁人言语……就算这个旁人是至亲。

鲍涛这狗东西，竟然整晚没回家。罗园长住在我们新房对街七楼。她是个刻板的人，兰溪幼儿园、儿子鲍涛就是她的世界，这世界内部却又界限分明。在园里我就是屈老师，从来不存在婆媳这一说，公家的事情按公家规矩办。而鲍涛是她打小双手捧着的宝，每时每刻盯得紧。我常想她可能配有望远镜，我们一举一动都尽在她掌握。我侧躺床上，脑壳有些耷毛。

窗外云朵变幻，我妈发号施令的尖嗓隐约传来。鲍涛和罗园长对我妈有看法，我是可以理解的。去年夏天我和鲍涛办婚礼前，罗园长带领鲍涛曾三次登门百草园，准备了极其丰盛的礼品，既是正式上门提亲，也有登门赔罪、旧怨勾销的意思。我妈硬是反锁了锈铁门，躲在小楼里一声不吭，任凭我将嗓子喊哑，她也不应门不搭话，罗园长和鲍涛在烈日下接连暴晒了三回，罗园长因此中暑昏倒，在县人民医院住了一星期的院。我妈说，一个女人连自己男人都锁不住，还想登我家门，怕是要传染晦气。我妈又说，你翅膀硬了，想飞哪儿去，我管不住，但是我能决定自己的脚板。她的意思是，可以不阻止我和鲍涛结婚，但她绝对不会参加我们的婚礼，也绝对不会和鲍家礼尚往来。幸亏，临到了婚礼现场，鲍涛他爹也没赶到，我妈缺席算是蒙混过关。他爹从三江源发来致辞视频，对他儿子娶到我，表示百分之一百的满意。婚后，我也只见过他爹一次，今年春节期间他安排鲍涛带我一道，去涪陵兰博集团总部。总部设在乌江与长江交汇口一巨型趸船内，龙头鱼尾，装修豪华。鲍涛他爹没什么话，拒人千里的气势，面目黑红，身高应该比鲍涛高半个头，但总躬着背，反而不显身形。在船上，我们与鲍家亲朋好友吃了豪华团年宴，不包括已离婚多年的罗园长。席间招呼主持的，是三十多岁的集团女副总，我跟着鲍涛一起称呼白姨，据说她是川大高才生，研究过峡江风俗。鲍涛他爹爱吃凉拌折耳根,这让我印象深刻,因为满座客就我和他爹不断伸筷夹这盘凉菜,他爹吃得兴起,还让服务员连加了两盘,冲我点头微笑了三次。鲍涛琢磨着说,这大概是确实满意的意思。

我妈对鲍涛的成见如此之深,根源在于她对我爹的怀念和景仰,因而对知识的莫名尊崇和无限想象。打我懂事起,我妈几乎每天都会告诉我,我爹是本镇走出来的第一个全市高考状元,我爹是如何下笔如有神、算数如神助,我爹是怎样成为本镇传说至今的学霸人物。这些翻来覆去的言辞,让我爹在我幼稚的梦里,一直是带着闪亮光环的神一样的存在,不断逼迫我,产生令人窒息的巨大压力。我妈一直认为,我将继承我爹的状元神话,让我爹的血脉得到真正延续。结果,这个在她脑子里根深蒂固的念头,被鲍涛毁成了渣渣。

我起床换衣,准备下楼梳洗,手机振动,又收到一条微信。九点三十七分,詹晓莉说,我有些迟钝,消息得到晚了,大赛名额又让你得了。我头皮又发爹,鲍涛整夜不归家,你一早发信息来,究竟几个意思?这信息中的羡慕嫉妒恨,我隔屏幕三尺都看得出,当即回了八个字:碗里锅里,都是我的。我下到一楼,上午浇足了水,楼前苦艾草、曼陀罗,抖动湿漉漉的香气,给我火直冒的脑壳,来了场芬芳的及时雨。我将桌上我妈留的一碗麻辣豆花、一碟凉拌折耳根、两块腐乳、两个油饼迅速下肚，出门冲远处草地喊，妈，过来一哈。远处江水泛光，近处竹篱笆掩映，暗绿蒿、狗牙根、香根草和疏花水柏枝密密丛生，那群俯身松土的人里，我妈戴大草帽站起，大声问，搞么事？没看到正忙，无事莫打岔。我喊，正事问您，快来嘛。熊二倔站我妈旁边连打手势，帮我催促，让我妈赶紧过来，手语说大家不会耽误手头活。我妈嘴里咕叨，扯下沾满土的线手套，绕着草走过来。我说，妈，几号装草上船？到时候我来帮忙。我妈偏头看我，似笑非笑说，这样有孝心啊？我说，妈您年纪大了，哥叔伯姨们也辛苦，我应该来帮忙的，孝敬您老人家。我妈咧咧嘴说，有话说话，有事说事，不说我就转身干活去。我说，就是上次问您的，詹晓莉到底有没有把什么东西给过您？我妈抬头望天说，哪个是詹晓莉？东西给我干啥？不知道你说的啥意思。我说，妈您别装啊，您要想瞒事，瞒不住我的，我鼻子一闻，就感觉不对头。我妈说，不晓得你在说啥，你连着几个周末回来，总问这些莫名其妙的，我忙得很，不要拽我的手，都是泥巴。我妈不理睬我，我只好返身进楼，再翻箱倒柜找找看。

上个月十七号晚上，鲍涛醉醺醺回来，等他洗漱上床，我又和他动起了手。我一直失眠，结婚成家后喝不了我妈的夫子汤，我和鲍涛不动手动脚就睡不着。那天晚上，鲍涛被我反扣双臂，双膝压住后背，他趴在枕头上直喘气。按照一直以来的规矩，输家得满足赢家的要求。我看他哎哟直叫唤，也不知道是真疼还是假疼，就随口问他，最近有没有什么事情瞒我？鲍涛他还真信守承诺，张嘴就告诉我，詹晓莉前天给他打过电话。我一听就火冒三丈，忍不住将他双臂反方向多扳了五度，鲍涛疼得后背前躬，顶得我摔下床，脚蹬到他的胃，他趴在床边将腌臜物吐了满地。等他吐完，酒也醒了，又凑过来弄我，搞得两人快窒息，我才终于睡过去。第二天早晨，我再问鲍涛后话，一问三不知。我气得肺都快炸，不想理他，起身穿衣，连夜回百草园。后来，我在幼儿园里堵住詹晓莉，她两眼一翻说，从我和鲍涛结婚以后，我妈就三番五次找她要那个东西，非要她交给我妈，免得以后再生瓜葛。我问那是什么东西，她让我回去问鲍涛，我说鲍涛也不知道，她又让我回去问我老妈，气得我七窍生烟，又拿她无可奈何。我连续几个周末回百草园，守着我妈不断追问，也没什么下文。

我妈舍不得的金贵宝贝，都藏在她床底的两口桐油木箱里。靠左那口桐油木箱里，摆放着我外公、我爹还有我用过的一些东西。比如外公的端公用具：带个大圈的纯铜师刀，刀面正刻南斗六星，反刻北斗七星，大圈上套八环，听我妈讲过，这叫阴阳二炁、七星八卦、铜铁不透、驱邪制煞；与唐僧所戴近似的法冠，我九岁时偷出去，跑到江边沙坝，和同学们玩西天取经除妖，我戴法冠装师父念紧箍咒，被我妈追过去，好一顿暴揍，到现在法冠上还残留我当时泪涕的痕迹；木头面具在箱底有一摞，原本十个一套，因为我小时候嫌它们丑，踩坏扔了三个，还剩七个；还有弯弯的漆黑牛角，我仅存的记忆里，外公吹起牛角呜呜响，声音喑哑悠长，我妈说是牛角一响动五猖、兵马纷纷降坛场，吹响牛角就能行神将招阴兵，提供佑护。反正我不信，外公去世后，没人舞得起这些家业，它们像衰草一样枯黄将去，又藤藤蔓蔓，牵扯记忆。再比如我爹用过的钢笔，有金属笔帽的老"英雄"，我上小学四年级时老师要求改写墨水字，我妈让我带去学校用过一天，放学回来她就心疼我把笔尖摔歪了，揍了我几下，收到木箱里，再没让我用过。还有那本塑料浅红外壳的老相册，里面大多是我从小到大的照片，其中不少有我妈陪伴，包括外公在时全家福留影，唯独我爹的照片只有两张：一张是我爹妈的结婚纪念照，照片里我爹穿一件军绿色棉袄，眉毛浓黑，黑框眼镜后双眼放光，嘴唇微微上扬，我妈将头偏向我爹这一侧,仿佛空中有托架,再靠一分则多,透着一股硬气的幸福感;还有一张据说是我爹最后出行前的留影,只是一张侧面照,我爹身穿灰色中山装,前额黑发被江风吹起,背手站在船头,黑框眼镜侧露一角眼眸,文质彬彬,气氛严肃。靠右的那口桐油木箱里,全是我爹生前收集的书籍:《马恩列斯毛选集》《战争与和平》《包法利夫人》《山乡巨变》《红旗谱》《乡镇干部学习手册》《库区移民政策汇编》《农田科技三百问》。书里留有我爹的圈点笔迹,但是我妈和我都没翻过一页。我妈曾经说,我爹是文曲星,她则是武曲星,我至少应该文武双全,这样才算家门兴旺,万万没想到我当了幼儿园的娃娃头。

只要提起我爸,我妈就会双肩一抖,昂首挺胸,说话声腔不可遏制地升高,肉眼可见地骄傲与自豪。我一直没搞懂,以我妈这样一言不合就动手的暴躁脾气,和我爹这样的学霸干部,当初是如何认识如何处对象的?有一次我妈又因为鲍涛而教训我,说起她当年作为端公的女儿,跟着我外公走峡江,既不依靠码头也不亲近江船,但上山能抓麂子,下江能捞肥鱼,幺妹两头辣到俏,码头娃、船家少围着她家打转,绝对不会像她闺女我这样轻易被套牢,说我爹追求她,还是很费了些功夫的。我诱导她说具体点，我妈却打住话头，继续教育我要制服鲍涛，掌握家庭主动权。

## 四

我妈要说不晓得哪个是詹晓莉，我就真不相信她说的话。詹晓莉比我小一岁两个月，上高三时她坐我前排，也被班主任安排了同桌，和她共同进步的是熊大倔。熊大倔上学发蒙迟，比我大一岁多，他十九岁时双手戴白背红掌线织手套的形象，至今在兰溪口口相传，甚至成为不少人的噩梦。我妈当时还揪着我问，他同桌詹晓莉难道事先一点不知情？这不合常理，警察会相信？

熊大倔和鲍涛轮流考倒数第一，我和詹晓莉总在争班级第一，班主任就安排我和詹晓莉，一人帮助一个。詹晓莉家住兰溪卫生院，她爹妈分别是外科大夫和住院部护士长，詹晓莉就是这样一个散发消毒水气息的女生，总抱有照顾人的心思，揣着明白，脸上含糊。上学时一旦班上出了意外，她会第一个发出尖叫，妥妥的紧张氛围制造者。这几乎刺穿我耳膜的詹晓莉专属叫声，和我妈那种放大二十倍铁铲刮锅般的嘶吼迥然不同，从詹晓莉喉嗓里发出的叫声，是尖锐铁钉反复划过玻璃，是气球被大手捏住后的泄气，是胶底球鞋在集装箱底不断摩擦的吱呀。

我和鲍涛针锋相对，詹晓莉对熊大倔却是关心备至。熊大倔性子闷，个矮体弱，家底也薄，收入靠他妈每天推三轮车在码头卖日杂，两块旧铺板并排放，摆上香烟啤酒花生泡椒鸡爪。早上五点半他妈出摊前，将饭菜热在锅里，熊大倔上学前吃一顿，余下的带饭到学校当中餐，下午放学后，他回家做好饭，等他妈晚上九点收摊一起吃饭。混混流仔儿干不过鲍涛，反被他给打服之后，转头就都来欺负熊大倔。挑事由头是，熊大倔饭盒里泡萝卜气味太大，熏得整层教学楼酸不啦唧，混混流仔儿们都嚷嚷，搞得他们午觉嘴里冒酸水，睡不安稳。詹晓莉家离学校不远，本来中午回家吃饭，眼见熊大倔遭挑衅，饭盒被砸瘪，次日就带了保温饭盒上学，借口中午赶作业让她妈做了麻辣糍粑鱼、爆炒猪肝、清炒泥蒿、江鲢豆腐萝卜丝汤，分层分格盛满，直接塞给了熊大倔，她自己午休溜到学校附近餐馆点小炒。

其实，混混流仔儿欺负人的目的，不外乎要擂肥，让熊大倔偷拿他妈三轮里的烟酒吃食，进贡给他们。就算詹晓莉给熊大倔带饭盒，不再有泡萝卜气味，他们依然不会放过熊大倔，隔三岔五将他堵在男厕所里，推来搡去，拳脚伺候。熊大倔不知是因生性懦弱，还是被他妈给管蔫了，在里面不敢还手，出了厕所门还拼命掩饰，埋头读书，遮掩肿痕。当然没逃过詹晓莉的眼睛，她往办公室向班主任告状，校内可算是消停了，出了校门混混流仔儿又变本加厉，早晚不断在路上截住熊大倔，擂肥成了常态。

詹晓莉就是从这时开始，与鲍涛走得近乎。后来据鲍涛反复向我交代，当时是詹晓莉在他课本里夹小纸条，约他放学一路回家。他还说误以为是我留的，以为我想和他再切磋切磋。我根本不相信他，这也成为我们婚前屡次动手的常见导火索。我会反拧他胳膊，再三问他，到底是他约詹晓莉，还是詹晓莉约他；他则反手抵住我下巴，说根本不存在和詹晓莉约会的事情。这样不客观、不老实的话，只能是火上浇油，让我们继续动手纠缠。

据我分析，詹晓莉确实给鲍涛留了小纸条，而且不止一次。她约鲍涛放学一路回家，给他送过梅西海报、线织手套，路上肯定说了不少话。我多次问鲍涛，他总是回答，隔了这么长时间，具体哪还有印象，当时他爹妈正为离婚扯得一塌糊涂，他对男女感情特别失望，再加上被我摁地上折了脸面，成天想扳回来才行，根本不可能把詹晓莉当成倾诉对象，至于詹晓莉大概就是一路夸他，夸着夸着说了实话，让他能不能约束那四大天王、八大金刚，不要再找熊大倔擂肥。

我问鲍涛，难道詹晓莉也送了他一双白背红掌线织手套？为此我朝鲍涛头上一次性爆栗十次，他手捂脑勺，坚称和熊大倔那双不一样，他的那双手套颜色是红背白掌。我心里更加恼火，这詹晓莉分明是各织了一双白手套、一双红手套，感觉不好看，剪了拼织成红白杂色，以为有创意。至于鲍涛那双线织手套，他根本没戴过，所以我也没见过。他当时塞在课桌兜里，不知不觉被熊大倔顺走，后来警察还来找鲍涛问过话。

高三年级最后一次放寒假，上学期期末成绩出来，熊大倔分数排名攀升十一位，班主任说照他这进步速度，高考有望录过专科线，鲍涛还是倒数第一。班主任说学习小组要共进退，尤其我不仅要继承我爹的学霸传统，更要在班级发扬光大，作为惩戒把我总分暂扣十分，我排名下滑到全班第九。我望着前排座位，詹晓莉拽着熊大倔不断击掌，欢天喜地，就差拥抱，我眼角扫过依然趴课桌似睡非睡的鲍涛，恨不得一脚踹翻他。

过了春节，高三年级正月初九就提前补课。当天大雪纷飞，两岸如撒满盐，掩盖了鞭炮燃尽后的满地残红，浑浊江水就像长条盐腌肉，齁咸到喉咙发涩。熊大倔迟到了两节课，上午十点左右趁课间操溜进教室。詹晓莉一直盯着教室门，我在后排瞅个正着，她像狸猫见了江鲜，先是满脸喜色，随着熊大倔走近座位就板了脸，两眼虽掩饰不住放光，开口却批评他不该第一天迟到，拉开他书包就要检查寒假作业。大概是个把月没见，熊大倔显得有些生分，白着脸咧嘴直笑，听任詹晓莉给他讲解错题，好似听天书。我坐在后排，忍不住趴桌上偷笑，同桌鲍涛在一旁不断咳嗽。中午詹晓莉照旧给熊大倔带了保温饭盒，远瞅着菜品挺丰盛，都是过年的好菜，可惜熊大倔并没碰一筷子，他中午又背书包悄悄溜了。詹晓莉从街上回来后，不断抚摸饭盒，像被偷了鱼的缺撸猫，在座位上皱着眉左顾右盼，手指不断绕发尾。

下午第二节历史课，我埋头苦背凯末尔改革五项要点。上学期期末考试，我历史成绩在全年级名次倒退了三名，主要扣分在世界近代史部分。开学前一晚，我妈给我做了四十多分钟鼓励叫嚣，临睡前又端来一碗褐红夫子汤，仿佛出征前的壮行酒，或者行刑后的孟婆汤。眼见詹晓莉那小又白的左手，从她右腋遮遮掩掩穿过，将折成三角形的纸条抛给鲍涛，我闷在座位背书，浑身燥热，头发直竖，嗓音不自主高了八度。我根本瞧都不想瞧一眼，右耳却又传来低声咳嗽，我想同桌这家伙一定感冒了，赶紧将书举高，遮住视线，挡住口鼻。双人课桌不断抖动，我心里叫苦：这是在发冷打摆子，会不会发烧？别传染我。

我将复习资料在课桌立起，形成纸屏风，埋头苦背。冷不丁我胳膊肘被推一把，纸屏风轰然倒塌，同桌鲍涛像条滑不溜秋的大鲵，鼓起双眼望我。前两番交手之后，我们两人进入冷静期，互不对眼，互不理睬。学校及周边的议论纷纷，我是充耳不闻，对他有没有影响，得问他才晓得。这会儿我根本不想理睬他，背对着他，只管啃书。两道热气直喷我后颈，我微微扭头，余光瞅见鲍涛逐渐凑近，猛转身翘起右肘，戳中他下巴尖。鲍涛后来坚决不承认咬了舌头，反正当时他双眼含泪，嘴唇咧成三角形，嘶嘶嘶不断吸气。我见周围同学没来得及看热闹，赶紧收了右臂。鲍涛反复摩擦下巴，双眼喷火，咬牙切齿，吞吞吐吐说，找，地，方，单挑。我当时只有一个念头：必须再把这家伙摁在地上，搜出那张三角形纸条，塞进他嘴里。

找地方单挑，这句码头常用语的意思，就是找个僻静地方一对一决斗，不能有帮手，也不找人围观，我倒是蛮期待。不巧下午临放学，班主任有些激动地说，同学们如果有困难，就直接给他说，一起想办法，不要憋着不吭声，影响正常复习。中午熊大倔悄不吱声在他办公桌放了请假条，说要请假一周打短工，把这学期的学费生活费挣到，再回来上课。结果一放学，詹晓莉就催鲍涛赶紧走，说要他陪着一起去熊大倔家。瞪着雪地上那两行脚印，我喉咙更加难受。据鲍涛事后交代，当时他们没走出校门多远，就被詹晓莉她妈逮个正着，将他狠批了一顿，她妈寒假里耳闻上学期有男生屡次送女儿放学，就等着这开学第一天。

直到二十一天后，熊大倔才再次出现，此前我们都以为他辍学了，詹晓莉同桌空荡荡，像掉了颗门牙，她情绪低落。我清楚记得，当天早晨，我有点发烧，峡江白雾升腾，扩散到两岸，附近砖瓦厂的烟囱若隐若现，剩下天上半截。早上七点四十五分，大家在雾罩之中出早操，五米之外，影影绰绰，广播操音乐像在水里回荡。到了第九节跳跃运动，詹晓莉高举手臂，忽然定住不动，熊大倔穿一件簇新军绿大衣，从雾气里缓缓显形，垂着戴白背红掌线织手套的双手，冲她咧嘴笑。我感觉周遭水汽重，仿佛被包裹在透明薄膜里，能听到，能看到，能闻到腐坏气味，但都隔了一层。詹晓莉问，冬天都过了，咋还戴这手套？这些天跑哪里去了，钱挣到了？熊大倔说，挣到了，手套戴着暖和，下午放学你等我。詹晓莉说，等你干什么，我们又不住一个方向，你一直没忘复习吧，马上又要月考，不要丢我的脸。我眼角扫了扫和我并排站的鲍涛，他像个憨包，满脸木然。后来他对我说，他也是觉得当天氛围不对，像布满了无形蜘蛛网，又腥又黏又缠，使不上劲。雾到近午才散,第四节课前,詹晓莉火急火燎冲过来,拽鲍涛衣袖说,熊大倔好像又被擂肥了,让他赶紧管一管。我紧跟在后面盯梢,詹晓莉急催鲍涛往楼顶跑,迎面撞见转角僻静处,熊大倔正拿一条硬壳黄鹤楼,给周围男生挨个散烟。我从来没见过熊大倔有如此张扬的笑,男生们听从他戴白背红掌手套的双手指挥,纷纷接烟点头谄笑,似乎他摇身一变,占据了鲍涛原本的舵把子位置。鲍涛退后两步,转身就走,那一刻我看见雾气浸入他的眼神。腐坏的气息更浓,我抛下詹晓莉,回了教室,鲍涛握笔在桌上乱画。我刚坐下,他就低声说,单挑地方我选好了,就在砖瓦厂晒场,我照旧让你一只手一只脚,不去就是狗,放学一路走。

那天后来的记忆,我脑海里凌乱而割裂。我记得当时在学校里,詹晓莉好像被水汽湿透的麻雀,瞬间失去方向,不怎么搭理熊大倔,熊大倔倒是不断找话撩她。放学时,天上有暗淡太阳,鲍涛冲我挑眉毛使眼色,我二话不说往砖瓦厂方向走。身后脚步声音不对,詹晓莉气喘吁吁跟上来,也不多说话,非要跟我们一路。我心里不爽,低声问鲍涛,有人掺和,还叫单挑?熊大倔也紧赶过来,像变戏法一样,戴白红手套的双手伸缩间,从书包里摸出一枝透明纸包裹的玫瑰花,递到詹晓莉面前。詹晓莉脸上挂不住，反复推开花，埋头往前走。熊大倔像唐三藏上了身，车轱辘话一轮接一轮。我发现他说的内容虽然反复，倒并不像我印象里那样含糊结巴。我的脚指头都在刨地，詹晓莉只管低头快走，鲍涛实在憋不住，终于伸手夺花，熊大倔拼命伸长手臂，不让他够到花，开始两人还怪笑，渐渐都黑了脸。詹晓莉冲在前，我在她身后走，不断回头观战，他们两个莒货时而扭抱一团，时而快步跑上来，冲到前面又推搡扭打，我们四个人就以这样奇怪的队列，走进砖瓦厂晒场。

晒场上，横七竖八躺满一垛垛黏土砖块，像近旁坎下的浊黄江浪般绵延起伏，红烟囱脏兮兮，无精打采竖在一旁。我发现周围冒出不少穿蓝衣服的粗壮男人，我高声叫住詹晓莉，拽住她往回退，鲍涛和熊大倔已经被男人们围住。鲍涛伸手抵挡，不断解释说，我们都是学生，不是来偷砖的。熊大倔从他身侧冲出去，穿过人堆缝隙，经过我们时，将花扔过来，花落在泥巴路上。蓝衣男人们迅即放弃我们，向熊大倔蜂拥而去，熊大倔抓住烟囱外的爬架，手脚交替，往上猛爬。我们三人落在晒场，眼睁睁望着他登顶，目瞪口呆。蓝衣男人有的迅速跟爬而上，更多的撩开衣服，掏出黑色手枪，朝上不断移动瞄准。烟囱顶端，熊大倔头发乱舞，衣服鼓成球，追他的人不断拽他的腿脚，如疾风中的树枝乱摆。詹晓莉发出经久不息的尖叫，这如尖锐铁钉反复划过玻璃的长叫，穿透了整个砖瓦厂。熊大倔伸展戴白红手套的左手，远远地朝我们挥了挥，然后像跳水运动员一样屈膝用力蹬，身体脱离烟囱，如江空的鹞子张开翅膀，唯见白背红掌的双翼扑腾，划出一道抛物线，落入坎下，江面传来巨大的拍浪声。

## 五

我接到白姨的电话，是在鲍涛被送进拘留所后的第三天早晨。

周六上午，我在百草园两层小楼里继续翻箱倒柜，我妈假装没看见，一直不搭理我，只管在地里指挥熊二倔他们松土浇水施肥。将近中午，我到一楼厨房，帮我妈煮汤炒菜蒸饭。凡是到百草园上工，管早中两餐，管晚上蔬菜供应，这是我妈定下的规矩。三十六条哥叔伯姨都是镇里方圆以内的残疾人，当初我妈非要招他们来，说是替我爹还债，镇里只好应了。我妈每次做饭上心，说是吃饱吃好身体好，才能下力。这天中午，四菜一汤：野韭菜炒鸡蛋、蒜薹炒腊肉、梅干菜烧茄子、酸辣土豆丝，再加一桶鲫鱼豆腐汤。大锅菜炒起来，大铁铲需要双臂挥动，我妈和我轮换着来，一人负责主炒时，另外一人帮忙擦汗，不然汗珠都洒到锅里。一顿饭弄下来，我得睡午觉回力气。

苦艾草、曼陀罗香气氤氲，我喝下一碗夫子汤，沉沉睡去。我先是梦见了我带领幼儿园班上娃娃去食堂，里面穿白色厨师服的居然是鲍涛，他还蛮文质彬彬，冲娃娃们点头哈腰。我跟他进了厨房，他忙着为我妈和我做菜，他端着一碗彩色的汤出来，脸上多了一副眼镜，眼镜上都是雾水，雾水不停滴到汤里，我有些嫌脏了这碗好汤。娃娃们早已散了，我妈在旁边哈哈笑，很满意的意思，我心里还有些高兴，我妈终于对鲍涛不再讨厌。我赶紧伸手帮忙接汤碗，烫得我一缩手，碗掉地上碎了，汤水漩流一样涨起来，我妈和鲍涛都不见了，我感到眩晕。这时红烟囱从汤水里一冲而起，我手抓烟囱爬架，被带着一路飞升，我感到害怕，想叫又叫不出，手越来越抓不住，我快要被甩到空中。

我翻来覆去，艰难醒来，已快下午四点。我手机里还没有收到鲍涛的新信息，除了半夜一点三十八分，他发来那句酒醒了抖狠的话。我想主动问他，又不甘示弱。趴窗边看楼下，夏日斜照，远处江水静流，反射粼粼波光，近处众人戴着大草帽，泛着一团团明黄，有的在浇今天最后一遍水，有的在收拾用具准备收工。百草园二十三亩育草地，暗绿蒿不算高，手掌般大的绿叶布满细绒；狗牙根小穗灰绿，密密麻麻像头发；香根草像禾苗一样支棱自己，长了腿脚，可惜跑不掉；疏花水柏枝丛丛粗枝，绿红紫交错，是本地独有植物，被定为极度濒危灭绝物种，我们这地方倒是不少见，此时它们在阳光下微微摆动，仿佛无数双小手，摇得我心里有些慌。鲍涛这家伙，整晚没回家不说，到现在还没主动联系我，什么情况？詹晓莉明里说把那个关于鲍涛的东西交给我妈，说什么以后再无瓜葛，鬼晓得暗地里还有没有名堂？关键是那个东西，到底是个什么东西，我到现在也抓耳挠腮，不知道究竟。我越想越孬毛，无名火升腾，够把满园草都点着了。

下午四点半，百草园到了下工时间，三十六条哥叔伯姨相互搀扶，先回小楼将工具摆放整齐，再洗净手脚脸颊，熊二倔从园子外围开辟的菜地里，采摘了新鲜蔬菜，分到各人手里，大家或拄拐杖，或坐轮椅，三三两两结伴，陆续离去。附近街巷里，不时传来召唤娃子回家的叫声，暮色随着这一声声此起彼伏的女声缓缓降临。我这才发现，我妈并不在园里。我下楼时，熊二倔席地而坐，正在嚼一根水灵灵的绿黄瓜。我打手语问，我妈去哪儿了？熊二倔叼着黄瓜，手势飞快说，屈司令下午三点二十分出园子了，她说接到镇政府熟人电话，要去一趟，应该是要再对一下今年的种草任务。我打手势说,你走吧,我在这里守园子,没事的。熊二倔只管啃黄瓜,我又催他走,他边嚼边打手语,不行,屈司令走时交代,必须等她回来后,我才能走。草随江风,潮气渐起,近旁有萤火虫飞过,绿光点点,我坐进一旁凉椅,将手机不断摁亮,将面前草地照得白唰唰,心里还是慌兮兮。熊二倔啊啊直叫,把我从纠结里唤醒,他从裤口袋里摸出碎块,冲我打手语问,这是不是过去老厂留下来的?我接过来看,是块暗红砖角。

熊二倔不是天生残疾,他年幼发高烧,耽搁了治疗,烧到昏迷不醒,送到卫生院抢救打针,失去了听力,也渐渐失去说话能力。他父母很早就不在一起生活,他哥熊大倔与他各归一边,没有一起成长。熊二倔小时候被人欺负,旁人提到他哥哥是谁,欺负他的人往往会停手散开。他哥熊大倔在他心目中,如守护神,自带光环。在他的想象里,他哥是个打遍峡江的盖世英雄,不然旁人不会至今提及,都还有所忌惮。等他自己十几岁以后,一度也想成为码头狠角色,先是殴打挑货扁担,接着敲诈上岸游客,到处惹是生非,迅速被警方拘留,镇上担心他再惹事,我妈就将他收进百草园,算是给他戴箨头。我妈软硬兼施,几次三番揍翻他,让他不敢伸手伸脚,又给他说故事画大饼，说他哥哥当年就是在百草园这地界，一个人被百把个人包围，如何如江鹞子般飞去，从此踪影全无。他留下的一匣子现金下落不明，估计隐藏在园子里，等有缘人，就会出现。我妈倒没说错，前几年本地贯彻长江大保护政策，江边一公里内，污染源搬迁拆除，砖瓦厂自然在列，红烟囱被推倒，场地平整回填，镇上想让污染源变生态源，产生积极案例，就做了百草园。至于一匣子现金，我就不晓得这话的来由。

熊二倔打手语说，这块红砖角在香根草那片地里刨到，就是萤火虫飞的那片，是不是过去竖的红烟囱？我指手画脚说，砖瓦厂拆除平整，方位感都不对了，过去的印象，谁说得准。熊二倔说，当时被人追着，我哥爬上去，将匣子扔进了烟囱里。我说，烟囱下连着砖窑，都是火，扔进去，早成了灰。熊二倔说，那会儿砖窑厂没有火，正逢停工检修，匣子掉窑灰里，深陷到底下，后来再起火，新灰积旧灰，硬化在窑底。这话绕了一大圈，我就像在梦里打转转，问，这都谁告诉你的？熊二倔说，屈司令吹起牛角，请来了地下阴兵，都问清楚了。我头皮又开始夯毛，赶紧岔开话，指手机示意，回个电话。我拨给了兰溪码头向三哥，我晓得，按照本地结婚规矩，今天应该有回门宴。我问他，鲍涛是不是又在和他喝酒。听筒里是酒杯连碰的声音，向三哥在喊，都小声点，我娃的老师来电话了。他毕恭毕敬地答我，昨晚到现在，再没看见过小鲍总，打他电话也关了机，屈老师你不要着急，他估计是手机没电了，小鲍总多实诚的人，屈老师你吃过晚饭没有，要不也过来，给你留个位置，我家小多还劳烦屈老师多费心……我等不及他说完就摁断，立即拨打鲍涛的手机，真就关机了。狗东西，从来不关机的，这是闹哪出？我站起来，眼前有点晃，往园门口走，想赶紧回家看看。熊二倔跟我走，江风有些大，他头发乱飞，啊啊冲我叫，意图阻拦。我不管不顾拉开园门，我妈大概刚回来，正站在门口，她问，咋回事？我说，准备回家住。我妈板起脸说，这不是你家？回什么家？你不用去那边，那小浑蛋不在，你不要吃咸萝卜操淡心。我说，妈你怎么知道不在？电话打不通，妈你哪里来的消息？我妈只顾往里走，熊二倔一见她，就得了收工命令，与我擦肩而过，出门将锈铁门反锁，嘴里不断啊啊，像冲着夜空打哈哈。

我赶上我妈。她说，我从你那楼下过，听说小浑蛋有事，不过还算好，没拈花惹草。我站住脚步，想了想，还是打给了罗园长。罗园长说了和我妈一样的话，让我不用回去，家里没人。不过罗园长的理由是，鲍涛接到总部紧急通知，赶到涪陵开会，临走时手机忘记带了，在码头拿公用电话给她说了，还让她转告，让我这几天都在百草园住。

这两个妈差不多一样的话，我听着总觉着半信半疑。天晚了，园门也锁了，我只能周日再出去打听。临睡前，我妈又给我端碗夫子汤。我问我妈，熊二倔说你吹起牛角请阴兵，到底咋回事？我妈低头将热汤吹凉，摇摇头说，带队伍不容易，光靠武的也不行，你外公那套，凑合着用。我说，装神弄鬼的把戏？我妈催我将褐红汤水一口喝尽，她收了空碗下楼，说，哄人唬人，总还可以。苦艾草、曼陀罗香气氤氲，我躺在床上，又开始飞升。这一次，我飞临峡江时，恍如看见了外公，他老人家正吹起牛角，声音喑哑悠长，头戴金色法冠，右手举师刀，左手摇法铃，口念歌诀，起请天上凤凰精，遍山遍地捉妖精……若还一个不服令，降魔杵照妖镜，劈到寸土化灰烬……

第二天上午，我被手机铃声吵醒。一看号码，感到意外，这还是白姨第一次打我电话。她说，小屈你好，鲍涛前晚因醉驾被抓现行，目前身在拘留所，我已赶到兰溪镇，按照老鲍总指示，拘留是小事，就怕牵扯其他，见面详说。

# 六

熊大倔坠江之后,我、鲍涛和詹晓莉被带上警车,进了县公安局。我们三人被分开问话,问我的警察态度和蔼,聊家常一样,他也知道我妈远近闻名的泼辣,我爸是因公殉职,闲扯了一会儿,就问我正月初九到现在,每天干啥事,见过啥人,与熊大倔见过几次,他具体说了啥,有啥举动。这对于我倒是简单,正月初九开始,我们高三年级天天补课,我就是学校家里两点一线,老师同学都可以做证。至于与熊大倔也就其中两天见过面,对于他的言行,也一一说了。

往公安局的路上,詹晓莉在警车里哭得梨花带雨。我当时有些蒙,都没搞清楚状况,也没想清楚熊大倔就此杳无音信、生死不明。我和鲍涛大眼瞪小眼,就我们两个单挑撕扯,闹出这样大阵仗,也确实始料未及。等问完话,天已黑定。公安局倒是很贴心,早已以学校名义分别联系我们家长,说是高三班级开动员会,部分同学留下发言,我们仨要晚些回家,让家长不要担心,不用来校门口等。便衣警察开辆旧桑塔纳,送我们到兰溪镇离家不远的街巷。我们仨下了车,詹晓莉本来已止住泪,在车里呆若木鸡,这会儿又开始抽抽搭搭,腿也站不利索,直往鲍涛身上倒。刚才我坐车上，望见远处码头砂场像黑色山丘，在车窗外不断起伏，脑海里翻起早已忘记的过往，想起我大概五岁时，掉进其他小孩在砂场挖的陷阱，数不尽的砂砾像蛆虫，将我包裹得越来越紧，我张嘴叫喊，口齿瞬间被塞满，胸口和后背被压迫得严丝合缝，我进入无尽黑暗，即将抵达外公念叨的永夜降临。此刻，我终于想明白熊大倔坠江的事态有多严重，心里乱得像峡江发洪水，漩涡乱冲乱转。我和鲍涛各搀一边，将詹晓莉送回卫生院宿舍。到宿舍楼下，詹晓莉还要趴鲍涛肩膀，我扯嗓子连喊，詹医生，詹医生，你女儿在楼下。从詹晓莉喉嗓里再次发出长叫，暗哑而嘶鸣，像气球被大手捏住后的泄气声。她爹妈连声呼唤，楼道声控灯明灭。詹晓莉止住叫喊，冲我说，你咋没一滴泪，心扔江边让野狗吃了？

江风凛冽，夜雨乱飘乱舞，我摸黑往百草园走，心里像拔了木塞，思绪江水般一涌而出，脸上滚烫行行雨下。头上雨水忽住了，我抬眼望，鲍涛还跟着，脱了外套举起，遮在我头上。我的忧伤还没开始，被他迎头摁进去，血冲头顶，浑身炸毛，用上我妈教的狠招，攥指成喙，像雨水落在江面，砸在他腋下三寸，荡开圈圈波纹。鲍涛紧夹胳膊，歪在地上，白条暗红外套像血在流淌。他说，你脑壳坏了，鬼上身了？今天我不跟你斗，饶你这次。我继续伸脚踢他,说,要你饶,舵把子都装不像,连同学的命都罩不住,不要把晦气罩我头上。他说,我不是舵把子,别人惹祸让我担?我拎不清,晦气传染你?我不断踢,他揪我裤脚,我脚打滑,磕破额头,和他近身纠缠,我下手更重,他忍不住出手。直到我们被雨水湿透,剩余的力气一点都没有。我右掌抵住他下巴,他左臂扣住我后背。我右膝蜷顶他腹部,他双腿将我左脚锁定。我深深埋在他心口,他的鼻息喷射在我脖颈。我们像沙滩上搁浅的两条鳝鱼,扭曲缠绕,解开不得。惨白微光里,我力竭眩晕。

当晚,鲍涛一路尾随,陪我走到百草园。据我妈说,她看见一瘸一拐的背影,以为是学校门口摆摊的熊掰掰,冲过去下了狠手,摁地上发现是我同学,着急照顾我,才放了他走。我发起高烧,躺在小楼二层,被我妈灌了夫子汤,更加胡话连篇,神志不清。后来听说,第二天我妈冲到鲍涛他家门口,砸了半小时门。鲍涛跟腱撕裂,被送进了镇卫生院,家里没人应。我妈又杀到兰溪幼儿园,堵在门口骂了罗园长两个多钟头。当时,罗园长在医院看护宝贝儿子,我妈情绪得到了宣泄,也将我和鲍涛的纠葛,宣扬到兰溪镇路人皆知。我在楼上休息的那几天,楼下开起茶话会。镇里婆姨都打着看望我的幌子,讲究的会提两瓶橘子罐头,多数人就手拿一个鸡蛋或者两根小葱,来此集中嗑瓜子喝凝清茶,交流各路信息。

我第三天开始逐渐退烧,昏沉沉躺在楼上,听我妈和婆姨们像鸦雀一样不停聒噪,越说越血糊淌流,越说越吓人。各种真真假假的传闻消息,在她们嘴里汇聚,不断解析拼凑,我大概知晓了前因后果——

事件起因,被婆姨们归结为码头船家,互不牵绊,如若不然,会遭报应。起初,熊大倔他妈每天推三轮车在码头卖日杂,游轮泊岸,游客渐多,生意不错。趸船上住家冯幺妹眼红,鼓动她爹将舱室改造成小卖部,正对游客上下船舷梯,半路截了生意。无船泊岸时,你不上岸,我不上船,双方隔着跳板,展开骂战。熊大倔他妈背靠岸礁,手指船上骂,冯幺妹坐在牵索柱上,吐口瓜子皮,骂一长串。冯幺妹鼓动她爹,不仅让小卖部卖货,还做起了批发生意,货船一靠岸,就卡住小商品货源。熊大倔他妈要再进货,非得绕远路去镇上打批发,而且价钱比船上直接下货的贵不少。熊大倔他妈怀揣剪刀,要下坡上船,找冯幺妹讲理,却被码头扛把子胡夔三夺了剪刀,踹翻在地,威胁下坡就抽她筋,断她儿子脚。原来冯幺妹破了规矩,私下里与胡夔三打皮判,胡夔三在码头也罩住她。熊大倔他妈不仅受了屈辱,家里经济也眼看不行,天天躲着熊大倔抹眼泪。熊大倔并不是不知道,他生性闷头闷脑,只会憋在心里，每日照常上学放学。春节假期，他瞒着他妈，又去看望他爹熊掰掰与弟弟，遇上弟弟连日高烧，他爹只顾喝酒，认为娃娃越贱命越大，急得他给弟弟又是擦洗降温，又是买药喂药。新学期补课报名，大雪满江，两岸裹银，他妈东拼西借凑齐了学费。他去学校路上，绕道他爹那边，却眼见弟弟不行，背着弟弟去医院，将学费交了住院费。熊大倔想得轻巧，以为吃得苦，打工挣钱就行。年关前后，到处歇工，他瞒着他妈，背书包早出晚归，冒雪徒步到周边村镇，就是找不到活。家中缺钱，他妈更担忧生意，雪天到码头摆摊，江风浩荡，无船泊岸，却被上了码头招摇的冯幺妹瞧见，借口帮胡夔三过来买包烟，拿走又反口说是假烟。双方揪住乱骂，胡夔三借着酒劲，掀翻三轮，货物散落。熊大倔晚上回家，他妈躺床上，哭得无法下地。

左边邻居王妈说，正月十一，熊大倔在家里憋了整整一白天，除了照顾他妈，就是进门出门打转转。晚上七点多，天已黑定，他大概趁他妈睡熟溜出来，先是在码头广场，跪在屈老夫子铜像前，被她家老王路过看见，搀起来劝说，老夫子天天愁眉苦脸，自己问天问地问不清楚，跪他哪有什么答案。接着，熊大倔跑下坡到江边，一直在礁石旁蹲守。老王天天下江钓鱼，回来还咕叨，这闷伢子大概也想钓鱼谋生。

右边邻居周姨说，那天半夜，转钟前半小时，隐约听见屋外有响动，以为是鸡在窝里动弹，第二天就没找到碎鸡食的旧砍刀，当时以为放失手，也没多想。

搭船走亲戚的刘姐说，正月十二上午，她坐江渝三号去巴东，正月十四下午，坐江渝二号回兰溪，都看见趸船小卖部门窗紧闭，听拴缆水手说这一家人也走亲戚了。冯幺妹她爹是趸船老板，平时脾气火暴，他不在船上管，三个水手正好闲散，也没催问他家去向。

协警小胡在趸船跳板维护秩序，曾帮法医抬尸体上车。他老婆曾幺妹说，直到正月十五，按常规要发开年红包，趸船上三个水手才发现不对，以为冯家卷款跑了，打算撬小卖部拿货抵债。等用撬棍弄开舱门，里面白茫茫一片，到处撒满了盐，半埋四具尸体，腌咸肉一样，没有血腥气，也没有尸臭。四具尸体是码头扛把子胡夔三、冯幺妹的爹妈和她自己，全都像杀鸡一样，斩断脖颈，舱室里血水和盐水混杂，淹没脚背。

派出所辅警老王在办案一线，他老婆曾晓艳说话有分量，我妈和婆姨们不断奉承，撩拨她回家套她老公话，白天绘声绘色讲给大家。据曾晓艳说，元宵节当天发现重大凶杀案，公安破案压力山大，起初以为是有犯罪经验的团伙作案，首先胡夔三为码头扛把子，外边江湖恩怨多，自己手下也有不服；其次四人被砍，不见反抗，尤其胡夔三身强力壮，应该是多人挟持下毒手；其三懂得用食盐掩盖现场，拖延发现时间，让警方无法准确判断凶案发生时间；其四这段时间正遇雪化，年后复工，路上泥泞，省城来的犯罪踪迹专家本来胸有成竹，认为只要上下趸船，必有指纹脚迹遗留，结果找了三天，就是找不到凶手留下的痕迹；其五账本失踪，船家平日不大上岸，现金都锁在舱房，进出货每日记账，凶犯拿走账本，财物损失无法统计。公安也对周边做了大范围调查，也知道熊大倔他妈与死者之一冯幺妹有矛盾，但是她们一年四季几乎天天吵，码头上下司空见惯，熊大倔是闷头懦弱的学生仔，起初确实没注意到他。一周之内，案件没有进展，县刑警大队队长被免职，由市公安局全权侦办。直到数天之后，下游十里北沱，钓鱼佬钓起一个黑挎包，里面除了石头，还有透明塑料袋，裹封了运动鞋、红背白掌手套，仍有血迹。手套颜色奇特，关键是提取出除凶案现场死者之外的血液残留，立即展开DNA比对，兰溪中学上学期举行师生体检，县卫生院还有血液留存，熊大倔被列入比对，逐步锁定。公安提前布控，为不干扰正常教学、引发社会恐慌，一直等到放学，到僻静处，动手抓人。

一天下午,学校广播通知,全校师生操场集合,县公安局副局长专程来宣读判决公告,并作相关报告,安抚师生情绪,震慑黑恶势力,构建和谐社会。按照会上发布,熊大倔属于厌学辍学不良青年,走向自掘坟墓的堕落典型,作案手段狠毒狡诈。他事先观察到胡夔三手提礼物上趸船拜年,尾随至岸边盯梢,见冯家与胡在舱房喝酒至深夜,回去偷了邻居砍刀,潜入趸船舱室,先是砍倒在外间打盹的冯母,再砍倒听见动静过来的冯本人,最后冲入内间,此时胡夔三与冯父均已大醉,他先后将二人砍死。胡夔三倒地之后,曾本能抵挡,他左手摁住其肩部,右手持刀砍其颈部时,伤及自己左手背。行凶中,他一直戴着偷拿的同学手套,未留下指纹。行凶后,他因对血腥现场感到恐惧,将盐包拆开,在现场撒满白盐。出门前,将染血的运动鞋及手套脱下装入塑料袋,盗走账本及现金、六条香烟等。出门后,戴上自己的随身手套,脚上反绑小卖部售卖的运动鞋,返回家中。后将塑料袋及账本,带至下游十里岸边抛入江中。逮捕熊大倔时,其左手伤口已腐烂入骨。

## 七

接到白姨电话,我赶紧起床,直冲下楼。我妈正指挥熊二倔他们从灶房里将满桶稀饭抬出来,簸箕里堆起馒头花卷。罩在乳白蒸汽里,我更加混沌。我拽我妈胳膊说,你昨天下午就知道出事,不给我说?我妈连声呸呸,说,少说些犯忌的话,诸事太平,啥事没有。我说,明明听你讲过鲍涛有事,没拈花惹草,我当时没听懂意思,妈你能不能好好说话,不成天神神道道?我妈等他们将早餐抬到田里,隔得够远,转头就吼,你想翻天?没嫁两天,胳膊肘往外拐?小浑蛋惹是生非,没牵扯到你,我就万事大吉,懂不懂?我后脑勺疼,拽住我妈不放手,连问她到底搞什么鬼,找詹晓莉拿走了什么。我妈甩不脱,拖着我在楼前打转转,嘴里连喊,放不放手,白养你一场?嫁出去的女儿,泼出去的水?草田里喝稀饭啃馒头的三十六条哥叔伯姨,端着碗往这边看热闹,其中好几个说话颠三倒四、动不动吐口水的,因为动静太大,受不了刺激,连拍手掌,笑一阵,哭一阵,瘫倒一片。我妈拉我进一楼屋里,闭了房门。

我妈拦住门说,等会儿出去,让他们先平静,你不要把我队伍搞乱。我从床底拖出那两口桐油木箱,甩开箱盖问,詹晓莉那东西藏在哪儿?我妈走到床边,只管掸床上的灰。我在箱里乱翻,哗啦乱响。我妈说,酒驾算小事,关一星期,把他关老实也好。我摸到那本红壳老相册,翻出我爹妈的结婚纪念照,指着照片里穿军绿色棉袄的我爹,问,你当初和我爹也这样处?我外公也这样插手管你们?我妈开门,望了望动静,敞开门往草田去。

我出百草园,电话联系白姨。她约我船上见,在兰博三号,船靠兰溪码头。我往山下走,穿窄巷子,经过我家楼下,到近旁码头广场,在屈老夫子铜像前的草坪,见罗园长在盘腿打坐,面迎阳光,闭目养神,这是她的养生法,名叫望江晒,据说能降血压、壮骨骼、解抑郁、助睡眠。我走过去,罗园长听见声响,睁眼看我,说,我家涛儿一时犯错,七天就出来,你不要着急,回百草园待着。我心头气没消,忍不住怼她,我们两口子的事,您和我妈能不能都少管?罗园长笑两声说,我只管我儿子,我可没时不时教孩子狠招,总想制服谁,总想管着谁。我转身下坡,往兰溪码头走。罗园长在我身后喊,涛儿是好儿,你不要想多了,不要到处乱跑。我经过跳板,穿过趸船,上了兰博三号。

兰博三号有四层甲板,是玻璃钢小型高速船。白姨穿白色套装,戴金丝眼镜,在三楼茶室接待我。等服务员摆罢茶水,再无外人,她开口说,鲍总有些生气,鲍涛这事不应该,成天和兰溪码头向三伢子厮混,都成了没用的二世祖。鲍总说最近酒驾抓得严,也不打算违规说情,让他在里面磨炼磨炼，反省反省。我说，他喝酒也是为了兰博业务，把他灌醉的人，不少是鲍总的战友朋友。白姨抿口茶，说，你这是帮鲍涛说话？夫妻俩感情不错，总听人家说，你们常动手，是打来打去的活冤家，只怕是打出欲望打上瘾。我脸上一热，说，打归打，骂归骂，事实摆着在，道理总要讲。白姨说，听说你跟你妈一个模子，看来没说错。我说，鲍涛动手脚，是不是得自鲍总遗传，也是一个模子？白姨一口茶喷地上，说，丫头有点意思，你要学你妈，也要问问你妈凭啥能张扬跋扈。兰溪女子都让你妈三分，你晓得其中原因？

我从没想过这问题。我总记得，外公喝醉发酒疯，会翻来覆去说，我妈喜欢种草，上辈子就是一种草，叫五爪龙，也叫割人藤。这种莽草到处攀爬，伸开手掌般的茎叶，将其他草置于其下，而且人碰不得，一碰就割出道道伤口，又疼又痒。我又想起我妈祖传的缠丝拳，百折连腰尽无骨，螺旋缠绕皆是手，想起她压在箱底的牛角、师刀、法铃、法冠、面具。

白姨伸手拨我头发，看我的脸，说，挺白净，估计你不晓得灼面风俗。以前峡江沿岸，尤其兰溪，婴儿出生后三天或七天，要用火星烧灼面部，又叫烧灯火。我说，听说过，也见过镇上婆婆脸上有焦疤，大家也习以为常。白姨说，这风俗久远得很，唐朝以前就在这一带盛行，白居易都写过诗句：至今村女面，烧灼成瘢痕。宋朝有本《邵氏闻见后录》也记录你们这里：村人生女无好恶，皆炙其面。我听不得人掉书袋，容易头晕，催问，这和我妈有关系？白姨说，船家与码头的恩怨，从来与这风俗有关系，你们这里老辈人认为，女儿破了相才好养，实际原因是自古船家闯江出峡，以命博财，杜甫也写过诗句"峡中丈夫绝轻死"。船家们返航回峡，腰包鼓起，泊船上岸，大把撒银、花天酒地、撩女留情，女子就算被船家娶回家，也常年独守空房，命运悲苦，大多不幸被船家遗弃在岸，往往落为船上皮肉营生，最终漂尸江面。兰溪居民自古烈性，绝不让女儿遭罪，生了女儿就灼面，说破了相养得好，实际是呵护。这一风俗也派生出擅长烧灯火的峡江端公，你外公就是最后一代。我听得目瞪口呆，我打小所知的说法，似乎并不是这样。

白姨说，见过师刀？我说，打小就熟，纯铜师刀大圈套八环，阴阳二炁、七星八卦、铜铁不透、驱邪制煞。白姨说，口诀背得挺熟，烧灯火要用师刀拍散香束明火，再念咒将香火摁上女娃脸，你外公当年舍不得烧你妈，等你妈长到八九岁，去上趸船小学时，船上人就闲言碎语，你外公想在你妈脸上补烧灯火，被你妈夺了师刀，反将你外公擂翻在地。时代不同了，你外公从此教她缠丝拳，断了烧灯火行当，兰溪居民口口相传，说是你妈还了兰溪女人脸面，所以兰溪女人也都给她脸面，你妈算是响当当的峡江女将，船家与码头都会让她三分。

我从茶室舷窗仰望，鹞子在江空翻飞，阳光刺目，将江波染得更黄。我想起杳无音信的外公，他在八十七岁时，脸色就像这江水般苍黄，无法再喝酒，咽喉到肠胃疼，饭也吃不下，背越来越驼。我高中毕业那年夏天，一天上午，他空手出门，再没见人。我妈说外公托货车司机带了话，他回大巴山，会他师父去了，让我们不要找寻，不要声张。后来，我才听人讲，峡江端公的规矩，老了不能死在屋里，早在无人荒山寻到崖洞，一旦感觉不行，就独自远行，悄然坐化而去。我问我妈，我妈先是总讲别的，不断打岔，后来经不住我纠缠，就说外公回大巴山采药，有朝一日，终会相聚。

此时，服务员敲门，领进来一人，是白衣白裙的詹晓莉，我顿时神经过敏，鼻间隐约闻到消毒水气息，耳膜开启防护模式。白姨说欢迎詹老师，引她坐我对面，詹晓莉也表情诧异。我问白姨，您这是又唱哪出戏文？她笑了笑说，算是当面锣对面鼓，鲍涛既然进去了，鲍总担心牵扯过去，叮嘱我请两位对质搞清楚，免得多生枝节。我能听清楚她说的每个字,一时不明白她话里的意思。詹晓莉倒是轻言细语,说,白总好,我手里留下的东西,被她妈屈司令硬要走了,这事就跟我没关系了,话说回来,本来鲍涛也和我没关系。我又开始夈毛,血往头涌,将茶杯往桌上一摔,问詹晓莉,啥意思,藏着掖着装神秘,问了几圈也不说,这时候还装个毛线?白姨唤服务员来收拾,劝我说,有话大家当面讲,清清白白最好。詹晓莉一声不吭,抱臂看江景。白姨冲我示意说,你先开口,且作引子。我问她该从哪儿说起。詹晓莉只管望江冷笑。白姨说,就从七年前夏天,码头垃圾场那回说起。

## 八

外公出走后第七天,我在家里实在关不住。自从录取通知书寄到,我妈就再没让我出家门,她也尽量不出园,成天说丢不起人,说死也不瞑目。我有点变木头人,从内到外是一圈圈年轮,不想事,不说话,整日除了吃就是睡。我妈一有闲,就问我脸有没有地方搁,然后拽住我,扭来摔去,熬炼身手。我妈说,学习不行,口齿又笨,如果再不会动手扯皮,早晚被人挤对,扔进峡江里。其实,我觉得有学上,能进幼师,又不是不能活。当然,我从小到大背负我爸的学霸光环,确实喘不过气。外公在家时,还能劝劝我妈,外公一出走,我心里有事,更是待不住。

当天晚上,我端了夫子汤,想假装喝了,含嘴里,待会儿吐到窗外,结果我妈站着不走,非等我张嘴吱声,才收碗下楼。等悄无声息,我妈安歇了,我从床上爬起,轻手轻脚下楼,往百草园外走。苦艾草、曼陀罗香气氤氲,我不肯飞升,走路晃悠,疏花水柏枝、香根草、狗牙根、暗绿蒿它们也睡不着,伸出无数手指,不断缠绕。我踢着脚走,将它们赶向两边,分出一条白色的路。我拉开锈铁门,月光吱呀作响,夜风从峡江来,湿漉漉的水汽弥漫白光。我恍惚看见了我爹,眼镜片闪烁光芒,军绿色外套拖曳江浪,江水随之拱托而起。我看不清他的面目,想到我只录取了幼师,还是不相见比较好,跌跌撞撞往下走。穿窄巷子时,两边灯晃晃,竹床上吵吵嚷嚷,我清醒了一会儿,莺歌燕舞,男欢女爱,人还在看电视,我发现时候还早,不到晚上九点,被我妈关得都不晓得天地日月了。我在黑暗街角站定,集中注意力想,心烦意乱、非要出门的缘由。

一周前,我们最后一回返校,领取毕业证,参加告别班会,不少同学哭得稀里哗啦,我和鲍涛表情木然,相对无言。前排的詹晓莉脸埋课桌,呜咽不绝。她旁边座位,空荡荡，都是灰，划出无形玻璃罩，大家都远离最后这两排，互相依依话别，对我们三人视而不见。班会结束，同学们作鸟兽散，詹晓莉才抬起头，抽抽搭搭，对鲍涛说，必须去熊大倔家，看一看他妈。我将座椅拖得山响，起身装作要走，耳朵听得一清二楚，两人约定就在今晚。

我拔腿就走，往码头广场去，两岸灯火隐约，坡下江水黑黢黢，浪声巨大。屈老夫子铜像低头垂目，面朝峡江，沉默不语。我抬头看铜像，又开始眩晕。我围着石座不停转圈，高挑女举双臂补窟窿、蛇尾女带一溜娃跑不停、铠甲女驾战车寻仇干架、奔月女握仙丹往上飞腾，她们都表情愕然，看我不断旋转。她们脸上道道划痕，都是兰溪各家妈纵容娃弄出来的，包括我小时候也捡江边卵石划过。至今犹记得我妈的顺口溜：巴人传自古，女娃都尚武，世代住兰溪——见不得白脸皮。当时我妈鼓动我捡卵石的理由是，女娃子长好看了，容易被男娃子撩拨，哪还有心思搞正事，哪还有气力护老夫子。我转得头晕目眩，只能昂头抬望眼，屈老夫子长身高耸，垂首低额，他皱眉闭眼的神情，好像我外公在作法，外公也这样念念有词，急急如律令什么，猛然抬头瞪眼，往天一指。我妈说，外公回大巴山，会他师父去了。我外公说，祖师爷就是老夫子，招魂问天唱《九歌》。屈老夫子抬头瞪眼，会召唤出啥神奇？我就抬眼等。

一直等到有人呼唤我名字。鲍涛连推我肩，将我摇清醒时，我呆立铜像右侧，在奔月女手持仙丹的雕刻前，正对航运新村出口。出口两边都是平房，多住码头搬运工、筛沙工和做小买卖的，熊大倔家就在其中一间。鲍涛问，你在这儿发什么愣？我还有些恍惚，看见詹晓莉与他并排站，顿时意识复苏，头皮孨毛，拽住他袖口说，推什么推，你不是要单挑？再不来就各奔前程，见不到了。鲍涛说，单挑以后再说，这会儿有事要办。我说，啥事比这事重要，走了就回不了头，像我外公一样。鲍涛见我语气坚决，问詹晓莉，要不改天去？詹晓莉说，难得爸妈同意我出来，下次找机会不易。我见她黏黏糊糊，不肯撒手，鲍涛又抓耳挠腮，我说，我跟你们去，忙完不迟。

詹晓莉眼睛乱眨，跺脚掉头，往铜像左侧方向走。我问鲍涛，不去熊大倔家？鲍涛说，去过了，他妈脾气暴躁得很，前一阵大闹过胡夔三灵堂，码头上的混混都不敢惹她，一提熊大倔就哭天喊地，骂她前夫熊掰掰，说都是熊掰掰害的，让我们找熊掰掰讨命。我说，熊掰掰酒鬼一个，远近有名的讨人嫌，找他讲不清理。鲍涛说，去看看，听说熊大倔还有个弟弟，高烧脑膜炎留下后遗症，到现在还住医院。詹晓莉等在不远处，我和鲍涛赶上去，她又拔脚往前走,保持领先五十米左右距离。鲍涛说,我听我爹讲过以前的事,二十世纪六七十年代,我爹在航运公司保卫科,负责峡江行船泊岸安全,熊掰掰在峡江抖威风,是兰溪码头扛把子,他在码头拉起扁担队伍,非要涨船只停泊费。船家码头两边动手,打了好多场大群架,从扁担棍棒改锥到砍刀梭镖。我爹从保卫科库房,申请来枪支子弹,率队伍冲上码头,熊掰掰他们被压制,誓死保卫阵地。双方僵持不下,伤亡越来越多,都想请你外公当中间人说和,你外公死活不肯。眼看两边又要冲突,你妈逼着你外公出面,实际靠她两边奔走,联络担保,双方才摆酒言和。结果熊掰掰心底黑,表面讲和气,实际不认输,暗地里想办法绕道陆路,去绵阳、涪陵找家伙,趁当时兵工厂混乱,盗运机枪、迫击炮,在码头垒碉堡,朝江面乱轰,惊动峡江上下,犯下了重罪。熊掰掰的左脚一颠一颠,就是被军警追捕时,一梭子冲锋枪打残,抓牢里关了二十年。

鲍涛说话连串串,我头又在犯晕,夫子汤在我胃里像峡江漩流打转。往铜像左侧走,荒山野林草径,旁边成排方形石孔,人要贴山走,靠右是悬崖。鲍涛嘴不停,说他爹告诉过他,这是屈老夫子当年出山走过的古栈道,吟唱着《九歌》,一去再没回,只留下他临走时兴云布雨的巫洞。后来峡江舵把子祖宗刘玄德兵败猇亭，也走这条路往白帝城，托孤传位给二代舵把子诸葛孔明。孔明本意传位姜伯约，姜伯约五行缺水，他只好船泊兰溪，将兵书宝剑藏在峡口巫洞，留给有缘人。第三代舵把子陆幼节到了兰溪，只敢从巫洞取了宝剑，镇峡江抗曹魏。第四代舵把子王阿童来兰溪巫洞，得了孔明兵书，由峡江一冲而下，帮西晋得了天下。第五代舵把子……鲍涛说话像电光鞭，崖下江水像锣鼓家业，吵得我头晕，什么都听不清。

我举起双手，抱着脑壳，走过草径。码头垃圾场，黑影幢幢，臭气熏天，旁边集装箱改成的矮房子，昏暗有灯。詹晓莉站在灯光处，捏着鼻子急招手。我本来头晕目眩，被这怪臭一熏，胃里残留的夫子汤直冲而出，跟跟跄跄走到集装箱房子，手撑箱壁，低头呕吐。鲍涛在后面揪我衣领，低声喊，吐的红色，都是血？我听见詹晓莉答，不是血，一闻就不是，应该是药汤。我精疲力竭，瞌睡虫上脑，昏昏沉沉。

我后面的记忆是，听见吱呀一声，集装箱开了房门，熊掰掰蓬头垢面，举起独拐，在门前乱敲，问哪来的崽子，吵扰他喝酒。鲍涛解释一通，熊掰掰在前面拄拐拖着左脚，让我们进了集装箱，箱房中央烧着火塘，我坐板凳上，火光燎烤，昏睡过去。我在梦里似乎见到外公，他又在作法，我眼泪直流，哭到干呕不止。接着，我听到詹晓莉刺穿耳膜的尖叫，以及她的胶底球鞋在箱底不断摩擦发出的吱呀声。我被集装箱里烧纸的烟火熏醒，不住咳嗽。火光闪烁，鲍涛背我飞跑，我眼前乌漆麻黑，只有草径虫鸣，崖下涛声。

　　白总，一看您就是爱听实话的人。虽然她是你们鲍总的儿媳妇，我还是要讲，从小她就爱装，怎么说呢，和她妈一个样，平时看着动手动脚，好像是个女蛮子，其实心里是小葱拌豆腐——一清二白。就说考学这事吧，我高考取了二本，读了师范大学回来，分到兰溪中学，刚上班一年多，就因为本地生源不够，撤校合并到县职高，我每天过江去新县城上班，单程坐车要近两个小时，爹妈想为我在县城买房，我又觉着价高犯不着，新到职高还受夹板气，就回兰溪当幼师，转了一大圈，又和她站在同一条起跑线。您说她家端公人家，是不是有些鬼门道，提前看破了天机？就说那次去熊大倔家，除了看望他妈，还因为他弟弟熊二倔脑膜炎留下后遗症，住在兰溪卫生院，一直没人接出院，也没人结后续住院费。因为熊大倔是我同桌，我最初让我妈垫了部分钱，后来时间长了，实在拖不起，我爸也为这钱的事和我妈闹矛盾，我才约了鲍涛陪我去熊家看看。熊大倔他妈大闹胡夔三灵堂之后，更加暴躁，什么都不听，让我们去找他爸。到了他爸熊掰掰那里，熊掰掰醉醺醺，拖着瘸腿，拄着独拐在屋里转圈圈，一开始一问三不知，说熊大倔跟他妈过，犯事与他无瓜葛，又说熊二倔被医院治得耳朵听不到，医院就该管到底，治不好莫想让他去接。结果她在装睡过程中，又开始吐红水，吐得地上一摊红，熊掰掰大概以为是鲜血，盯着她脸看，忽然大受刺激，拽住她往床上去，鲍涛和我一起拦，被他举独拐乱打，鲍涛摸出江砣朝他狠砸，熊掰掰终于松了手，脑壳上血糊淌流，喘着粗气，跟跟跄跄，从床底下找出一个黑匣子，从匣子里拿出一沓沓钞票，往她身上扔，撒在火塘里，燃起纸烟，熏得我们眼泪直流。熊掰掰说，舵把子要光棍一条，不服输，不欠债，一辈子硬气。鲍涛背起她往外跑，我也跟着跑。不过，过去这么多年了，今天我不瞒您白总，我走的时候，确实拾走了黑匣子，捡了那些钞票，捡来的钞票付了熊二倔的住院费，另外我也拿走了那枚染血的江砣。一个星期以后，码头上有人发现熊掰掰死了，倒在垃圾场旧集装箱里，说是喝醉酒加上大热天烤火，大概是密闭空间里缺氧，头重脚轻摔在火塘里，窒息而死，上半身烧成焦炭。那个旧江砣，我用黑匣子包裹着，就留在手里，我不敢扔，怕被人发现，也想过扔江里去，可是从家里拿到江边，我吓得腿软，走不动这段路。

鲍涛和她结婚后,有一天她妈忽然在街上拦住我,对我说那个有关鲍涛的东西,我再留下去不合适。我开始没听懂,也没理睬她妈,她妈就三番五次来拦我,我才发现她妈竟然知道那个旧江砣的存在。鲍涛曾经说,一直都没告诉她,怕她心里起纠结,不知道她妈怎么就晓得了。我都吓死了,我只好趁我爸妈都值班的时候,让她妈来卫生院宿舍,把装旧江砣的黑匣子给了她妈。白总您说他们端公人家是不是有古怪?

## 九

我们仿佛在云里飘。乳白色雾气弥漫峡江,我妈坐在鸡公船头,熊二倔立在船尾掌舵。后面跟着十七条鸡公船,排成一线,雾里穿行。江水东流,马达响动,空中偶有鸟鸣,峡里静寂无声。凌晨五点多,我妈让熊二倔驾船靠近兰博三号,悄悄翻舷上船,带我上了鸡公船队,直往峡口去。

昨天,白姨再三挽留我和詹晓莉,我们在兰博三号船上盘桓整日,陪吃陪喝陪聊天。傍晚,她才实话实说,向罗园长帮我和詹晓莉请了假,明天一早就起航去重庆,带我们去耍四天,血拼旅游都可以,兰博全部买单。按照鲍总的意思,反正要等鲍涛出来那天,再送我们回兰溪,免得嘴巴不严,多生事端。至于我妈的口风,老鲍总自有安排,让白姨管住我们这两个丫头就行。

白姨说,都是峡江儿女,鲍总和你妈少不了恩怨,我就知道你爹翻船的时候,当时鲍总还在保卫科,受了托帮你爹押运款项,算是死里逃生,差点也搭上条命。夜宿船上,詹晓莉乐颠乐颠地无所谓,拖住我让我参加不了优质课比赛,她乐见其成。我偷偷给我妈发了短信,给了她地址定位。

白雾紧贴江水,像密密麻麻的蚕不断蠕动,江面是被不断蚕食的暗绿桑叶,三十六条哥叔伯姨驾着鸡公船,在大大小小的雾气豁口里,隐约现形。船都撤去了船篷,装满疏花水柏枝、香根草、狗牙根和暗绿蒿。我斜靠船中央,被它们包围,暗绿蒿布满细绒,狗牙根小穗灰绿,香根草还在支棱,疏花水柏枝粗枝绿红紫,它们躺在我身旁,如无数手指,轻抚我的身体,将我缠绕。草的气味混杂而浓烈,江雾用湿漉漉的水汽裹住我脸,我渐渐陷入迷糊,思绪在江面胡乱飞舞,一路飞升到峡江半空。一个面目模糊的男子张开双手,在我旁边俯瞰江水,他的帽子高高,佩剑长长,江风吹起须发,五官在不断变幻,从我外公到我爹,从鲍总到鲍涛,到血糊淌流的熊掰掰,到展开白背红掌双翼的熊大倔,我浑身发热,猛然惊醒。

太阳不知道什么时候出来了,从高高峡峰顶端,露出一轮黄圆,乳白江雾在消散,江面平滑如绿绸。峡江两岸,现出三十多米高黄澄澄消落带,如两条泥龙一路贯通。十七条鸡公船如一溜针脚,严丝合缝,将遮蔽罅隙,用青草抹去泥龙。峡壁上,没江处,露出三角形如剑尖般的巨型礁石,再往上百米有崖洞,船队正行过兵书宝剑峡。我妈一路沉默不语,此时开口说,你外公要是没回大巴山,就应该留在这里。我望向崖壁上,洞口黑黢黢,我知道那是传说中屈老夫子兴云布雨的巫洞。我妈说,我听你外公讲过,他也是听老辈人讲,有一代舵把子王行哥,想寻得兵书宝剑,顺江而下夺天下,命人从崖顶吊绳子,拴了自己下来,进了崖洞,里面都是骨骸与残木,散落着牛角、师刀、法冠和面具,都是历代端公在此坐化,还竖着一口破木棺,内有一坐化已久的端公,旁边留有百年旧碑,上面刻着:八百年后水漂我,将及峡江淹残剑,欲随不随遇行哥。在百年旧碑上,王行哥看见自己的名字,吓得魂飞魄散,回去很快就死了。过去端公都选这洞走归路,现在峡江沿岸安了天眼,洞附近有监控,你外公就算想去,也是去不了。

鸡公船队逐渐散开。哥叔伯姨将船靠了浅滩,将草搬下船，趁上午不晒，抄起三齿耙、小锄头，松土种草，补栽植绿，修复峡江生态。我妈没有示意靠岸，熊二倔站船尾操纵马达，我们的鸡公船划过江心，独自向前。我问我妈，鲍涛他爹是不是有来联系？我妈说，你那个小浑蛋，只会酒桌耍豪横，江上烂柴没得点用处，自从江水反着涨落，变成夏天枯水、冬天涨水，峡江被驯服老实了，扛把子舵把子也烟消云散，码头江上都是这么些不争气的二世祖。我说，妈您不要这样说。我妈说，快到了，你让我安静一会儿。

太阳扎进云层，峡江光线暗淡，鸡公船在江面划出三角形波纹。右岸就是链子崖，山体布满裂缝，虽靠铁链锁住，过去仍时常滑坡，屡次堵塞峡江，巨浪袭击上游，导致航运中断。二十三年前，我爹乘坐小轮回兰溪，从县里领回兰溪镇移民款，航行至此处被岩崩砸中，我爹随船覆沉峡江，移民款不知所终。我妈每年来消落带，都会开船过来看看。我妈示意熊二倔停船，马达声息，我妈站在船头，双手合十，喃喃自语，我听不清。熊二倔坐在船尾，举起我外公留下的弯弯黑牛角，呜呜吹响，牛角声回荡峡江，暗哑悠长，我身边的草在颤抖。

我妈坐回船头，熊二倔操舵转向，鸡公船在江面划出弧线。远处峡江两岸，黄澄澄消落带上，哥叔伯姨们星星点点，各戴草帽，俯身种草，绿色缓缓蔓延。我妈面朝江面，分开船头草丛，现出黑匣子，说，你爹当年留在家里的放款花名册，我这些年挨家挨户差不多还清债了，和你那小浑蛋的江砣放一起，我会埋在消落带。等到冬天水涨，跟这些疏花水柏枝、香根草、狗牙根和暗绿蒿一道，会被江水淹没，能不能熬过一年又一年的夏天，看自己的造化。我望着我妈的背影，江风劲起，江浪起伏，她纹丝不动。我知道，到时候我妈总会带领三十六条哥叔伯姨，驾着鸡公船，又来消落带，补栽植绿，循环往复。

# 涉江的青铜

我一手握方向盘，一手翻下遮阳板，出租车钻出三公里长的沿江高速隧道，光线顿时刺眼。恍惚间，我看见副驾驶座上，戴着白手套的薛维，摸出上学用的饭盒喝水，身前蛇皮口袋松开，又黑又硬的煤锹铁柄斜露出来。我下意识一踩脚刹，车身乱抖，握方向盘的左手微颤，断了的小指，愈合成半圆肉结，心里依然作痛。车随路转，沿江而行，两岸层层叠叠的墨绿柑橘树，截流多年的大江似一面巨镜，静水深流，恍如隔世。我吁了口气，右手指着远处山麓，断壁残垣间几排新建村居，隐隐露出一角碧瓦飞檐，我对薛维说，看，老诗祖祠没拆！对岸就是兰溪河，赶上轮渡过江，再开十一公里到兰矿。

薛维一路沉默，拉链上衣，蓝运动裤，仍是高中时的衣着，他算是我的小舅子，我和他姐姐薛芙蓉一直没离婚。按照昨晚一起在江城喝酒的兰矿子弟们的说法，我现在是赶回老家抓现行，清理门户。手机时间显示下午三点二十五分，那条薛芙蓉带一个男人回家的文图，发在兰矿子弟的QQ群。手机一路跟踪拍了五张照片，看见那男人背影，薛芙蓉给他做饭、洗衣、买烟、打酒，脸颊微红，嘴角浅笑。下午三点到七点，是乘客搭车的高峰，我手机挂在方向盘旁格栅上，不断播报交通信息。五点三十六分，我接到姜东的电话，说一起来江城的兰矿子弟晚上喝酒聚聚，让我务必七点到橘颂酒家。

去年秋天，瓢泼大雨连下九天，兰溪河暴涨到离水泥桥仅一米多，井下煤竭停产五百多天的兰矿，遍地稀泥烂浆没过脚踝。我们十几个兰矿子弟披着旧劳保雨衣，挤在一辆煤车的车斗里，决心到江城讨生活。我还记得，双手紧抓的车厢板冰凉湿滑，大雨浇透了连绵矿山，大小煤堆如溪沟旁的坟茔，浑浊的兰溪河汹涌巨响，唯一通向沿江公路的水泥桥瑟瑟抖动，河面的白色泡沫恶臭难闻。兰矿子弟流散四处，江城打拼，各自过活，当保安、司机、装修工、面点师。在他们为数不多的酒局上，我总是闷声不响地握着酒杯，冷眼旁观他们摇晃着被酒精刺激发热的脑袋，嬉笑怒骂彼此的不堪。

昨晚在橘颂酒家，他们态度明显不同，拐弯抹角，温言细语，话题离不开兰矿的父老妻儿，我来前刚把车交了夜班司机，开了一白天车不想说话，更不愿牵扯难言之隐。他们喝到双眼泛红，姜东抱着我的肩膀说，兄弟，莫成了迂夫子，你家芙蓉的事，憋在心里憋馊了吧。我听着一炸，说，扯什么瞎话，撕烂你狗嘴信不信？姜东借着酒劲说，有种管好老婆，冲我抖狠？我懒得再搭理，他声音越来越大，引得旁边几桌客人伸脖子看。我担心挑起什么陈年往事，敲碎半截啤酒瓶，用裂口对准他说，东仔，还要不要兄弟情面。同桌的兰矿子弟拦住，喊酒家老板盛饭，七嘴八舌劝解，我这才听明白，是QQ群在传薛芙蓉带男人回家的信息。他们只管拈菜扒饭，我盯着手机不吭声，姜东放下碗筷，望向门外叹气说，要是薛维在，看见他姐这样，你怎么交代。我想了想，说，薛维要怎样搞，我就怎样搞，我明天回兰矿一趟。

在江城打工生活，我是个不惹事的出租车司机。第二天早上七点，夜班司机和我交车时，我递给他两包槟榔说，我跑三天长途，让他回家玩两晚。临上高速口的加油站，我给车加满油，顺便上厕所，回来一进车，就看见薛维戴着白色线织手套，拎着蛇皮口袋，一声不吭坐在副驾驶座。我双手抖了很长时间，我说每个月都汇一千二百元回兰矿，叮嘱母亲照顾好薛芙蓉。我说，其实在我贴身口袋里，一直藏着母亲上个月寄来的一封信。这封信里，母亲写道，自己年纪大了，一时没看住芙蓉，她就跑出去，将一个流浪汉带回家，把他当亲人一样，满心欢喜照顾他生活，留守处王科长忍无可忍，将流浪汉抓起来，用车押着驱赶江边。邻居们都说芙蓉大概是想老公，平儿你就不在外边荡了，人终归要回自己的家。每次出车时，想到信的内容，我都会轻踩刹车板，望向那些隐秘街角，注视衣衫褴褛的人，琢磨他们中的哪一个，会被薛芙蓉当成亲人。

时近下午三点，车下高速，进入乡镇公路，满载建筑石材的大货来往穿梭，路面破碎，上下颠簸。我小心翼翼地绕过大小坑洼，往前是岔路口，高挂路标指引，上行左往老诗祖祠，下坡右往赵家坝轮渡码头。江风浩荡，车在高处，赵家坝码头一览无余，灰白相间的轮渡船像一个巨大铁撮箕，混装人车，紧贴江面，向对岸滑去。码头两旁三三两两摊位，卖栀子花、煮苞谷和水煎包子。我一路就吃了三个茶叶蛋，下车关门，往包子摊走去。途中曾从新县城附近经过，远远看见迁建的新诗祖祠已近完工，前端山门牌楼高耸，陡峭的长梯让人吃惊。当时，我没有看见那尊腰悬长剑、眉头紧锁的巨大诗祖铜像，应该还在老祠。我心里忐忑不安，想到薛维的白手套和蛇皮口袋，一时不敢往老诗祖祠张望。

老诗祖祠建于上世纪七十年代，本来是从更早的清代建筑迁建而来。一茬又一茬的兰矿子弟，小学到中学的每年春游，都是排成两列纵队，领头打着红旗，步行十余公里，坐轮渡过江游老诗祖祠，一天疯跑打闹，回来抓耳挠腮写山河壮丽的作文。直到我和薛芙蓉高中毕业前，全校组织春游后不久，老诗祖祠围墙外发生刑事案件，据说以后学校就再也不组织到此春游。我至今还记得，老祠旁边有一家橘子汁厂，生产的瓶装橘子汁甜洌解渴，好几年春游我们经过这里，我总趁人少时，翻墙过去偷两箱，薛维踦在墙头一瓶一瓶接抛出去，薛芙蓉在墙外用衣服兜住，一一装进牛仔背包。想起那时薛芙蓉喝橘子汁的模样，这都是早该忘记的事情。

我用塑料袋拎着五个包子，方便筷插着一个边吃边走。我琢磨再三，还是该去老祠，看看诗祖铜像底下。等走到车跟前，拉开车门，副驾驶座空空荡荡，不见薛维的身影。走就好好走，不要再麻烦我。我发动出租车，顺着下坡滑行，在候渡排队的汽车长龙末尾停稳位置。将车门敞开，双脚垂在车外，我边吃包子，边望着对岸兰溪河入江口。小时候，碧绿兰溪河水流入大江，和淡黄江水会有一道分明的界线,现在已经完全看不出差别。

我正走神,有人拍后车厢,伸头一望,居然是姜东的哥哥汪城,他将六元钱扔进车里说,包子铺是我家开的,刚才到岸上拿袋面粉下来,远远看是你,要什么钱,几个包子,怕请不起?我捡起钱冲他笑,汪城随他爸姓,比姜东和我大两三岁。我们上学那会儿,他已是传说中的人物,敢冲到县高门口一打四,提起他的名字,兰矿子弟大多仰慕,只有姜东除外。后来,我们还没毕业,汪城就因故意伤人入狱,有次听姜东不屑地说,妈的,就知道到处惹是生非,在牢里不一样被牢头收拾得服服帖帖,尿桶旁边睡半年了。

汪城两鬓苍白,三角眼明显下坠,脸上横肉也圆润许多。他问,你这是要回兰矿?我点头答,我妈和芙蓉还留在那边。汪城叹口气说,也亏了你妈,帮你守着薛芙蓉,现在搬出来的老兰矿人都不愿回去,说那鬼地方,谁回去谁就葬那里了。我扭头望向江面,有些尴尬,汪城指着兰溪河口说,记不记得,外号"地球仪"的那个地理老师总说,地球千万年,沧海变桑田,其实也就三十多年,眼睁睁看着兰溪河,成了大江的内河,谁还想得起它过去的模样。我向河口深处张望,隐约看见有几处泛着惨白泡沫的大水漩,那应该是被江水倒灌淹没的矿井坑,我父亲就死在井下塌方，埋在兰矿，也没迁坟。几十年间养活了一万多人的兰矿，如今就在江下一百多米。那里应该有大鱼出没，像矿工一样顶着矿灯，在深水里游进游出吧。

江边传来轮渡靠岸的喧哗，我转身往车里走，汪城冲我喊，伙计，我数了数车，前面有四十辆了，你上不了船，晚上我请你喝酒！我有些惊讶，车已发动，问他，五点不是还有收班轮渡？汪城指着老诗祖祠说，今天减了一班，晚上要把三吨重的诗祖铜像运上船，说是铜像装车太长，高速入口没建好，明天一早过江走老路，搬迁到新县城新祠去。

也就快五十年，也算是文物了。汪城坐在副驾驶座一路喋喋不休。沿路看见不少穿制服的人，街头挂着大红横幅"欢送诗祖喜迁新居"。我暗自惴惴不安，想着薛维的沉默不语，还有他的白手套和蛇皮口袋，诗祖铜像要搬迁了，这就是他出现的缘故。说到底，冥冥之中有定数，不然我这次不会回来。靠边，靠边，就那栋靠江的红砖房子。汪城连喊。我将车减速，缓缓停在这栋顶层没建完、生锈钢筋犬牙交错的楼房前。我说，老哥搞得可以，住别墅啊。汪城说，可以什么啊，三层停工两年了，靠兰矿搬迁买断费不够，现在还欠账十来万，不然不会天天到码头卖包子。我往大门走,汪城拦住说,你待会儿说话小心点,我妈去年中风瘫痪,激动不得。我有些惊讶,在江城各有各事,没留意姜东是否提过,忙追问,那汪伯伯他?汪城挠挠头,低声说,我爸前年肺癌已经走了。我有些走神,想起父亲和汪伯伯一起在兰矿守电视信号塔时,我爬上山玩过一天,汪伯伯特意炒了两个荤菜,和父亲喝着酒,一直和我打趣聊天。

姜伯母好像缩了水,在我记忆里她又白又胖,和我母亲在食堂上班,经常哈哈大笑,现在她黑瘦干瘪,白发稀疏,窝在轮椅里,冲我抿着嘴,边笑边流泪。她说,哎呀平儿,谢谢你还记得来看我啊,我都快死了,我都不晓得自己每天怎么活的。她说,造业哦,眼睁睁看到兰矿没有了,我在那里上了三十几年班,结果什么都没有了,你汪伯伯也没有了……说着,就嚎啕大哭。汪城赶紧将我拉到阳台,转身大声说,妈,人家好心来看您,您哭什么哭,像不像话?

我独自站在阳台,喉咙有些哽咽。五十多年前,大江支流兰溪河右岸,地质勘测发现煤炭资源,中南多省矿业工程师、技术员、熟练矿工响应号召,云集会战,沿着右岸逐年打洞开矿,建筑漫延近十公里,形成与周遭山村迥异的万人煤矿聚居区。后来,兰矿逐渐告别了挖煤营生,拿到数千万元迁建费用，被矿上主事者投入一家大理石纽扣厂。两千多名老职工熬到大江中游电站蓄水，江水倒灌入井，才带着家当，爬上旧货车，靠后搬迁上山，集中安置在服装厂，操持缝纫机度日。

姜伯母情绪稍许稳定，转着轮椅来阳台和我叙旧。汪城媳妇从码头收拾包子摊回来，夫妇进厨房忙晚饭。姜伯母絮絮叨叨说，你爸妈年轻的时候，我们一批同龄人都羡慕，你爸爸就是读书读成了迂夫子，再加上运气不好。我知道母亲年轻时是矿区业余文化团的花旦，父亲是矿区分来的第一批大学生。记忆里，我父亲极其自尊敏感，总躲在家看报刊，自小逼我读书作文，爱将电器拆开用电烙铁焊，一旦出门总说些出人意表的话。最初父亲在机关管文书，后来当过电影放映员，守过电视塔，最终成井下技术员，遇上透水塌方死在岗位，母亲一直在食堂当炊事员，擅长做馒头包子。现在想来，大抵因为父亲总要证明自己高明的言行，不经意间让很多人感到了难堪。我对姜伯母说，过去有什么好说，现在不都一样。她又盯着我少了一截的左手小指说，你媳妇薛芙蓉长得俊俏，就是好看的女人都脾气大，汪城姜东他们找媳妇，我可是严格把关。我打断她的话说，我这手指是不小心伤的，您不要听人乱讲。姜伯母有些不高兴，瞪着远处江面直喘气。我心里庆幸,她应该不知道那条薛芙蓉带男人回家的信息。

不久,汪城的女儿背着书包放学回来,一进门就嚷着要背诵文章,明早老师检查,挑选同学参加表演。姜伯母、汪城夫妇围着她大呼小叫,又迅速安静,只听她在房里朗朗诵读:我从小就喜欢这奇伟的服饰啊,老了爱好仍然没有减退,腰间挂着长长的宝剑啊,头上戴着绣有云饰的高冠……我一听这诗歌白话译文,就知道是我上学时因为背诵不出,被老师罚抄过两百遍的诗祖名篇《涉江》。姜伯母转着轮椅,又到阳台上,对我夸耀孙女说,普通话可以吧。我和你汪伯伯结婚的时候,你爸妈送过一个自己组装的收音机,又笨又重,听过不少台,后来搬迁不好带,都淹水下了。天色渐渐变暗,江对岸灯光点点,她指着对面江水说,一百多米深的地方,让鱼听去。

腊猪蹄火锅,蒜苗腊香肠,蒜薹土猪肉,青椒河虾,炸刁子鱼,凉拌折耳根,看着晚餐满桌菜,汪城女儿开心拍手,一家人有些喜气洋洋。汪城拎出一塑料壶苞谷酒,要和我好好喝两杯。我心里有事,想到了母亲和薛芙蓉,有这样的家庭氛围也好啊。汪城拿来两个印红花的玻璃杯倒酒,和我小时候家里水杯一模一样,我鼻子发酸,酒喝着喝着,心里好像找到了立锥之地。我说,敬汪城哥,我们兰矿子弟的扛把子，县高门口以一打四啊。汪城通红着脸，一口闷了整杯，拍着我的肩膀说，兄弟，我胆子肥，能唬住人，从小学进校武术队，教体育的曾老师一直带我练，大家都说曾老师是绝世高手，其实来来回回就三个套路加器械，再就是能连翻五个跟头。县高门口被狗日的四个围住，当时我感觉死那里了，只好连翻三个跟头，摆出套路起手势，他们就吓得一哄而散，连喊高手的徒弟来了。第二年曾老师就喝酒骑车掉河里淹死了，我他妈的想装高手的徒弟，也装不成了。

我不断向汪城敬酒，随口讲起自己八岁时在兰溪河差点被淹死的经历。八岁那年夏天，我在河里游着游着，突然身边再无一人，除了河水哗哗巨响，周遭特别安静，身下被漩流猛然一拽，两耳水声如雷，整条兰溪河争先恐后灌进口鼻耳目，我手脚乱扒，拼命上蹿，头冒出水面一瞬，分明看见对岸公路上等候班车的三五人群，不及呼救，又卷入水底。我端杯喝酒，突然住口，我想起那次从河里托起我的人，当即被漩流卷走，再也没找到。饭桌上，没人留意我住口，姜伯母说兰溪河每年都会死人，不算稀奇事，六十年代山大人稀，矿工在河里洗澡，还遇上过老虎下山喝水。姜伯母说，兰矿也红火过，那些年购煤凭计划，全国好多地方来排队，后来煤质越来越差，跟不上市场，搞火电又污染，枯竭了。

汪城媳妇强行收走酒壶酒杯，女儿也放下作业跑来大声劝阻，汪城和我才不再喝。他明显喝超量，我敬得多喝得少。我喝了两口茶，就再三感谢，准备出去找旅店。汪城连连拦住，说空房多的是，待会儿收拾一间住。我只好又说，出去走走，散散酒劲。汪城拿了一支手电筒，非陪我一起散步。出租车停门口，酒后不便动车，我搀着跟跟跄跄的汪城乱走。汪城摸出手机，摁亮递到我眼前，舌头不利索地问，这个，你回来，怎么算？我知道是偷拍薛芙蓉的那组照片，说，没怎么算，就回去看看。汪城借势坐在旁边路牙，指着手机里说，这男的我见过，被兰矿留守处扔在对面码头，暴打了一顿，我还上去添了几脚，当时还不知道是你这回事，要是知道我把他手脚先打残。我望着江对岸，风有些大，我问，他长什么模样？汪城想了想说，看着老实巴交，总戴一副白手套。我马上说，走，去老诗祖祠。

我握着手机电筒四处乱照，远远看见老诗祖祠里灯火通明，一架吊车长臂高伸空中，越过古旧的暗绿飞檐。走到山门前，里面一片泥泞，大部分物件已经搬空，只剩两列沉重的诗碑，和六米多高的青铜像。左右配房临时安装了几盏大灯，几十个工人将石碑依次刨松放倒，用草包裹住，再由吊车一块一块吊出老祠围墙，放置等候在外的大货车上。此时，青铜像还矗立在花岗岩基座上，眉头紧皱，低着额头，迈动右脚，提起左手，老师总说他既忧心忡忡，又激情满怀。和此前几十年见过的唯一不同，铜像脖子被系上了一条长长的红绸，如领巾飘扬。

工人们多雇自赵家坝，和汪城相熟，互相递烟招呼。虽然灯光大亮，我依然亮起手机电筒，四处看。慢慢靠近巨大铜像的基座，基座四面雕刻日月星辰、天地离分、凤凰展翅、男女欢悦，老师说都是诗祖向上天发问的问题，就是不知道答案在哪。我踮起脚尖，举着手机电筒，照射铜像底部与花岗岩之间，果然缝隙愈加明显，工人大概已撬动基座，准备吊离装车。我屏住呼吸，眼睛尽可能贴近，借助手机电筒光线，仔细瞄那黑暗深处。我心跳忽然加速，一个隐约的模糊影子，我确信看见那个东西。我蹲下身，捡起一根铁钎，伸进缝隙，里面凹凸不平，还是太狭窄，我尽力伸长铁钎，似乎触碰到它，就左右拨弄，来回钩动。它隐约动弹了两下，然后又固定住了，我在心里不断祈求，甚至祈求薛维此时化身缝隙之中，就算往外吹口气也好。

不准搞破坏！我肩膀被人用力一拍，心里知道，完了。一个戴黑框眼镜的中年人，怒气冲冲瞪着我，吼道，这是文物！文物知道吗！谁放这几个醉汉进来的！安保人员在哪儿！

现场迅速要求清场，立即驱散闲杂人员，从左右厢房里冒出十几个穿制服的，将我和汪城扭住双臂，连推带抬扔出山门。不久，老诗祖祠方圆五米，拉起了黄色警戒线。

汪城不知是摔晕了，还是酒劲上头，躺在泥地里鼾声大作。我撑着腰爬起身，周围柑橘林黑压压，不少搬迁一空的废墟，转身再望灯火中的老诗祖祠，像小时在兰溪河边捡到的裹着蜘蛛的琥珀，被我玩不见了。我说，就差一点，够不着。薛维戴着白手套，拎着蛇皮口袋，站在那堵墙下，嘴像鱼一张一合，没有声音。远处空中响了两声，雨就落下来，汪城淋醒了，他没头没脑地问，我打倒了几个？我想了想说，他们不敢动手，跑了。汪城满意地点点头，趔趄着站起身，抹了抹脸上雨水，指着不远漆黑一处说，当年，就在那儿，煤锹劈翻了四个，抢走一万多块，我在里面都听说了，狱警说嫌犯有反侦查能力，用石灰撒，又煤油烧，指纹气味脚印，现场都没留。

最初，门市部那个男人拽住薛芙蓉的时候，我们已经跑到老祠后面的衣冠冢，看门老头正用彩笔给新龙舟描首点睛。她背着牛仔背包,装着我们先前偷出来的十二瓶橘子汁,男人不断拉拽包带,说厂里前后亏损了两万多元货,正好有她撞在手里,先说要去保卫科,又说联系派出所。堵在门市部后面的仓库,先是抽她耳光,踢她小腹,逼她写欠账单,画押按手印,后来又进来两个男人,开始动手动脚。她八岁时父亲在兰溪河救人溺水失踪,母亲将姐弟俩拉扯到高中,实在欠债太多,嫁了福建包工头,彩礼留给姐弟,远走外地。她更加内向,擅长家务,不爱见人,说话脸红。她坐在山门前埋头流泪时,我已帮老头抬龙舟去江里试水,薛维等不及我回来,冲到门市部仓库大骂厮打,被他们用麻绳紧紧捆住,拿着欠账单反咬一口,说再闹就找学校,找你们兰矿领导。

雨随风势,一时向江,一时向山,我和汪城勾肩搭背,尽量躲着雨走。汪城吐了两回,指着对岸兰溪河口说,每个星期有两天,你妈会骑电踏板车,从兰矿沿河过来卖馒头,一直卖到对面码头,遇上我都买十个,老面馒头有嚼劲还甜口。我练武那会儿,中午吃二十个馒头,家里根本供不起,曾老师一辈子没媳妇,把我当亲儿子,后来他淹河里,我就练不下去了。我比你早两批进兰矿车队学车,教车师傅又骂又打,临到进车场考试,找我要一条阿诗玛,我断了他两根肋骨,还加脑震荡,就进去了。我听老幺说过，我进去后你是兰矿那茬伢里下手最蛮的，我一直掰手指算，你啥时候也进来，没想到，后来进去的人，却不是你。

我不想搭理他，眼前出现穿绛色棉袄的母亲，推着一辆哐当作响的旧踏板车，车架两侧挂着装满热腾腾馒头、裹着厚棉被的箩筐，脖子上挂着发黄围腰，车龙头上黑色小喇叭，不断重复播着：老馒头，老馒头，好吃得很！那是父亲生前录下的，我和薛芙蓉摁着随身听录音键，让满脸通红的父亲录了一遍又一遍。我家和她家一直是对门邻居，两家父母关系好，从小一起长大。后来，她母亲虽然远嫁，但留了钱在家里，以为她成绩好，备着上大学用。没想到，高三那年三月，出了老祠那事，她从此陷入自闭，成绩一落千丈。到了夏天，警方公开征集线索，深入摸底调查，总戴白色线织手套的薛维，课堂上整日酣睡，时常被噩梦惊醒，某天下午他走进镇派出所，之后再没回来。

夜雨渐停，江风逼人，我头发湿透，后背发凉，汪城也连打喷嚏，鼻涕甩满地。离他家那栋红砖房子不远，他突然脚下打滑，摔得四脚朝天，哼哼唧唧，爬不起身。我将他拦腰抱起，汪城确实岁数大了，好一会儿缓不过气。进了他家门，他媳妇和姜伯母都没睡，拿着毛巾让我们擦头，催着去洗澡换干衣服。安置妥当，他媳妇先去睡，汪城陪我喝姜茶，姜伯母背靠轮椅打盹。汪城说，兄弟劝你一句，把老妈老婆接一起过日子，像个家的样子。我说，情况不一样，芙蓉恨着我呢。姜伯母忽然醒过来，插话说，你左手小指，就是被你老婆削断的，我套了好久你妈的话，疯病发作起来，真狠得下心。

从学校毕业不久，我就催母亲让薛芙蓉搬进我家，一到年龄我们就拿证结婚。我最初在兰矿开运煤货车，常常看见戴着白手套的薛维，拎着蛇皮口袋，在眼前晃来晃去。薛芙蓉精神越来越出问题，当兰矿广播播音员时，几次将领导的名字错念成了植物名称，被劝退回家养病。我记得，那次盘山公路上雪泥湿滑，严重超载的大货车溜坡如雷。煤车每多装一吨，我能多得五十多块，我将车轮紧绑防滑链条，战战兢兢走雪路。前面两辆煤车靠边停车，我来不及调头，超限检测站突击抽查，强制指引过磅，红色字符闪烁：超重百分之一百。检测站开出罚单，罚款五千，卸货放车。卸货放车，是要撕掉车厢封条，卸煤暂扣。封条一撕，煤老板不认货，几万元煤款全得我自己出。我打电话到兰矿食堂，母亲从家中抽屉拿出薛芙蓉存折，将钱全取出来交罚款，留住车和煤。薛芙蓉晚上发现，和我又掐又打，非逼我还钱，说实在没有钱，就将她弟弟还给她。我激动之下，用菜刀削断了左手小指，她顿时精神崩溃，撕开大红棉被，将劳保手套戴在手脚，滚来滚去，棉絮撒满地。

我也不想这样，可又能怎样。我一直记着，2004年4月2日凌晨三点多，躲在老诗祖祠山门后，面前的青铜像黑黢黢，白日不见的凶气。薛维额头汗珠直滚，浑身战栗，哆嗦着说，你八岁时，我爸爸救你的命淹死了，现在你十八岁了，如果你为这事死了，我怎么跟我爸爸交代，更重要的是，我姐姐以后怎么办。就在此前，我们二打四，混战厮杀，他死死摁住对方脖颈时，左手小指也被我手中煤锹铲飞，血溅入土里。两百米开外，门市部紧闭的卷闸门四角，黑烟缓缓冒出，哔剥轻响。

雾弥漫江面，对岸模糊，冷雨清晰，一排排水线自天斜落。先是鞭炮齐鸣，而后红烛祭拜，三吨多的青铜诗祖，被两辆吊车小心翼翼抬在空中，腾云驾雾一样，衣角飘飞的铜纹，出乎意料地生动。我打伞挤在山门外的村民中，有人在悄悄抹泪，更多人脸色沉重。昨晚那个戴黑框眼镜的中年人，戴着红袖章，淋着雨奔前跑后，不断吆喝。我有些紧张，汪城挤过来，连推我臂膀，低声说，昨天在铜像基座那里，你是不是已经看到了？我膝盖发酸，听他接着说,当时也不吱我一声,里面居然有人藏了钱物,早上铜像一吊起,乱成一锅粥。我张皇失措,谁藏的?汪城说,妈的,指挥要求保护铜像完整,基座不在搬迁之列,于是施工方又锯又擂,里外稀巴烂,都碎成渣渣,啥都没剩下。我肩上一松,抬头望天,雨密密麻麻,无根无绊。

将近十点,江上雾散,青铜像仰躺在大型平板车上,项上的长长红绸被雨水湿透,从肩膀滑落到车上,像一个圈套。人们诧异,铜像躺下,惊人的硕大,额头浑圆如巨球,眉头紧锁下的眼窝,雨水积聚成池,鼻翼如山洞,鼻梁像铜铸山丘,和多年矗立形象,迥然不同。

大平板车拖着铜像,缓缓下坡,上了轮渡船。我驾驶出租车,载着汪城和他媳妇,随着候渡车队开上船。甲板上,警戒线隔出了专门区域,同船司机和乘客挤在线外,掏出手机拍照。两列穿着校服的男女学生,迎风站在船头,齐声朗诵:

> 放松我的马儿,让它漫步山岗,
> 停息我的车儿,让它在林边待航。
> 乘坐篷船溯流而上,船夫们奋力划动双桨,
> 船儿啊!在漩流里徘徊,我迷惘不知向何方。

> 幽深的森林昏暗，高峻山峰遮蔽太阳，
> 可叹啊！我的一生正如眼前的景象，
> 笼罩在阴霾，缺少着欢畅。
> 然而我不能改变初衷啊，
> 命运注定，愁苦将伴随我的一生……

汪城和他媳妇紧盯着女儿和同学们的表演，为女儿的表情变化与手脚动作激动不已，拽着我跟随他们一起观赏。我盯着孩子们手上整齐划一的白手套，思绪渐渐恍惚，胃里不断翻涌，赶紧冲到船舷，对着江浪干呕。江水清幽，隐隐有倒影，无数惨白的物体不断涌现。我满身冒汗，瞪着乡民和孩子们在船首祭祀，抛下一个个剥去艾叶的白粽，念念有词，魂兮归来。

船靠兰溪口，大平板车运着青铜像缓缓上岸。汪城让媳妇随船返程，送女儿上学，他上岸去买鱼虾。我开车爬坡，到了集市口，汪城说，再开十一公里到兰矿，路修好了，悠着点开。我望着前面的去路，天空暗淡而无云，巨大青铜像随着大平板车渐行渐远，路边崖下的兰溪河波澜不惊，看不出流动的痕迹，深绿河水倒映不出任何景物，没有树，没有人，没有日月，更没有星辰。

汪城关上车门，又敲敲车窗，我摇下窗，汪城指着前方说，喏，就那个戴白手套的伙计，就是被你家芙蓉养过的。我猛踩油门，飞快挂挡，出租车直蹿而出。汪城追着喊：平儿，莫宝里宝气，莫搞出人命！那男人甩着两只戴白手套的手，大大咧咧地走，他穿的是我留在兰矿家里的旧衣服，我熟悉的拉链上衣，蓝运动裤，白球鞋。马达轰鸣，方向盘抖动，车头上扬，那背影越来越近，越来越清晰。

# 跋：在世间终会相认

## 一

少女玛丽·罗尔从六岁时失明，眼前自此一片漆黑，但她依然能够认识这个世界。玛丽·罗尔回到家乡，她的父亲用木工制作整个小镇平面模型，让她用手触摸熟悉每一个街巷、每一个转角，从而能够出门行走，与家乡相认；同时，玛丽·罗尔通过收听无线广播，理解土地的日常、天空的飞翔和宇宙的无穷，通过听觉与教授相认，与祖母相认，与世间相认。

"睁开你的双眼，在它们永远地闭上之前，尽可能地去看。"这是长篇小说《所有我们看不见的光》的主要叙述内容，去年底它被改编成电视剧集，推出后收获好评。这部小说的作者安东尼·多尔，是我近五年来一直关注的当代小说家。之所以关注他,是因为五年前我偶然读到他的短篇小说《113村》。我大概了解,安东尼·多尔应该是没有来过中国,更不可能来过长江上游。可是在《113村》里,他写了我的故乡——长江三峡的故事,这让我大为震惊。

我是长江船家的后代,老家早就淹没在水下一百七十五米的深处,总是感觉自己没有故土,是四处浪荡的游魂。近些年,我一直不愿回家乡,因为记忆留在水面之下,而岸上已发生天翻地覆的变化。所以,对于三峡的故土记忆,似乎被我的父辈、我以及我的孩子几近遗忘。

安东尼·多尔写道:"记忆是什么?它是如何决定我们是谁的?每个小时都有不计其数的记忆在世界各地消失,而与此同时,孩子们正四处探索,审视在他们看来全新的领域。他们将黑暗向后推去,在身后撒播记忆。通过这种方式,世界得以重塑。"

当我发现,在地球的另一端,在远隔重洋的另一头,居然有人在代替我书写记忆。安东尼·多尔,对我真是莫大的冒犯!

## 二

那时，江河尚未上升，我们临溪而居。

我对三峡故土的记忆，停留在中学时代。我从中考之后，就长时间离家求学，再回去就时断时续，最终随着父母搬迁离开，与家乡失去了联系。我当时上学的校园，位于毗邻香溪的山巅，是方圆近三十公里唯一的初级中学，几乎所有学生都住读，长年累月和老师一起，被圈养在四栋小楼、一块灰土操场，周围被茂密的柑橘林覆盖，只留一条笔直的五百级石梯，直抵溪水之畔。

春至，柑橘林遍开白瓣黄蕊小花，馨香弥漫教室；入夏，校园周遭郁郁葱葱，满目苍绿树影；秋收，果实黄灿灿压枝，乡亲喧闹着采摘果实；冬藏，白雪皑皑裹橘树，北风呼啸冻手足。我们对这四季田园景象却熟视无睹，那是校园里的童党时代，男生大多叛逆好胜，不少老师也质朴率性。全校师生多熊姓、屈姓，大家身处其中，也习以为常。

比如，班主任兼教语文的屈老师，生性豪放不拘，某日穿大红背心穿过操场，而本学期教务熊主任刚发话，校园内除了篮球比赛可穿背心，其他时候在寝室之外穿背心者皆为流氓,于是我的屈姓同桌站在教室门口,冲操场大喊:"快看,那个流氓!"下一节课他就被屈老师揪到一楼罚站,还被踢上两脚,熊主任闻讯大怒,责令屈老师向我们全班做检讨并道歉,后来我的屈姓同桌开口说,按族谱屈老师比他高三辈,算是他的太叔公,踢两脚也算合理,不算体罚,事情才不了了之。

再比如,学校食堂早餐供应稀饭,同学们都觉得过于汤汤水水,喝两碗也不管饱,班上熊姓体育委员不声不响买碗稀饭倒进塑料袋,提袋往镇上守候三小时,拦住镇长反映情况,从此食堂每天张贴板报,公布当日用料账目,不敢造次。

还比如,夏秋之交,男同学成群结队翻墙偷摘柑橘为乐,被守田橘农持锄追赶,青涩柑橘散落一路,好不容易再翻回校园,熊主任手持名册等待在侧,正要一一拿住,在操场挨个背诵《橘颂》过关,方能回寝室睡觉,翻墙慢的男生将怀中柑橘全部抛进公厕,跑在前面的七名男生落网,圆月银辉之下,一把鼻涕一把泪诵读《橘颂》。

大部分同学中考过后即回家务农,只有少数镇上或煤矿子弟继续升学读书,所以普遍对学习压力无感,浑浑噩噩,不知所谓。等到中考结束之日,班主任兼教语文的屈老师宣布,经过厨房财务核算,班上同学所交伙食费,尚有一笔结余款，分给每位同学也就两三元不等，不如集中在一起，大家来一趟毕业告别游，顺便上馆子打牙祭。

次日上午，我们欢呼雀跃一路紧跟屈老师，徒步走了近一节课时间，才看到一处弯弯吊桥，横跨香溪河上。骄阳似火，我们汗流浃背，步履沉重，我不断问屈老师："还有多远，目的地在哪里？"屈老师微笑作答："不远不远，就在前面，一起去拜先贤。"吊桥晃晃悠悠，我们荡得惊心动魄，追逐笑闹过桥，路遇一穿洗脱色蓝中山装的老农，牵头牛一动不动，等我们快走过时，他面色赤红唤道："学生娃你们都会写字，帮我给镇里写份状子嘛！"我们不敢停留，直往前赶路。山涧淙淙，两边崖峰壁立，遮住炎炎夏日，阴凉气逼人，我们都浑身激灵，屈老师只管在前领诵课文："缘溪行，忘路之远近，忽逢桃花林，夹岸数百步，中无杂树，芳草鲜美，落英缤纷……"我们已步行近两个小时，脚板磨起泡，互相搀扶，蹒跚而行。我的屈姓同桌开口说，穿过这七里峡，能到我家祠堂。我们更觉得上当受骗，难得一场毕业告别游，去你屈家祠堂作甚？峡谷愈行愈深远，想走回头路已来不及，当我们筋疲力尽时，山势豁然开朗，眼前出现圈椅状山坳，中间是一大块坪地，绿树葱茏，庄稼遍地。我们大呼小叫已饿得前胸贴后背，看见路边有农家小餐馆，赶紧冲进去点菜吃饭,谁也没认真听屈老师在说,这就是乐平里,是谁谁谁的故里。

野韭菜炒鸡蛋、清炒红苋菜、腊肉炖粉条、油辣子煎老豆腐,我们舀光了两木桶苞谷面蒸饭,男生吃得个个肚圆,才想起到这里应该如何游览。午后时分,我们匆匆忙忙爬上旁边小山冈,进到一间小庙,里面有一尊古代石雕,屈老师请出当地一位红光满面的中年人,用方言高声朗诵诗歌,正逢我们饭后犯困,个个东倒西歪,昏昏欲睡。下了山冈,有牛耕地,路人介绍此地耕牛知书达理,不用鼻绳,听话而行,我们反正不信,只管往前。前面有一小山洞,洞口披红,有鞭炮残渣,说是叫读书洞,在此拜过的学生,必定考场大捷,我们刚考罢中考,拜已来不及,叨扰一番,一哄而散。后来,大家大半时间躺在树荫下酣睡,直到屈老师再催促,我们又列队踏上返回路途,累得唉声叹气,个个觉得上当。

等到出了七里峡,吊桥在望,明月升空,满溪清辉,遥遥看见那牵牛老农依然立在路边,见我们经过时又唤道:"学生娃帮我给镇里写份状子嘛!"他满脸褶皱,眼角有湿痕,大概等了整日,颤颤巍巍行不快。牵牛老农引我到路边一大岩洞前,说请我写份状子代交镇上,要保护这个洞。我往洞里瞧,黑漆漆一片,洞口被人砌了猪圈,两头黑瘦小猪冲我直叫。我问老农岩洞须保护的理由，他说这里曾经藏满书籍，战乱时保护了文化。我问谁在这里藏书，他说上面来的，省城来的人。我眼见他手脚打战，言语含糊，就问他读过书么？认识字么？老农答他不识字，文盲一个，但是这里真藏过书。我心里更加不信，眼见同学队伍已过吊桥，渐行渐远，忽然莫名恐惧，拔腿就跑。

气喘吁吁追上队伍，我隐约听见屈老师在前面大声喊，同学们你们一辈子都不要忘记，我们今天去了屈原故里。我大感惊诧，连问身边同学："老师在说谁？"同学答："屈原啊，就是教室里贴墙上那画里老头。"我一路沉默，越想越不信：就我们这穷乡僻壤，会出过屈原这个历史人物？连绵大山遮天蔽日，他当年如何读书如何写诗，如何走出这望不到头的群山？

## 三

十多年前，我沿江驾车漫游时，不经意间也曾路过我那沉入水下的家乡。我往碧如蓝的水面看了又看，无法穿透深水处，更不能分开水面，只能抬头望天，止不住热泪时，就对同车者谎称，被阳光刺花了眼。往前开几分钟，我又望见了对岸七里峡口,吊桥踪影全无,那牵牛老农心心念念的藏书岩洞,已淹没水下,不留痕迹。车再往前半个多小时,就到长江三峡西陵峡口,大江安澜,水波不兴,香溪镇依山靠岸,我曾经在此地供销社买过整套暗红封面的《红楼梦》。

后来,有老同学在微信群里说,过去的初中校园已拆除大半,独留一栋灰楼在山脊,有退休老师在此居住,同学远远看见有白发老人穿旧背心,蹲坐阳台板凳,端搪瓷碗吃饭,于是大喊:"屈老师好!"那老人好一会儿才答话:"我是姓屈,也确实很老了,但已不当老师很多年。"同学说:"我是您当年教过的学生。"屈老师说:"我教了太多学生,你们过得好就好,不用来看我这个糟老头。"然后继续佝偻身躯,埋头扒饭,再不理会。

五年前,我偶然读到短篇小说《113村》。我想,如今的我大概就像安东尼·多尔笔下的盲少女玛丽·罗尔,我可能再也无法看见我曾经的家乡,需要打开自己的视觉、听觉、触觉,需要通过我自己敲打键盘讲述,来弥补无法目睹的遗憾。

作为迟到的小说写作者,或者正如小说《所有我们看不见的光》所写:"睁开你的双眼,在它们永远地闭上之前,尽可能地去看。"只有如此,方能与世间再度相认。

当年所读初中附近的乐平里，两千三百年前的屈原是如何走出了茫茫大山？在那消失的弯弯吊桥一侧，那牵牛老农再三请求写状保护的大岩洞到底藏过什么书？在我如今所居住生活的江城，我请教过社科学者、考古专家，我前往图书馆查阅大量文史资料——

屈原《离骚》首句："帝高阳之苗裔兮，朕皇考曰伯庸。"南宋朱熹《楚辞集注》云："高阳……颛顼之后有熊绎者，事周成王，封为楚子，居于丹阳。"《晋书·地理志》："秭归，古称楚子国。"晋袁山松《宜都山川记》："秭归，盖楚子熊绎之始国，而屈原之乡里也。"南北朝时郦道元《水经注》所载更详："（江南小城）北对丹阳城。城据山跨阜，周八里二百八十步。东北两面悉临绝涧，西带亭下溪，南枕大江，险峭壁立，信天固也。楚子熊绎始封丹阳之所都也……楚之先王陵墓在其间，盖为征矣。"1981年4月至5月，湖北省博物馆对香溪镇境内袁家坡村的鲢鱼山古楚文化遗址进行调查，掘得陶器有细密绳纹、S形纹、圆形印纹、弦纹等楚陶纹饰特点，还有数片方凿卜骨，证明此地系楚之古地。

原来，熊、屈皆为楚之大姓，在我获得《红楼梦》阅读初体验的香溪镇附近鲢鱼山，很可能就是三千年前周始封楚子国所在地。我的家乡在屈原所处的时代，并非穷乡僻壤，而是楚国的通都大邑之一！

1938年，日寇侵华战火烧到湖北境内，武汉屡遭敌机轰炸。当年6月30日，湖北省图书馆西迁，馆藏古籍和中外文图书98000余册清理打包，装入173个大木箱，包括馆藏文献及相关物资约36吨，搭上最后一艘西迁轮船运抵宜昌。由于宜昌也遭敌机轰炸，11月所有书籍和版片又由民生公司派出小木船运至西陵峡新滩。1939年3月17日，春江水涨之时，数艘"桡摆子"（我家乡一种小木船）一线穿长江，载上新滩这173箱古籍，溯江而上，进香溪河，悄然运送60里，至兴山、秭归交界处游家河边岩洞隐藏。过此岩洞，再往深山步行数里，就是屈原故里——乐平里。

原来，那牵牛老农再三请求写状保护的大岩洞，在战火纷飞之时，真的赓续了荆楚文脉，保存过包括明刻本《宋元通鉴》，明抄本《鹿门先生批点汉书》《登坛必究》等绝世珍籍在内的近十万册书！

屈原《九章》云："鸟飞反故乡兮，狐死必首丘。"如今回想起，在我自以为与沉入水下的家乡不再相及的这些年，其实种种牵绊如草蛇灰线、马迹蛛丝，隐于不言，细入无间。

2010年4月2日，我跟随成百上千村民，给归州古屈原祠"三闾大夫"铜塑披上红绸,一路陪护恭送,乔迁至三峡大坝前的凤凰山新建屈原祠安奉,这是三峡库区文物搬迁的收官之作。

2014年4月至6月,湖北省图书馆将46万余册古籍文献从武汉蛇山之麓旧馆,迁至沙湖之滨的新馆,我随同图书馆工作人员,押运最后一车文献搬迁,见证了这一湖北历史上规模最大的古籍搬迁工程完成。

承袭与乡情,终会被唤醒,从而在世间相认。

我与我周旋久,宁做我。

2025年4月